李巧文·著

遇见

群言出版社
QUNYAN PRESS
·北京·

图书在版编目（CIP）数据

遇见 / 李巧文著. -- 北京 : 群言出版社, 2017.11
ISBN 978-7-5193-0373-0

Ⅰ. ①遇… Ⅱ. ①李… Ⅲ. ①散文集－中国－当代
Ⅳ. ① I267

中国版本图书馆 CIP 数据核字 (2017) 第 298846 号

责任编辑：潘　昊
封面设计：黄佳影

出版发行：群言出版社
地　　址：北京市东城区东厂胡同北巷1号（100006）
网　　址：www.qypublish.com（官网书城）
电子信箱：qunyancbs@126.com
联系电话：010-65267783　65263836
经　　销：全国新华书店

印　　刷：成都新千年印制有限公司
版　　次：2018年6月第1版　2018年6月第1次印刷
开　　本：710mm×1000mm　1/16
印　　张：15
字　　数：223千字
书　　号：ISBN 978-7-5193-0373-0
定　　价：59.00元

每天都是遇见

蔚蓝色清澈见底碧玉般的荷池里，贴着池面有一片浮着的绿色荷叶，像一把打开的小团扇。十数只金红色的大小不等的鱼正蜿蜒朝着荷叶游来，沿着荷叶边游弋不去。荷叶上，一滴露珠点缀，晶莹剔透。一支粉红的花骨朵像一把刚收起的伞高高升起，花骨朵的上面，有一截圆形明亮的白柱，像一盏灯。整个画面，没有一丝水的波纹，透着一种祥和与瑞气，非常清静。

这是一张荷灯的图片，荷的颜色清透、澄绿。大约李白、齐白石都爱莲之出淤泥不染，濯清涟不妖。李白自号青莲居士，写“戒得长天秋月明，心如世上青莲色”。齐白石说：“板桥辛苦木鱼声，是否南无念不平。料到如来修已到，莲花心地藕聪明。”这不由得让我想起佛教文化来。

佛教起源于古印度，在印度流传的文学作品中，莲是圣洁、美好、善良的象征。佛教文化里有很多比喻都与莲有关，佛座称为“莲花座”或“莲台”，西方国称为“莲花国”，庙宇称为“莲刹”，释迦牟尼的手称为“莲花手”，就连打坐的姿势，也被称为“莲花坐”。人在浊世，要想洁身自好，不染淤泥，殊属不易。二百六十个字的《心经》，要懂的太多，渐悟与顿悟，须经过时间的濡染，才能慢慢懂得“笑指白莲心自得，世间烦恼是浮云”之真谛。有人说，《僧伽歌》不是李白所作，我不去探究是与不是，我只知道，他叫青莲居士。

天蓝云白，树绿水青，七彩的虹桥来点缀，五彩的花朵来装饰。梁元帝《采莲赋》中说：“纤腰束素，迁延顾步；夏始春余，叶嫩花初，恐沾裳而浅笑，畏倾船而敛裾。”这种美，无须多言，直达心底。唐代王昌龄在《采莲曲》中写道："荷叶罗裙一色裁，芙蓉向脸两边开。乱入池中看不见，闻歌始觉有人来。"十亩莲塘，纤纤少女，在荷花盛开之野，在菱歌四起之时，穿荷而过，人面荷花相映，想一想，我会笑出声来，十指相扣，做一个莲花座样。

在家没有人打扰的时候，我会钻进唐诗宋词，吟几句"荷风送香气，竹露滴清响""微雨过，小荷翻，榴花开欲然"；或者跑进明清小说，看石如何点头，如何醉了又醒，红楼里秦可卿、尤三姐的结局太悲，我改编成无数可能，然后又一一否决。有时，如孙猴子一般跳跃促狭；有时，如贾宝玉一样似傻如痴；有时，又如黛玉一般含酸掉泪，恨不得扛锄葬花。累了，就把书抛了，走出门，家门前有一大片树，绿色的，环肥燕瘦，高低不等，这是我平时最喜欢走、最关注的地方。出门了，看到一只鸟飞过来了，我猫着腰，悄悄前行，就想着把它捉住，然而，它是不可能让我捉住的，离它还有一段距离呢，它振翅一飞，到树尖上去了，我无论如何也够不着它，只能望着它，说上两句话，也不管它听没听得见，这事就算完了。一朵花开了，我凑过去，硬要将香味嗅出来，风筝远了，目光追过去老远。高兴的时候哈哈大笑，伤心的时候偷偷哭。就是看电视剧，人家在里面伤心欲绝，我在外头梨花带雨。

一颗心常常游移在外头，抬头，只问心归处。潘长江和蔡明在《网购奇遇》中有段对话：把"你有什么问题随时问我"打成了"你有什么问题随时吻我"；把"你能货到付款吗"打成了"你能活到付款吗"。潘长江笑得不行，蔡明却像没看懂似的，等事情过去了却猛地笑出来，吓了潘长江一跳。我也常打时间差，女儿常常伸出两个指头，做个"二"的姿势，捂着嘴巴嘻嘻地笑我。

喜欢蓝天，白色的云朵慢慢飘；喜欢绿色一望无际，沿着山峦波澜起伏荡漾不尽；喜欢一个人坐在桌子边，将键盘敲成绕指柔；喜欢捧着一本书，从书里走向万水千山。甚或什么也不做，只是望着窗外发呆。

素来不以恶心去揣度任何一个人，相信人之初，性本善。怨念一定来自你内心的不平，你才会用一万个善的理由来解释。这世界和世界里的人，我只愿留住那些美好。"我见青山多妩媚，青山见我应如是。"染天的朝霞，芨芨草上晶莹的露珠，牛羊爬上山坡，清水蓄满池塘，荷叶摇曳无边，雏鸟在树中啾歌。夜晚，月亮爬上树梢，照出参差斑驳的影。

深潭月影，任意揣摩，你来与不来，都是，你看不看它，都在。

青山如是，行看流水坐看云，每天都是遇见，遇见最真实的自己，遇见最美的你。

目录

CONTENTS

第一辑　生命的另一种成全

第二辑　别亦难

第三辑　最是那一低头的温柔

第四辑　天若有情

第五辑 一个人的万水千山

第六辑 那些岁月的石头

第七辑　小城明月

第一辑

生命的另一种成全

说很寂寞，不过是想让人陪；
说愿安静，也许真的只是想独处，
就像这朵小花，只是想要一段
属于自己的流光。

——《一切都是最好的安排》

每一处，都像一阕宋词

紫薇花开了，在一片斜坡上。

半面山坡，中间一条柏油路，直到坡顶。这是万樟的另一侧，沿着新修的柏油路，两旁的紫薇树正开着艳丽的花朵，粉红的，紫红的，大红的，当中还有几株开着白如珠玉的花。树的下面，零零落落，碎碎的花瓣围着树，一树一圈，一圈一树。就像小时候，在水里用石头打水漂，一漂一个圈，一圈一圈，圈起童年的味道。

石子留痕，花落也留痕，万事万物都是有心的。正如一首宋词中写道：“道是梨花不是，道是杏花不是，白白与红红，别是东风情味。”世上有万千的花，真正喜欢的不过其中三五种，多也不过十来种。可是在我们的眼里，却包含了所有。寻着一朵，便要欣欣然地奔过去，闻、攀、拈、折，爱之不及，赏之不够。在人的心里，最粗心的角落也住着一轮风月，一颗敏感的心，可日日观之赏之，看花不是花，看水不是水，是长虹卧波，经年情海，是三生三世，十里桃花。

每一处，都像一阕宋词，炖着流年的温火，说一句，内心已柔。

记得在凤凰，酒吧外，墙壁上，层层叠叠，酒瓶深碧，挤挤挨挨。旁边，挂着一些或大或小的木牌。木牌上，楷书、隶书歪歪扭扭，情词婉约，情深意远：

“邂逅一个人，艳遇一座城。”

“为了你，这座古城已等待了千年。”

“来到凤凰，你我孤单没有错，有错的是明明孤单了，还不来找我。”

一座城市，说出的话是如此温婉，仿佛一个女子在你身边，美目流盼，含情脉脉。仿佛她守在那里，专为等你。为情所动，内心汹涌着的河流载着我们的躯体，朝着一个目标载欣载奔。

听涛山，是一个游子失而复得的地方，沱江边，酒吧旁，那些眼波流转的文字，翻开内心的万千温柔。在某个地方，不管熟悉还是陌生，都是过客。只不过，有的人经过这里，用去了一生，有的人走远又归来。还有更多的人，用更短的时间，一天两天，三天五天，把一个地方看在眼里，留在心里。但说到底，都是陌生来客，与这里的山、这里的水、这里的人毫无瓜葛。过客匆匆，掏空钱包走过城市与乡村的角落，为了一个美好的名字，为了一个耳熟能详的人物，买回心中的愿。

例如云水谣。福建一个偏僻的小村庄，千里迢迢，就为看它一眼。因为那里，盛着一个故事、两个名字。

抬头，一朵，一朵，白白的浮云，衬着染得蔚蓝的天空。天空的下面，是一条河，流水潺潺，永无止息，清澈见底。水的下面是一堆堆的云，跟空中的一样。幽静而绵长的鹅卵石古栈道，百年的圆形土楼，千年的盘根错节的榕树……

世界上有些东西是用来遗忘的，有些东西是用来过目不忘的，念念不忘。譬如：秋水、碧云。

碧云用了一辈子，等来秋水的亡魂。没有人刻意去错过，可错过了就是错过了，追不回。总有一些人的痛，会成为别人口里反复咀嚼的故事，痛却烙在了自己心里。

那些成堆的残缺故事，总会在不经意间，如黄河决堤，肆虐地进入我的田野，封锁我的河道。世上那么多的风月，明明轮不到我们一一用泪水清洗，可看过了，就是忘不掉。

很多时候，不是因为别人，而是因为自己。

因为想你，所以翻山越岭，跋山涉水，只为到达你的身边。

因为爱你，所以将岁月过成自己希望的模样，越来越老的模样。你在，我欢喜；你不在，我等，直到头发花白，直到日子在昏花的眼里渐渐苍白。

一切都是最好的安排

路边，树木丛丛，荫翳蔽日。微风袭来，心如水面，轻波荡漾。

眼里忽然出现一朵小花，粉红的，带点儿紫，周围的暗淡衬托了它，在明艳安静里，细数阳光，静染清风。

我弯下腰，静静地用眼光抚摸它。不过是一朵小花，如此而已，朴素如我，我留步，弯腰，注视。其实，我只是不想让它寂寞而已。

弯腰是要有好心情的，这种好，是你看我时很远，我看它时很近。世界每一样东西，都是有语言的，它的语言，给了清风，给了阳光，给了它的枝与叶。我们经过它身边的时候，却因听不懂，变得熟视无睹。

说很寂寞，不过是想让人陪；说愿安静，也许真的只是想独处，就像这朵小花，只是想要一段属于自己的流光。

余秋雨说，你不懂我，我不怪你。每个人都有一道伤口，我把最殷红的鲜血涂在那里，我把炙热的情藏在那里，喝下冰凉的水，然后酝酿成热泪。

我的内心，装着我的世界，风花雪月占据着，不想去打扰他人的宁静，也难得有他人来打扰我。每个人有每个人的忧与乐，你用你的方式打理你的花园，我用我的方式装扮我的世界。

从不敢取笑对方，彼心如此心，如果你读不懂他，那是因为你没有走进他心里。每个人有每个人的花园，你只是在外面远远地看了一眼，如果没有看清花园里长着什么，是什么样子，就不要妄加评论。

天晚了，灯很亮，窗外却有些黑，看不到天空。墨似的天空并不因为我看不到它就不存在，它一直都在。很多事物也是这样，并不因为你没有看到就不存在，它们一直都在。在世界的某些地方，同样被春风吹着，被阳光暖着，被追逐，被膜拜，生龙如我，活虎如你。

意念遄飞，我看到一只小虫子趴在窗纱上，一动不动。它在干什么呢？面朝我，好像在看我，又好像没看我，好像什么也没看。而我在看它，指甲那么大，灰白色，像飞蛾，又像一架小小的飞机，停靠在那里，安稳无波。

我一时走了神，它是卡夫卡《变形记》里格里高尔·萨姆沙变的那只小甲虫吗？这只虫子会不会也是人变的呢？它看我时，是否也像我看它呢？刚刚想到那只小甲虫，这架"小飞机"便开始起跑，一直往上跑，跑到窗的最上面，跑道尽，它起飞了，消失在茫茫的夜色里。

格里高尔变成小甲虫，是因为现实的挤压变形，现实的孤独痛苦与冷漠，于是他要逃走，逃到动物的世界里，当然，他是逃不掉的，于是他死掉了。在现实里逃不掉的，在动物世界里能逃掉吗？其实，一切都是因为自己。这只虫子趴在窗户上干什么呢？也许，仅仅只为享受那一刻灯光给予它的温暖，黑夜带给它的片刻的宁静。完了，它就飞走了。

黑夜里，又有多少像它一样的小东西，在助跑，在起飞。它们活在它们的世界里，与我不发生任何关系，无关我的欢喜与悲伤，可是，那都是些鲜活的生命啊。我和它，不过是世界的两个不同的活体，它一定也有它的伊甸园，在某个我看不到的地方。

这么多的人在这世界里住着，我看不到你，你看不到他。可是，你在，他也在。来来往往，熙熙攘攘。生命在时光里流动，此一时彼一时，悄无声息地变化着，更替着。岁月就是这样，春花秋月，云蒸霞蔚，去了又来，美好着，憧憬着。

一切都是最好的安排。

生命的另一种成全

他的笔下有一只硕大无比的鲲鹏。抟扶摇而上者九万里，其翼若垂天之云。它飞的时候遮天蔽日，星星为它点灯，月光为它送行，六月息为它让路。就像那只鸟，特立独行，天马行空是他的本性，除了自由，他什么都可以放弃。

他是一粒自由的种子，种在只属于他的自由的土地上，在那里，他可以任意地生根、发芽，茁壮成长。他可以穿着一身打补丁的衣服，趿拉一双系着草绳的破鞋，去见魏王；他可以在楚威王重金聘他去当相国的时候，从容地一口回绝。他说，一头好吃好喝供养的牛，披花挂彩去往祭祀台的时候，一定想当一头不会上祭祀台的猪。他宁愿是一只曳尾于涂中的乌龟，而不愿是一只死后供人珍藏的神龟壳。他的心里有一双翅膀，这双翅膀常常带着他飞翔。

他是庄子！

那些奇奇怪怪的想法在庄子的头脑里喧闹不已，总是让他做出常人无法理解的事情，达到常人无法想象的高度。妻子死了，他鼓盆而歌；自己要死了，想着以天地为棺椁，日月星辰是珠宝，万物为其送行。对他来说，形体归于天地，生死归于自然，死不过是生的轮回而已，只是出一趟远门，很久很久不能回来而已。

不一样的庄子，生来就是为了让人仰望。

我常常跟不上庄子思想的脚步。一个曾经那么亲近的人，忽然从身边远远地离开，久久地离开，听不到她的喘息，看不到她的身影，会有多么地失落和思念。相伴才能相亲，相离才有相思，相思才有相念。死生契阔，与子成说，执子之手，与子偕老。唯独庄子，念与不念，都归于江畔之清风，山间之明月。他是冷血吗？不是。万物一齐，无所谓短长，道无终始，物有死生。庄子，将自己摆在一个常人无法企及的高度，俯视众生，嘴角上扬，淡淡微笑。

退隐、不争、率性，是他呈给世人的符号。因为他的率性不拘，我沉醉于他的想象。我和他不一样，我没有他敢于飞翔的翅膀。世俗的无孔不入，我做不了隐身侠，欲望多了，包袱便重了。但我有我的向往，在自由的草地上，在广袤的蔚蓝中，仰观天宇，俯拾绿野，鸟兽为我伴奏，云霓为我起舞，做一个无拘无束的自由人。

和庄子一样，梦里醒来，我常常弄不清楚，是自己变成了蝴蝶，还是蝴蝶变成了我。思想一旦背上了包袱，就会左右为难。生活中有太多的诱惑，很难让自己始终保持一颗初心。我想，陶渊明是一定犹豫过的，要不然，他不会多次罢官，又多次辞官；阮籍应该是犹豫过的，要不然，他岂效穷途之哭？庄子曾经是否也有过犹豫呢？当贫穷得要向监河侯借米的时候，当借米而不得的时候，是否也有过那么一次欲望的回归呢？

很多人不理解，放着本来可以优裕的生活不去过，宁愿选择穷困潦倒。贫穷时不忧，灾祸时不惧，他早已给自己安上了一对翅膀，一对硕大的如鲲鹏一样的翅膀。蜩与学鸠算什么，宋荣子、列子算什么。他的眼光，早已越过千山万水、冰川雪谷，一个小小的地球又何以能装下他那颗巨大的博如宇宙的心！

算来，他应该是快乐的。人生最大的快乐，莫过于能自由地选择一种自己想要的生活。所有的选择，无论顺畅还是艰难，只要是自己想要的，都心甘情愿，无怨无悔。

在濠梁与朋友观苍条鱼的时候，朋友问他，子非鱼，焉知鱼之乐？他说，子非我，焉知我不知鱼之乐？不材之栎木，不能成为栋梁，却能长成百抱合围的大树，庄子借栎树的口，宣扬无用就是大用，天生我材必有用。庄子总能找到属于他思想的合适的理由，不让它们受到伤害。

每个人有每个人的想法，每个人有每个人的生存方式。我们不能像鲁王养鸟，用固有的方式、常人的眼光去论短长，评是非。是与非，对与错，如莎士比亚的戏剧，一千个读者眼中有一千个哈姆雷特。横看成岭侧成峰，远近高低各不同。

庄子不过是选择了一种他想要的，又足够勇敢的生活方式罢了，他就是用这种方式，完成了他对生命的另一种成全。

迎一角月光

半夜梦醒，颇觉有凉意袭来，空调的声音有点像催眠曲。我起身，将空调关了，打开房门，来到窗前，把窗帘打开，把玻璃窗也打开，一股温热的风迎面而来。

外面明晃晃的有些照眼。我自言自语：路灯到现在也没有关？伸长脖子往前面看了看，往下面看了看，都看不到路灯。我抬头望，一轮明月正当空闪闪发光！

月呈椭圆状，这月是待圆还是欲缺？我记起有闰五月，今天已过了月半，月渐缺。但月很明，像一位朋友瞪着大而明亮的眼睛默默无语地望着我。我也这样静静地望着它，月波疑滴，望玉壶天近，似乎伸手可握却又遥不可及。月是明了，可天色却有些淡了，星星已不多见，时隐时无，只有左下角有一颗星还很亮，还在努力地眨着眼。放眼望去，夜云轻轻淡淡，不远处的房屋和树木隐隐约约，依稀可辨轮廓。再远一点，天地便朦胧在这月色里，有如雾洗过一般。

我把窗帘打开到最大，迎一角月光进来。

月光轻盈地走进了我的房子，温热渐去，凉风轻习，我重新躺到床上，感受着月光浴的浪漫和温馨。

月光一点点地迁移，迁移成一个30度的角，如牛奶一般倾泻。恍若小时候，母亲为我盖被子时那双温暖的手抚过我身上的情形。我伸出手，欲揽住这轻漫的月光，月光从我的手上轻滑过，又悄悄地停在了我的手上。这月光，穿越了多少万年才来到了现在，照过了多少古人才照到了我的手上？人生代代无穷，江月年年相似。这月，就是照过了古人的那个一模一样的月吧？岁岁年年，在她身上我竟然看不到岁月的风霜留下的丝丝痕迹，或缺或圆，一袭素衣，文雅淡静，与世无争。

明月古今如是，天涯与共，文人骚客的浪漫情怀，少男少女的花前月下，给这宁静的夜晚带来多少幻想和遐思，平添多少欢乐与忧愁！夜月轻惹，一帘幽梦，春风吹满，十里柔情。唐宋的诗词穿越历史的天空，经月华的点醒吟成诗意满怀。也许，在月夜独酌的时候，李白举杯邀月，在想对影成三人？也许，在飞花弄晚的时候，秦观危亭独倚，在将欢娱随流水？

在我的记忆里，对月光的记忆印象最深的要数夏夜的乘凉了。小时候，每到夏天天气晴朗的夜晚，我们全家都会到塘基上乘凉，吃了晚饭洗了澡后，便早早地扛一床竹铺来到塘基上，将身子舒服地躺在竹铺上，让凉风吹走一天的疲劳。天渐渐地黑了下来，这时候，天上的星星便渐渐增多。有时候月亮很早就挂在了天上，淡淡地，非得要夜色来衬托它的光亮；有时候，它很晚才出来，出来后慢慢地往上爬，越爬越有力，也越来越明亮。我们呢，有时候会盯着月亮，看它爬到了哪棵树的树梢；有时候会仔细辨认月里的那棵桂花树，看吴刚是否又将它的树枝砍掉了几根。我很小的时候问过爷爷：月亮到底有多大？爷爷说：太阳有一亩田那么大，月亮只有一分田那么大。没有读过书的爷爷所能想得到的大概也就是天天与之打交道的田地了。可那时，我信。儿时的纯真和简单亦如这月亮的光华，无须装饰，便如花般在心里灿烂。

然而，这样的日子不知在什么时候如秋天的黄叶一般遗落在风中，再也难寻它的踪迹。我真的记不清有多长时间没有喁望这一轮明月了。

当我们忙碌于繁杂事务，当我们休闲于茶吧舞池，当我们白天奔走在大街小巷，当我们的夜晚浸湿了喧闹的繁华，当我们汲汲于尘世走俗，熙熙攘攘，利来利往，浮躁已成了搅扰一池清水的横雨，让我们的心从此不再坚守安宁和快乐。一颗躁动如蝉鸣的心再也装不下这明净皎洁的光华，我们只能眼看着它与我们的内心渐行渐远而无计可施。扪心自问，在这了无纤尘的夜晚，有谁还记得这圣洁如出水芙蓉的花朵绚烂绽放？有谁还省得“缺月挂疏桐，漏断人初静”的时候苏轼的不眠之痛？有谁还能在午夜梦回，为天空飞落的鸟声驻足倾耳？为春天的雨滴、夏日的玫瑰、秋天的落木、冬日的暖阳温一壶惺惺相惜的酒？

江水流春，月华满树。时间流走的是人类不同的面孔，流不走的是白日的光芒、夜晚的朗照。不必养鸟，每天却有鸟语盈耳；无须挂画，门外即是巨画——自然。这样的日子这样的快乐，总是让我乐而忘返。如今，楼房越来越高大，遮去了半边天，也遮挡了月光，遮挡了人近自然。我想，当空调的恒温取代了自然风的起伏，当城市的喧嚣声取代了温柔的月光触摸，当高大建筑的冷漠取代了开门见山的喜悦，当安全门的封闭取代了人与人心灵的开放，我们的心是否在与自然做儿女共沾巾的告别？

迎一角月光进来，让心灵的触角能如这月光，延伸到自然的每一个角落，在尘世的喧嚣中还能拥有一处可以释放的纯净和简单。

生活的样子

我是我们村里的第一个女大学生。我爸高兴，特地择了黄道吉日，为我办了升学宴。我心里说不出的高兴。现在的人晓得偷懒，不用插田，以前是抛秧，现在是抛谷，省了播谷扯秧的环节。扮禾用收割机。那时候，一切亲力亲为。吃了早饭，戴着一顶竹子做的圆斗笠，就得下地干活了。不到十二点不得回来。下午两三点钟又得出门，直到太阳在西边的山上只露出一点红晕，才腰酸背痛地回家。第二天清早，一身酸痛还没消除，腰硬得几乎直不起来，可是又得在父亲的命令声里继续下地。太阳毫不留情，到处倾泻火一样的光芒。脸晒得黑红黑红，手上脚上与衣袖裤脚连接的地方，一白一黑，很分明。

说实在的，当时我的目的很不单纯，我没有远大的理想，我只想考出来，以后不要这么面朝黄土背朝天，不要天天头顶骄阳，脚踩泥水。

我是怎么来到这个小城的，说来还有些好笑。去株洲教育局报到，分配办的人听说我不是株洲的，二话没说，大笔一挥，便将我分到株洲县去了。他大概以为是在照顾我，分在近株洲的地方。株洲县我从没去过，也没有任何熟人，这可怎么好？看到分配办的人填写报到地的时候，用圆珠笔手写了就行。于是，我去文具店买来了一支圆珠笔，仿照分配办的人的笔迹，龙飞凤舞地将株洲县改为茶陵县。来到县教育局报到的时候，竟然没有人提出任何疑问。我就这样自请“流放”，蒙混过关了。

我分到了近城的思聪中学，分的房子是教学楼西边最边上靠近厕所的一间。边上本来有两间，里间大外间小。里间分给了当地的一位女语文老师，我住外头一间。房间窄小，放了一张床、一张书桌，剩下一个过道。最难熬的是晚上，整个天地黑咕隆咚，风也狂，雨也骤，上个厕所也要如临大敌。仿佛从一个逼仄的过道进入另一个逼仄的过道。梦想的天堂被拽出了一个大窟窿，漏风漏雨还漏沙。

一个从未出过远门的女孩子，揣着爱情和梦想来到一个人生地不熟的地方，内心很困惑，遇到了千疮百孔的现实，又无人指点，全靠盲人摸象，摸到什么像什么。最后不得不接受现实，只剩下一条出路：师道尊严，好好教书吧！

小时候，从别人的嘴里，从书里看到的，都是师道尊严，是天地君亲师。这里的“亲”指的是双亲，“师”就是老师。以前的私塾先生教学生的时候是可以打手板的，学生上学前是要拜师的。以前有句话说：生我者父母，教我者师父，投师如投胎。拜师要行跪拜礼，要献红包，要有投师帖子。孔子时代，需要束脩，十多块干肉，不过也不少了。东汉时有个汉明帝，每次去探望老师，一进街口就下车步行，以示尊师。北宋时一个叫杨时的人去拜访当时著名的理学家程颐。适逢程老先生正在家中打坐养神，杨时不敢惊动他老人家，只好站在门外等候。等到程老先生一觉醒来，杨时还站在门外。当时外面还下着大雪，大雪快没过杨时的脚面了。

有一次，我的脚被开水烫得差点残废。那天，我将热水壶烧开后随手放在两块砖头上，自己经过它身边的时候，把这茬忘了，一脚踢去，将热水壶踢翻。一壶开水狠狠地浇到我的右脚背，当场皮开肉绽！我没有请一天假，是因为还有一周学生就要参加中考了，初三来不及换人，自己也想善始善终，不使自己留遗憾。同事中有一个英语老师，她结婚的时候一天婚假都没请。那时候的人大都爱岗敬业。

后来，云阳扩招，我通过考试进了云阳中学。第一次教高中，我拿出足够的激情和热情。为了应对教学，十多本教参在我身边狂轰滥炸。三年后，我被调至一中。

夜深人静之时，我想念着我的家乡、我的父母兄妹。二百多公里，现在交通方便，有了小车，半天就到了。但以前回去一趟非常不容易，天还未亮就得去赶早班车。株洲转湘潭，湘潭转乡里，乡里再转村里，在路上要整整一天的时间。一年只能回去一次。一个外地妹子，来到一个人生地不熟的地方，一干就是二十多年，不想家是不可能的，有时候想着想着，眼泪就哗哗地流，止都止不住。后来，我将我的一首小诗《乡思》发表在《株洲日报》上。有几句是这样的："乡思是一只幽静的蜘蛛，总在黄昏时分，无声无息地结网。乡思是家门前的那棵老树，风乍起，便如繁花般摇缀纷纷。"

我喜欢安静，不喜欢闲聊。买衣服、逛街、美容，我花在这些方面的时间极为吝啬。清华大学上海校友会艺术团在央视《出彩中国人》的舞台上倾情演唱《我爱你中国》。这些艺术团的成员都毕业于二十世纪五十到六十年代，演唱者的平均年龄超过七十岁。但他们照样有追求，有爱好，有激情。他们中有学成归国默默奉献在三尺讲台上的大学教授，有中国第一代大飞机"运一10"的设计师，有投身于茫茫戈壁的核试验研究者……一个人的生命里，总有一种情怀值得坚守。

人生很长也很短，有些选择是因为无法选择，但人生来是个怠惰动物，需要来自外界和自己内心的激活。如果生命是一只蚕蛹，我愿意作茧自缚。路是自己选的，苦在其中，乐也在其中。

一位老师说我："一个女子是有怎样的信仰，可以背井离乡来到茶陵，吃尽苦头，饱尝孤独，把所有青春贡献给了教育。"这里面有两个词语深深打动我：吃尽苦头，饱尝孤独。也许，经历本身，便是一次破茧的过程，内心的痛揉碎了，然后重新放回去。看淡结果，内心便多了许多坦然。

生活就是生活的样子，每个人有每个人生活的轨道。想法不同，做法便不同，不必强求，你有你的玫瑰，我有我的花开。

第二辑

别亦难

站在旧时光里，我听得到自己的呼吸、自己脚步经过的声响。无须珍藏，像一片看不见的叶子，一到春天，它就冒出来了。

——《匆匆那些年》

匆匆那些年

站在旧时光里，我听得到自己的呼吸、自己脚步经过的声响。无须珍藏，像一片看不见的叶子，一到春天，它就冒出来了。

——题记

我最早的记忆是从母亲生妹妹的时候开始的，那年我两岁半。

母亲将我们全部赶出房门，不许我们看。可房间里母亲的哼哼声，挠着我的好奇心。我踮起脚，扒着窗户，窗户对我来说，实在太高了，我搬来一条小凳子，踩到上面，还是够不着。我便在小凳上跳起来，努力跳起来，自然，母亲生妹妹没看到，自己一脚踩歪，扑通一声，摔下来了。父亲知道了，不但没有心疼，反而骂了一句："活该！看什么看，生出来有得你看！"其实父亲是心疼的，只是嘴上不饶。我爬起来，拍拍屁股，忍着痛，不敢哭，跑了。

五岁时，两个哥哥上学去了，每次看着他们背上书包，你喊我，我喊你，相邀着去上学，心里就痒痒。有一次，我缠着哥哥，非要跟他上学去，哥哥拗不过我，便带我去了。我别提多高兴了，一路上，跳跳蹦蹦，扯一朵路边的菊花，摘一片伸到路中的树叶，蜿蜒的小路仿佛通向快乐，我抑制不住地笑。路上有户人家的狗朝我们吠，我不怕，也朝它吠，朝它吐着舌头，扮着鬼脸。结果反把它吓着了，退了好远，才心有不甘地转过头来，继续装模作样地朝我们吠，可我们已经走远了。

哥上课的时候，我不敢打扰他，一个人坐在教室后边的门槛上，一会儿看着后边学生的背影发呆，一会儿盯着院子里的两棵大樟树看。这两棵树枝繁叶茂，树上边的云朵穿过第一个枝丫，落到右边的一爿树尖儿上。一只不知名的鸟儿，从屋垛边飞过来，飞进树叶里，不见了。另一只越过树顶，飞向另一个屋垛边去了。

第二节课，老师不知什么原因没来，教室里乱糟糟的。一个陌生哥哥看到我坐在教室后门边的门槛上，握着拳头假装威胁我："起来，走开！"我盯着他，看他是不是真要我走开。他见我不动，站到桌子上，对着我挥拳："滚开，再不滚开，看我下课不打你！"这回我信了，心里升起一股子恐惧，害怕极了，来不及告诉哥哥，马上离开教室门槛，接着出了校门，离开了学校，慌不择路地走上回家的路。一边走一边往后看，下课了吗？他会不会追出来，追过来打我？

我记得来时要向右转一个弯，于是回去的时候我也向右转了一个弯。

我走了好久，始终找不着家，身上越来越感到热，我把夹衣脱下，抱在手里，边走边看。终于，看到了一个似曾相识的小屋，水塘，茅屋，背对着，陌生而又熟悉。我走累了，顾不了许多，径直走了进去。一个年纪跟我母亲差不多的人正在灶前忙碌，我一看就知道她不是我的母亲！我非常失望，但我鼓不起勇气再往前走，我不说话，也不哭，一屁股坐在了她家的门槛上。我走错了，进了一个陌生的人家！

那户人家的女主人对我很好，特意蒸了蛋，留我吃中饭。嘘寒问暖，劝我不要着急。她说如果我的家人没来找我，她就带我去找家。也许冥冥中有神助，黄昏时，父亲带着哥哥竟然找到了我。后来我才知道，我的走失，母亲有多么着急。

她特意请了上屋里的一个张姓老倌，为我"起数"。"起数"是当地流行的一种做法，家里丢了重要的东西，都会找人掐算。张老倌说我朝西北方走了，于是父亲和哥哥找来了，也不知是张老倌的"起数"灵验，还是凑巧，我真被他们很快找着了。

我从此对陌生人有了好感。其实，在民风古朴的地方，并不是每个陌生人都需要设防。就如同我们，对不认识我们的人来说，我们也都是陌生人，但我们也都不是坏人。毕竟，大多数人内心里都藏着一颗善良的心。

第一次做饭，我已经上小学了。一天晚上，父母都在外面忙，我自告奋勇回去烧饭。饭是现成的，炒一下就成。我回家把饭放进锅里，放了些水，盖上锅盖，烧火。十多分钟后，揭开锅盖一看，饭全煳了！我想当然地认为现饭和煮饭一样，要煮一段时间才会熟。这次，我不记得父母是否骂过我，大约是没有，对于我无意犯下的错，父亲和母亲都给了我足够的包容。后来，我对待别人尤其是小孩子犯错，我就会想到自己，动辄发怒是多么不理智的行为。

穷人的孩子早当家，我七岁开始插田。有人插田的时候，左手靠在膝盖上，右手插。我不是，因为我发现左手靠在膝盖上，严重影响插田速度，所以我从不依靠膝盖。不到两年，我已能插得又快又好了，自己也颇得意。有一次，二哥和我同时起步插田，他排四蔸，我排五蔸，正好可以并进，我为了占上风，使出了浑身解数。趁着我解秧的时候，二哥连插了几行，超过了我。我想，不明所以的人看了，还以为我插不过我二哥呢。于是我大声嚷嚷道："二哥插四蔸哎！"我不愿落人后，读书也是如此。我努力读书，几乎每次都是名列前茅。与生俱来的好胜心，如果应用不当，就有可能变成虚荣心，而我还全然不知。好在二哥心胸宽广，笑笑就罢了，从不跟我计较。

初一时的英语老师是一位年轻的女老师，我是英语课代表。有一次，英语老师因病请了一周的假。那时，英语老师奇缺，一时请不到老师。于是，我这个英语课代表，在老师眼里英语成绩还算不错的学生，临时充当了教师的角色，在自己的班上教起自己的同学来。上课的时候，班主任陈老师来听我的课。我站在讲台前，装模作样教同学认单词，读课文，还学着英语老师的样把身体靠在讲台上。事后，班主任说，我把身子靠在讲台上不好。我表面上点头，心里却在说：英语老师也靠呢。事实是，英语老师身体有病，不得不靠在讲台上，我还自以为美，自以为是，多么无知。现在想来，还想笑，什么叫"东施效颦"？大约这就是。

初二的时候，我代表学校去区里参加英语竞赛，前一晚借宿在社办中学一个英语老师房中。那天晚上，我独自在她的房里看书。她有很多藏书，都是我没有看过的。我家里和我所在的学校都是没有藏书的，素来喜欢书却苦于找不到书的我就像进入了一个书的宝库，放下这本，又拿起那本，哪本都喜欢，哪本都舍不得放下，不知看哪本才好。我极想拿一本回去慢慢看，但又觉得这是偷窃，一个好学生怎么能随意拿别人的书？我想了又想，最终对书的喜爱和占有欲占了上风。心想，反正她这里书多，丢一本可能也不会知道。拿哪一本呢？太厚了，我不忍心拿，于是我选中了一本名字叫《春天狐》的不算厚的书，是一本关于动物的书，我还记得当时的价格是0.4元。我想以后有机会再还回来吧。第二天，我偷偷把书放进了书包里去参加了考试。

然而，这本书拿回去后，我就再也没有见过她了，也一直没有找到机会还给她。我不知道她到底知不知道我拿了她的书，但我却一直记着，并一直保存着这本书。我很想找到她，当面对她说声对不起！但我又怕找到她，我不知道我有没有这个勇气能对她说出这句话。我从来不屑把自己和鲁迅笔下的孔乙己联系在一起，可我却做了和他一模一样的事。他说窃书不能算偷，这只是自欺欺人而已。

高三那年，我眼睛越来越近视，坐在教室后面看黑板，越来越吃力。为了能更好地看黑板，我决定给自己买一副眼镜。一个星期天，我步行十多里来到道林一个配眼镜的小店，花五元钱配了一副眼镜。回来后，我发现度数有点高，戴着吃力，我又想换一副。第二个星期天，我再次步行十多里来到这个店，可是那个老头说："换可以，但镜片已磨，这个钱你得出。"这样我就得多出三元钱。三元钱！当时一天的工分只值两毛钱，父母得花多少天才能赚回这笔钱？再说我身上当时也没这么多钱。我跟他反复央求，他就像是铁石心肠，任我怎么哭求都无动于衷。

旁边坐着的一位老者看不过去了，求他说："一个孩子，就算了吧。"可他戴着一副老花镜，从镜片上方毫无表情地看了我一眼，慢腾腾地说："算了不行，我要亏本的。"这位老者见我一直在旁边哭，有一句没一句地问起我来，问我是哪里的，在哪里读书，家里还有谁。然后他就劝我："算了，也就三元钱吧。"我不甘心，好不容易走到这来，换不成，下次还要来。再说我是来换的，根本没带钱。我说："我没钱。"老者叹了一口气："我也没钱，要是我有钱，也就给你了。"他又问我："你爸爸平时不给你零花钱吗？”我为了说明自己没钱，我当时不假思索地说：“爸爸除了学费，平时不给我钱，他对我不怎么好。”其实我知道，爸爸为了我，已经付出了很多，他不给我钱，是因为家里真的没钱。我这么说的时候，只是想求得他的同情，也是说给那个老头听的，希望他能不要我这三元钱。当时想，反正他们也不会去查我户口，随便说说没关系。那个老者倒认真起来，他一再问我的家庭住址。我想，他就是知道了，未必能找上门去。我也就告诉了他。后来，在老者的斡旋下，我终于换了眼镜，

很快，我高中毕业了。高考分数出来的那天，我去学校看成绩。看完成绩回来，父亲先问了我的成绩，我心里喜悦，却努力装出一副平淡的样子，说：考上了。父亲笑了，连说：好，好！过了许久，又看似很随意地对我说：“有个老先生来家，说我是不是对你不好。”我吓出一身冷汗，唯恐父亲追究起来让我下不了台。我心生愧疚，做贼心虚地把声音放得最低承认了此事。父亲看穿了我的心事似的，再没多说一句话。

后来，我想，如果当时父亲狠狠批评我，甚至揍我一顿，结果会怎么样？大约父亲是懂我的，他知道该采取什么样的方式。可是，我冤枉了我的父亲，愧疚变成了一块石头，沉甸甸地压在我心里，让我的孝顺也似乎变成了一种赎罪。后来我才明白，拿了别人的东西，说了自己本不应该说的话，内心的挣扎和歉意远比当时拿别人书时说别人不是时的快意沉重得多。拿别人一本书，说人家几句不好的话只需要几秒钟，可却要用一辈子的歉意和一辈子的内心纠结来偿还。

时光匆匆，转眼便是几十年。过着过着，人就大了，就老了，父亲现在已是满头白发，母亲的牙齿已基本脱落，自己的脸上，揽镜一照，细细的皱纹仿佛一块揉皱了又摊平的衣服，怎么抻也抻不到从前的平整。想想以前做的这些事，有时觉得很好笑，有时又觉得很傻。可是在当时，要么是无心之过，要么是知错犯错，要么是不知错而犯错。也许真的要吃一堑，才能长一智，做过了才懂得什么叫后悔。

隔着山水的乡愁

很典型的丘陵山区，山不高，树不高，却茂密得像饱蘸墨汁的水墨画，郁郁葱葱，从山上一直绵延到路边，仍意犹未尽，将触角肆无忌惮地伸到路中来，一不留神就会轻柔地爱抚你一下。山是群峰聚，越往前走，山赶趟儿似的越来越多。路斗折蛇行，上上下下，看似不见，却又柳暗花明。

我的故乡三仙坳白洋村，一个很诗意的名字，就长在这山多地多人少的地方。

每个村都有许多组，每个组为一个独立的单位。我们组夹杂在两座浑圆的山之间，宽约一千米，长约两千米。居中，单门独户。小时候，这长条形的范围就是父母为我画定的圈，跟孙悟空为唐僧画定的圈一样，成了我窥视世界的原点。

丘陵地带，房屋大多傍山而建。初中时读过台湾作家李乐薇的一篇散文《我的空中楼阁》，许多年后，其中有一些句子："山如眉黛，小屋恰似眉梢的痣一点。""小屋点缀了山，什么来点缀小屋呢？那是树。"就好像写我的家乡似的，我印象很深，至今还能背出。山不高，树不高，却郁郁葱葱，非常茂密，如果是夏天，便可以"密树窥青果，方塘数绿荷"了。灌木从山上一直绵延到路边，在路边招摇得有些放肆。

房前屋后都是树，山上遍地都是枞树、刺槐、灌木，一直延伸到房屋的前边。在院子的前边，有一棵我合抱不拢的山楂树，枝叶繁茂。上面枝干交叉的地方常常有喜鹊的窝，喜鹊飞来飞去，叽叽喳喳。哥有时会爬上树去，找到鹊窝，从中捣出一窝的喜鹊蛋来。

在房屋的右边山脚下，有一口二三十亩的山塘。小时候，山塘的水都是满的，非常清亮。我们常常用手掬来就喝，从不闹病。有时候，水里还有一些白色的圈状物，一起一伏随着水波晃动。水最满的时候，与我们家的房子的墙基只有两米多的距离。但担心好像不是我们的事，我们并不为水是否会漫上淹过墙基发愁。

两座山的中间是一丘一丘不规则的梯田。一年里总有许多的日子，我和父母兄妹或迎着烈日在田里杀禾，挥汗如雨；或披着蓑衣分蔸插秧，退步成行。比赛插禾的时候，我比我哥哥插得快些，我插五蔸五行，哥插四蔸四行，我也不允许他比我快。一旦快过了我，我便大声喊："哥插四行哎！"哥也不争辩，冲着我直笑。一行行的秧苗一直延伸到拐角，在风里轻轻示意。"双抢"的时候，每天天刚放亮就出去，扮禾插田，弯腰就是一天，泥巴里待着就是一天。插田的时候，腿上常常有蚂蟥吸在上面。知道蚂蟥是再生性动物，扯不脱，也不敢扯，怕蚂蟥扯断，留一截在肉里头，钻进去再也出不来。便用秧苗用力抽打，腿痛了，看到蚂蟥掉下来，冲着它道："看你还吸！看你还吸不吸！"心里却高兴着。这样的日子十天半月不得停歇，常常腰酸背痛得直不起来。第二天天刚亮，我们戴上斗笠，迎着朝阳又出去了。

这种辛苦的日子刻在脑子里，让我从此对田地有了敬畏。

山水梯田，熟悉的格局，熟悉的笑脸，熟悉的小路、乡音……在这里，时光放慢了脚步，大约怕惊扰了我回家的好梦，怕我找不着回家的那条小路。

每年回去一两次，待上那么两三天。偶尔出来，看看门前的水，走走屋后的山，一成不变的梯田。对面人家的房屋，非常安静，安静得像一棵棵生根的树；又是那么熟悉，熟悉得好像我从来没远走过。无论我怎么走，走多远，来也好，去也罢，它都在这里，不惊不喜，不怨不怒，平静，温和，安谧。

故乡，像一位历经风霜的老人，用他博大的胸怀容纳着我，从容地望着我成长，远去，又归来。

故乡的变化是缓慢的，一点一点，细水长流。

原先的茅草屋顶，渐渐换成了瓦；原先的土砖，渐渐换成了红砖，外面一层的白，很耀眼。原先的平房，渐渐成了两层楼房。每次回来，房屋没有说话，只是那忽然的白还是惊了我的目光。我从前的家也全拆了，本来想留一间的，为了两个哥哥建房子，一点没留，换成了哥家的两栋两层楼。

原本还在淘气的侄子也长大了，结婚了，有了孩子。偏远的故乡也渐渐走近现实，两岁多的侄孙还不认得纸币上的面额是多少，却能根据纸张的大小准确判断面额的大小。

每年回来，总能见到一些熟悉的面孔。小时候，他们是这个地方最中坚的力量。忽然一日，我看到了那熟悉的面容上一缕缕的白发，笑容里那散开的皱纹；母亲或重或轻的言语里，听到接生过我的老婆婆去世了，小时我走失的时候为我卜过卦的张老倌走了，对面曾经买了许多东西送我读大学的满姑病故了……从前，那是我多么熟悉的人！音容笑貌还在眼前，还在记忆里藏着，可人就这样永远地消失了，无风无浪，生命的痕迹这般风轻云淡。

比我小的孩子们长大了，慢慢长成了陌生的面孔。望着从外面进来的年轻而生疏的面孔，襁褓中孩子天真的笑脸，无论我怎么盯着看，我也完全不认识。父亲饱满的脸颊渐渐清瘦，母亲从前那能咬断线头的牙齿我见一次少几颗。前几天，在不经意间，揽镜自照，发现一根长长的白头发赫然掺杂在那一头黑发中。“儿童相见不相识，笑问客从何处来？”哦，故乡！清晰的记忆里，我是那么抗拒而且不愿承认在慢慢生疏的故乡！

近乡情怯，也许就是从这时候开始的吧？

故乡，隔了长长的山水，常居在外的人，经不起一触一碰。内心里一首歌慢慢变得高亢，一不留神便带着故乡的烟味。久而久之，乡愁席卷而来，有时候，它像个贵族，在余光中、席慕蓉的文字里雍容出现；有时候，它又像个走失的孩子，躲在人家的屋檐下巴巴地望着远处的炊烟。王开岭说，故乡是有容颜和记忆能量，有年轮和光阴故事的。是呀，如今许多地方拆迁、改造、重建，故乡的版图不再，又从哪里找回童年，童年的影子。记忆无处安放，心便也跟着流浪。我庆幸还有个故乡用无数的细节和记忆特征可以让我安然着陆，支撑我用一辈子来怀想。

我能感受故乡温暖的手掌如日光一样的抚摸，从头到脚，无休无止。乡愁，从回望故乡的那一刻，从姆妈噙着眼泪在家门前山楂树下挥手站成剪影的那一刻，就再也没有停止过。

就像《乡愁》里所唱：“游子，你可记得土地的芳香。妈妈，你可知道儿女的心肠。一碗水，一杯酒，一朵云，一生情。”记住乡愁，忘不了的乡愁！

故乡何处是，忘了除非醉。故乡有一天，也许会变成你不认识的样子，无法防守。幸好，我的故乡很从容，由着我慢慢地深入骨髓，带往他乡。如有故乡人来，我还是想劈面相问：来日绮窗前，寒梅著花未？

纸　船

夜晚很安静，桌子上有几摞书，还有几支笔，我将它们安放在一个笔筒里。在笔筒的旁边有一摞堆叠起来的纸，严格地说，那不叫纸，应叫船。有时候，坐在桌边，累了，便折纸来玩。也不去刻意选择材料，手边有什么纸便折什么“船”。船渐渐多了，花样也多了，有的呈白色，有的船呈红色，写过字的，印了图案的，花花绿绿，一大堆“船”累堆起来，静静地靠在笔筒的旁边，傍着笔筒入眠……

我将桌上的纸船拿下一只，放在手心里。它很小，这是一张杜鹃花图案的纸，红色、粉色、白色的花在船上满满地开，像一座开往春天的山。我轻轻一握，它便消失在我的拳头里。我打开，它又出现了。不经意的动作，撩拨了我藏在内心深处的柔软。看着它，想起小时候看过的一首诗：

弯弯的月儿小小的船，
小小的船儿两头尖。
我在小小的船里坐，
只看见闪闪的星星、蓝蓝的天。

此刻，我要是坐在船里，那一定也能看到低垂的夜幕闪烁的繁星吧。其实，我还真在夜晚坐过船呢。

我的家乡没有大河，小时候，船在我心中几乎没有概念。我第一次坐船，是我十四岁的时候，姑姑家在沅江，我和父亲从长沙坐船去的。去的时候是夜晚，我糊里糊涂地跟着父亲上了船，根本就没有看清船长得什么样。只知道这船挺大的，分上下两层。船在水里走的时候只有微微的振荡，在我看来，那就跟我很小时母亲抱我到摇篮里轻轻地摇晃没有什么区别。啊，原来坐船是如此平静而舒坦。当人声的嘈杂渐渐被夜色吞噬的时候，我仍然瞪着一双兴奋的眼睛东张西望，耳朵里传来的是马达的轰鸣声、船划过水时的有节奏的哗哗声。岸边，星星点点的火光，慢慢远去又不断涌来，跟天上的星星似的，无论你走到哪，它都跟着你，死心塌地地跟着，决不离开。看着旁边熟睡的人们，哦，这船里，又会装着多少人的好梦呢？在梦里，明天，一定是一个新的开始。

后来我坐船多了，摆渡时的渡船，在水中游玩的快艇，漂流时的皮划，三层高的旅游船，简易的观光船，便有了不一样的感受。坐渡船的时候，船身小，晃晃荡荡，水在自己的身边溅起小小的白浪，我撩着水花儿，没有害怕。穿着红红的救生衣坐在快艇里在海上箭似的射出去的时候，我觉得自己就像掠过海上的海鸥，风驰电掣，自由自在，大约海鸥在海上飞也就是这种感觉吧。郴州东江漂流，坐着皮划艇，跟一路同行的漂流者打着水仗，有人落水了！正担心着，他三下两下爬上来，湿漉漉的衣服沾在身上，全然不顾，接着加入泼水大战，引来一阵阵快乐的笑声，长久不息。在水流奔涌的区域，随着气垫船的一起一伏，一波三折，那种快乐和刺激伴随着不断的尖叫声在身心里蹦跳。有时，就坐在船舱边，静静地看舱外，青山绿染天边，树木追至远方，村落安安静静，白云轻轻淡淡。有时，放眼河边两岸，看细碎的油菜花烂漫成一大片一大片的金黄。拂拂清风，盈盈水幕，夜空星云闪烁，船在水里画着涟漪，边走边画，不停不止。

渐渐地我喜欢上了坐船，也学会了折纸船。

女儿两岁的时候，一次去书店闲逛，发现了一本教你怎么折纸的书。看看价钱，也不贵，想想可以教女儿折纸啊，便买下了。回来照着上面的样子去折，学会了再教女儿。那以后，我折了许多的纸鸟、纸船、纸鸭，还学着剪双喜字，剪飞鸟，剪风筝，剪龙凤呈祥，剪双鱼戏水。夫弟结婚的时候，我剪上一对双喜字，再剪出窗花贴上，喜庆不少哪。后来，时间一长，兴趣渐减，便好久都不再去折、去剪。偶尔想起的时候，我又记不起怎么样去折去剪了，只得临时找了书来照葫芦画瓢。后来，搬了两次家，这本书也找不着了，我便淡了折剪的念头。只是偶尔闲着无事的时候，折折纸船。也只能折折纸船，因为我将其他的折纸方法全都忘记了。只有纸船的折法，仍深深地留在我的脑子里。每次拿到一张纸，没事的时候，就将纸变成船，折好后放进手心里。我的手心就是它的海，手心平了，它就风平浪静地游；手心凹了，它也就翻了。

也许，船与我是有缘的吧。有人问我：你不会游泳，坐船你不害怕？万一船翻了，万一你掉下去了怎么办？我说，我没有想过。也许正因为下一刻的无法预见，我们才无法停止前进的脚步吧。人生就是这样，充满了风险，也充满了好奇和乐趣。潘多拉的盒子一经打开，幸福与灾难，执着与冲动，美丽与丑陋，快乐与悲伤就成了不离不弃的孪生兄弟，谁也难以拆散它们。所以，我只想好好把握这一刻，将这一刻打扮成最美的新娘，好好欣赏。

我折的纸船是放在我的书房的桌子上的，在我需要安静的时候，看一看它，或者再折上一只纸船，浮躁的心便会如同这些纸船。它的折叠很简单，几秒钟，一只小小的船便摆在了面前。泰戈尔说，他会每天折一只纸船，将它放进急流中，他希望远方的人能得到它，并能采到园中的花，将花栽到船上，游到岸边。这是一种怎样的美丽，怎样的一种惬意和满足！在子夜的微风中，想象着自己坐在船里，带着满载着梦的星火。冰心说，她每天将废弃的纸留着都折成小船儿抛进海里，要让它们流到想要它们去的地方。我这里没有海，也不可能每天去很远的河边，我只能将我的纸船摆在书房里。这小小的船呀，它是有怀的吧？它是有心的吧？如果有，我愿将我的爱与恨、快乐和忧伤盛在它怀里，种在它心里，在适宜的时候，将它放到我梦中的海里，让它流到我想要它到的地方。

我把手心里的船重新放回它原来的位置，轻轻地。看，它睡了，杜鹃花也睡了，嘘！别惊扰了它们的梦。

梅 乡

茅草、土墙、木窗，一幢小屋，四五间，静静地坐落在池塘的一个尖尖的角上，将这个尖尖的角点缀得玲珑无比。

池塘很大，围绕它跑一圈约合读一篇千字文的时间。爷爷讲嫦娥故事的时候，我问爷爷月亮有多大，爷爷比了比说，月亮跟这池塘一样大。我忽闪着眼睛，盯着有时如玉盘有时又如玉钩的月亮，傻乎乎地不信，又不得不信。

小屋很小，说句话的工夫，便可从这头穿到那头。小屋的背面是座山，浑圆，不高，坡坦，上面是密丛丛的树。树不大，枞树居多，其次是郁郁葱葱的灌木与茅草，一直延伸到池边，屋旁。月黄昏时，池边，暗风浮动，疏影横斜水清浅。

每年的秋天，茅草很茂盛，我们便带着柴刀上山，成捆成捆往家里搬。灌木也不能幸免，堆垒在屋前的阶基上，一座山似的。

院子里有一棵我合抱不完的山楂树，这棵树不单我喜欢。月亮也喜欢，它常常将身子挂在树梢上，荡秋千；喜鹊也喜欢，将自己的窝安在枝丫间，里面时常传出细而尖的喜鹊宝宝的叫声。我见过的，肉嘟嘟，粉嫩嫩，张着大嘴巴子，朝天唧唧唧直叫唤。

那时的我更对山楂树上面金黄金黄的果子爱不释手。秋天，山楂成熟的时候，我便去捡掉在地上黄得让我直流口水的山楂，忘乎所以去捡，唱着歌儿去捡，挑着个大而黄的，用手擦擦，往嘴里塞。酸得我张嘴闭眼皱眉耸鼻，直呼哎呀，脸上还分明在笑。

小屋的前面是一大片田野，再往前便是树色浓墨的山坡。坡底，三三两两坐落着几户人家，安静如画。屋顶上的袅袅不断的炊烟，屋前边偶尔的几声鸡啼狗吠，成为山村里最能提升动感的音乐。

那片田野，一丘一丘，不规则地梯形上升，我在那些田野里扯秧、插田、杀禾、拾穗。后来看到画家米勒的《拾穗者》，便惊讶于劳动的场面多么相似。那三个弯腰拾穗的女人拾的是麦穗，一定满怀憧憬。因为，我也是。

后来，小屋的屋顶换成了黑色的一片片的瓦，鱼鳞一般排在屋顶的两边。后来，土墙换成了红砖，外面刷上一层白色的石灰泥，地势比以前高了许多。

堂屋的大门两边，父亲请人写上了八个大字："高台月景，家岭梅乡。"我一直不太明白它的完全含义。父亲读的书不多，这月和梅是谁想出来的呢？尘中见月心亦闲，一颗珍珠似玉盘，高台月景，即使什么也不说，也足以让人心驰神往、气定神闲。家岭是地名，小屋所在地叫高家岭。只是，梅乡呢？梅是没有的，为什么要叫梅乡呢？

沈从文北漂的时候，称他租来的小屋为"窄而霉"，源自他的生活状况，当时，他的生活窘迫如此。李乐薇将他建在山上的小屋称为"我的空中楼阁"，源自小屋的地理位置与他心中的情意。

我的家，因这好听的八个字而诗意盎然，这时，我管不住它名副不副实了，骨子里，觉得是，就是了。

如今，小屋已换成了哥的两栋两层楼房，比以前漂亮多了。在池塘靠山的一边曾经的小径开拓出了一条可以供汽车行驶的路。池塘还在，塘基上却是荒草萋萋。夏天乘凉可以并排放上两个竹铺的地方，现在窄得仅容一人走过，还得避过随意钻出的草的肆意偷袭。

小屋不是我个人的，但现在，我把它划到了我个人的名下，那是我的小屋。我童年的记忆都留给了小屋，小屋边的那片池塘，以及后面的那个山坡。

在我的一首小诗里，我是如此描述那片池塘和那座小屋：

那片池塘是三角形的，很大。一幢小屋立在它尖尖的一角，山在旁边陪着，树在周围守着，一只小黄狗躺在树下，安静地眠着。

月光分配的时候，七分给了田野，一分给了池塘，塘基和塘基上的人分得了些许。

小屋也分了些，被月光笼罩着。树也分了些，它忙碌着，在起伏的地上，在轻盈的风里，画出高高低低参差斑驳的影。

日光是陪着池塘的波光来的，走的时候，悄悄带走了爷爷的嫦娥故事。屋前高大的山楂树，还有树下的那只大黄狗。经过波浪划过的水边，我听到树在拔节。

菜心虫一只只点数过的那一大片菜地，荒芜的草延伸到树林边。那片池塘，塘边的小径越来越单薄，已不够我就着月色数一回星星，或者翻开唐诗，折一支烟柳。

长大了，寄身异地，我却喜欢上了“梅乡”二字。

有人问我，君自故乡来，应知故乡事。这时，我就会将我的“梅乡”讲给他听。

忘了，没有梅。

遇见你想遇见的人

天空飘着细雨，一小片一小片的雪花混在雨中，像迷失了的孩子。一会儿，视线被一层厚厚的雾挡住，看不分明了。

车开得不快，我的心却越过这漫天雨雪，飞回到了父母身边。母亲眼睛看不见，身体还好吗？去年回家的时候，母亲的白发多了不少，牙齿也掉了好几颗，今年——我极不愿去猜想后果，努力不去想它。那挖掘机挖出的坑蓄满的水不知还够不够用？那小小的菜地里韭菜割了一茬还有一茬吗？

越接近家的地方，雪越来越厚，白白的雪由一点点，到一处处，到一堆堆，越来越多，再后来，视野所及，便都是白茫茫的了。田里，秋天的稻茬隐隐约约在一片白色里跳跃，偶尔冒出的嫩芽儿传递着春天的信息。走过宽阔平整的马路，转到泥泞的乡村公路上。行人的脚印将雪泥揉皱了摔在路上，坑坑洼洼一直延伸到拐弯的地方，拐了弯仍是，没完没了，传递着白雪里温暖的烟火气息。

在农场的父母一见到我们，犁沟般的笑容一圈圈水纹似的漫开来。母亲睁着那双无神的眼睛望着。母亲看不很清，听力却还好，听到车子的动静，早已迎了出来。听到我叫她，她道：回来了！没有多话，剩下的话全都堆到笑里头去了。

腊月十五，大哥打来电话，说侄女年前结婚。我调整行期，提前回了家。为了赶在这天晚上将对联挂上，稍事休息，我先行别了父母，去了大哥家。

到大哥家的时候，天已大黑。暮色将小山村围了个严严实实，安静得像个熟睡的婴儿。熟悉的乡村轮廓扑入我的视野，模糊不清。大哥家里灯火通明，院中搭起的红帐篷花轿似的全身上下延展着喜气。厅前侄女和侄女婿的合影占了小半面墙，穿着红红的绣花衣裳，冲着我们幸福地笑。厨房里，炊烟缭绕，人穿进穿出，热闹非凡。小时候，每次在外看牛或玩耍，看到对面人家的炊烟穿过屋顶，我便知道，该回家了。

我从车上拿出早已备好的对联，侄女婿不多话，从我手里接过对联，挂了起来。

第二天早晨，下了一整晚的雨雪，停了。饭后，外面走走，雪仍是漫山遍野，苍茫娴静。对面的山坡上，雪轻压着树枝，星星点点，犹似“千树万树梨花开”。不远的一口几十亩的大山塘，形状一点没变，仍像极了小时的模样，只是水少了许多，在微风里泛出粼粼波光来。

近处也有一口山塘，这是我家门前的一口塘，比远处的略小。小时候，我经常在干完一天的活、读完了一天的书后来到塘基上乘凉。嗅一嗅，仿佛仍能嗅到我当年的体味，听得见我当年说过的话。我随身带着相机，拍照时突发奇想，要是能把当年的笑语、曾经的脚步声也摄进这小小的图片里，那该多好。

礼簿前，客人来来往往。来一个，是对门的细满，他看到我，笑着说：回来了！我说：回来了，回来了！又来一个，是上冲的十一伯伯，他也说：回来了！我也说：回来了，回来了！简单交谈两句，一年了，乡音像一位失而复得的孩子，在周边或左或右地蹦跳着。

大哥作为娘家上宾讲话时，从没有在公共场合讲过话的他拿着话筒的手抖个不停，几句话下来，大冷的天，头上冒出细密的汗珠。

化了妆的侄女红霞满脸，光彩照人，头上簪着花，碎花的红旗袍紧贴腰身，妩媚轻盈。侄女婿是广西人，第一次来家，少言勤快。这一对打工认识的眷侣，经历了合合分分之后，终于走到了一起。

遇见，从不需要预约。我想起张爱玲写过的一句话：“于千万人中遇见你所要遇见的人，于千万年之中，时间无涯的荒野里，没有早一步，也没有晚一步，刚巧赶上了。”

刚巧赶上了，就是缘。

别亦难

大年初二，我要回娘家了。母亲像往常一样，站在家门前等我，听到我叫她，她露出微笑，伸出一只手来抓，边抓边说："回来了！"省去了称呼，没有久违，好像刚回来不久，只是在外边打了个转，就又回家的感觉。

我几步跨过去搂住她，搬来一把椅子，扶她坐下。嘘寒问暖一番，我打量着母亲：母亲讲话不看我，一大一小的两只眼睛，一只是青光眼，一只白内障，早已丧失了它们原有的功能。就算眼睛在看你，又好像什么也没看，非常无神而无助。母亲微笑着，荡起嘴角边无数涟漪。母亲从不大笑，就是微笑也着意抿着嘴巴。家里热闹起来，许多人走过来跟母亲说话，母亲不能不说话，尽管她想掩藏，母亲空洞的嘴还是原形毕露。这时我便转过脸去，有意不看她，我不想看到母亲难为情的样子，我知道她也不想让人看到。

我努力将现在的母亲与从前的母亲像电影镜头一样重合叠加，但无论怎么拼合，那巨大的差距还是像干裂了的田野，呈现在我面前。

我记忆里的母亲，年轻、精力永远充沛，她青春的模样是春天饱满的绿叶，充盈在我的眼前。

初秋，正是橘子将要成熟的季节，橘园里的橘子在深绿的叶子里泛着青光。读高中的我在房子里收拾好行李，准备返校。母亲刚刚还在，这会不知哪去了，我也没在意，提起行李从左手边的门出去。出门不远便是橘园，园门是用荆棘编成的，动物们钻进钻出，下头开了一个大口子。我望向橘园，惊讶地站住了。母亲握着两手橘子正从橘园的布满荆棘的园门口往外爬。

我想，大约是园门太高，母亲跨不过，两手又不得空，只好往底下钻。母亲见到我，那时候母亲的眼睛是分外明亮的，她脸上的笑容开了花，白白的牙齿在暖和的阳光下泛着白色的光。钻出来，身上带着泥土和草的芳香，橘皮是青的，一点儿也不黄。母亲将它们一股脑儿往我包里塞，我嫌它未熟，不要。母亲硬塞，说："这次你不带走，下次回来分得你还有？"读高中的时候我一个月才能回来一次，母亲知道，橘子常常是等不到全熟就会摘光吃光的。

晚上，在煤油灯昏暗的灯光下，忙碌了一天的母亲常常摇动起简易的纺线机。母亲左手拈着白色的棉花，右手摇动圆圆的机子的把柄，机子吱吱呀呀地转起来。我觉得那是母亲最美的舞蹈。机子一边转，母亲一边轻轻哼上她以前熟知的曲子，声音柔和，随意，像摇篮曲，样子安详而幸福。一根丝一般的线从母亲捏着的棉花里魔术一般钻出来，一圈一圈地缠在机上，一直缠一直缠，好像没有尽头。我常常听着，常常就醉在了母亲的纺线机声和她随口哼出的曲子中。

做布鞋是母亲最擅长的活。纳鞋底的绳是麻绳，母亲将麻绳的一端穿过麻绳的交叉口从布鞋的另一面扯出来，两端再用力扯紧，一个针脚就算完成了。做这些的时候，母亲是极为利索的，手上下左右来来去去，动作和谐优美得像一首波澜起伏的歌。做鞋面用的是棉绳，每到一处完结的时候，母亲便低头，用她的牙齿将棉绳轻轻咬断。低头，咬绳，低头，咬绳，好像乐谱上每一句后面的休止符。这个动作无数次的重复，我一直认为，母亲的牙齿是坚硬无比的，还有什么东西可以撼动它呢？

现在，母亲那些原本坚硬无比的牙都告别了原先赖以生存的口腔，曾经那么坚守的阵地失守了，失守得片甲不留。

是谁将你那一口白白的牙像掰玉米棒似的掰走了？这狠心要命的啊！

母亲在厨房里张罗着，一会儿拿出一块肉，一会儿舀水洗菜，一会儿涮锅底。我知道她是闲不住的，饭茶放在哪，家中一应物什都在她的脑子里记着，计算器一样的准确。矮小的身影摸进摸出，晃动在我的眼前。看不见没有成为她的障碍，也没有成为她的怨言和借口。我系上围裙，帮衬着炒菜切菜。以前她眼睛好的时候，是从不会喊我帮忙的，再困难也一个人扛下来。现在，看不见了，她能做的还是自己尽量做，也很少叫我帮忙，但我又岂能闲着？

吃饭的时候，母亲坐在桌旁，端着碗，因为看不见，她很少夹菜。我将她爱吃的菜一一夹进她的碗中，她总是说：够了够了！但鱼是不夹给她的，怕她卡着；骨头是不夹给她的，怕她咬不动；猪蹄是不夹给她的，怕她噎着。一不小心，母亲将碗里的菜撒到了桌上，她毫无察觉。她孙子的两岁儿子看到了，嚷嚷道："太驰，你把菜撒桌上了！"母亲慌忙用筷子去夹，筷子在桌子上夹过来夹过去，菜没夹起，反而扒开了。我说："妈，不要了！"

我找了个借口，迅速起身，眼里已是潸潸热泪。

等我再回到桌边，母亲已吃完了，冲着我微笑：我现在还能吃一大碗饭！言语之间颇为得意。母亲一不小心又原形毕露了，那嘴里的空洞，像一个巨大的黑洞，向我压来，我忽然恐惧。

完全没有经意，时光就这样老了，在父亲清瘦的身躯里，在母亲失落的牙齿中，看不见的眼光中，一点，一点，磨白了每一个清晨和黄昏。

多少次聚首，多少次离别，聚也难，别亦难！

我不知道，父母表面上过得还风平浪静的日子暗藏了多少危机。我只愿，每次回去的时候，母亲都能快乐地笑着，迎我走来，对我说："回来了！"

过 年

转眼的工夫，就到了年底。

在街上闲逛，来到犀城广场，在广场的一角，忽然发现大红的春联将一面的墙排得满满的，风轻触，春联微动，红红艳艳，门帘暗展。街上人来人往，小商店门口，各种吃食琳琅满目，大包大包的香菇、竹笋、木耳，堆叠如山。过年还有半个月呢，年味儿已从这些香菇、木耳、春联中浓浓浅浅地透了出来。

我心目中的年味，是与震耳欲聋的鞭炮声，浓浓的烟味，家家户户门前红红的春联，吊在火炉上面烟熏火燎的大块大块的腊肉，大人们拱着双手说拜年的祝福声，以及孩子们穿着崭新的衣服走东家串西家的嬉闹声分不开的。

20世纪80年代，正是衣食匮乏的时代，除了逢年过节，平时难得看到鱼肉荤腥。但年还是要过的，在我们眼里和心里，最盼望的就是过年。俗话说“大人盼插田，小孩盼过年”，那是最贴切不过的。从年前腊月二十三开始，年味就像黄昏时的雾霭，渐渐弥漫在整个乡间及孩子们的心里，我们的心也成了越吹越足的气球，鼓鼓胀胀地在身体里欢快地蹦跳。

母亲一般会在腊月二十三这天叫来裁缝，拿出早已买下的粗布料，为我们赶制过年的衣服。那时候，最好的布料大概是的确良了。母亲给我们做的大多是棉布衣服，但在那连衣服也难以满足，一年四季就是两身换洗衣服的时代，有新衣服穿已是我们最大的向往，哪里还有什么挑剔和选择呢？看着父亲将缝纫机挑回家的时候，那缝纫机简直就跟花儿似的，在我面前耀眼地晃个不停，屁颠屁颠地争相去踩下面的踏板。看着那花花绿绿的布料，我高兴得晚上直做梦，梦见自己变成了《格林童话》中的那个美丽的白雪公主。

腊月二十六家里杀猪，远远近近来了许多人，桌子上的菜陡然变得丰盛起来，清蒸鱼、鸡蛋羹、红烧猪蹄……香喷喷，馋得我直流口水。腊月二十七八母亲开始忙着炒花生、炒米、红薯片、爆米花。样式蛮多，我们看见了，表面上不说，心里其实想得慌。母亲仿佛知道我们的心思，只要我们到她身边，她一般都会这个拿一点炒米，那个拿一些花生，这时候的母亲也比平时大方得多。

年味儿，通过爆米花嚼在嘴里的蹦蹦脆脆，花生壳的飞飞落落，浓浓烈烈地散了开去。

大年三十那天（没有三十也称三十，习惯了），年味像一位羞涩的姑娘，站在远处向我们露出了如花的笑脸。整个上午，母亲都在厨房忙碌着，烧火、择菜、剥鸡蛋、炖肉；父亲忙着杀鸡、剖鱼。我们呢，则从厨房窜到堂屋，又从堂屋窜到厨房，要不就跳到外面看着父亲给鸡、鱼开膛破肚。帮帮这，做做那，我们的心似乎挂到了树上，在空中摇头晃脑，得意扬扬又急不可待。好不容易，中午的菜终于端上了桌。中间一大盆热气腾腾的鸡肉和猪后腿肉（这是猪身上最好的肉），加上已去壳的鸡蛋、蜜枣，占去了桌子的一大半。旁边放着鱼肉、鸡杂、小菜。开饭的声音还没落，我们就拿起了筷子，开始朝着中间的那一盆直插过去。这个时候，一向严厉的父亲是不会说我们莽撞不懂得谦让的。他也知道，我们等这一天，盼这一天，那是等了盼了整整一年哪！不一会儿，中间满满的一盆就见了底，直吃得我们满嘴流油，心满意足地放了筷子，然后拍着鼓胀的肚皮打着饱嗝离开。

大年三十的晚上，照例要守岁，那时没有电视看，但我们同样有我们过年的方式。在厨房一边砌上几块砖，中间用吊钩吊着水壶，在水壶下面用木柴燃起一堆火，我们围坐在火炉边，一边烤火，一边听着大人们说话。大年三十，天气的寒冷成了母亲放在秕谷里烂掉的红苕，被我们随手丢在了屋外。我们坐下来的时候，母亲是不坐的，她在为我们准备着夜宵——一大锅猪脚炖萝卜。我们之所以如此安静地坐下来，除了烤火，还为了父亲的压岁钱和母亲给我们准备的那锅猪脚炖萝卜。父亲的压岁钱不多，每人两毛。但对身上一年四季难得见到一分钱的我们来说，这也足够了。母亲做的猪脚炖萝卜香气四溢，我们的食欲也就像这夜色一般越来越浓了。

在火光的温暖里，在猪脚炖萝卜的香气里，在大人天南海北的谈话里，年就像一位永不停歇的时光使者，从我们身边，轻轻悄悄地跨了过去。

大年初一，喜欢睡懒觉的我早早地被鞭炮声惊醒，昨晚父亲也叮嘱我们要早些起床。其实，不用父亲说，我们都会起得早，不为别的，就为穿上这几天来梦寐以求的新衣服。临睡前，我就将新衣服放在了我的枕头边，准备着初一早起来穿。吃了早饭，拜年的孩子们成群结队地来了，我也加入了他们的队伍。一方面可以饱自己的肚皮，另一方面也为了炫耀自己的新衣服。无论走到哪家，哪家都是笑嘻嘻的，准备了茶和点心等着，临走还要给这个一捧，那个一袋。等到回来，我们的袋子处处隆起，全是吃的。幸福的感觉也就像这越隆越起的口袋，在心胸里鼓鼓隆隆起来。

这样的感觉一直要持续到正月十五以后。

二三十年后，年，每年还在过，而这年味，也在不知不觉中发生了变化。

年前半个月，年味渐渐地在每个人的心里发酵，年的跫音在我们耳边越来越急促地响了起来，比以前更为浓厚。街上的车和人一天比一天多了起来，商铺和货摊上的货物像听到了集合号令似的猛然间会合在一起，越来越多。我和女儿上街买衣服，熙熙攘攘的人流和川流不息的车流将本来宽阔的大街变得拥挤不堪；那红红的别致的春联静静地摆在街道两旁，好像在炫耀什么，又好像在等待什么，不时撞入我的视线中，我的心慢慢被这些填了个满满实实。

回家，女儿就把刚买的新衣服穿到了身上。我说大年初一再穿吧。女儿说早穿迟穿不是一样吗？我说不一样，感觉不一样呢，我们小时都是大年初一才穿的。女儿说，你们那时是什么时代，我们这时又是什么时代，穿新衣服的感觉也不像你们要到大年初一才有，我们是一年四季都有得穿，穿新衣服的感觉早就体验过了。女儿还说，过年也不需要大鱼大肉，有蔬菜吃就好。我说这哪行呢？过年就得有过年的样子。女儿嘴一撇，说平时哪样没得吃啊，都吃腻了。我说这不同，过年是我们中国的传统习俗，一年三百六十五天就盼着这一天呢。过年还不多吃一点？女儿说，鸡鸭鱼肉平时想吃就吃，用不着这时候来撑啊。老公在旁边附和，说实话，这些东西平时哪样没有？想吃买来吃就是了。我说不过他们，想想也有道理。我索性给他们安排任务，女儿点出吃的用的清单，老公负责搬运，放鞭炮，贴对联。我负责伙食，共同打扫卫生。

我要过一个充实而快乐的年。话是这么说，但在心里还是认同了女儿吃穿不愁的观点。过去，过年时零食装满了身上的大小口袋，如今，零食摆满了一桌子，却不想吃了——太多了！过去，大年三十和大年初一是我们最希望到来的日子，那两天的鱼肉可以敞开肚皮吃；现在，这两天的蔬菜反倒成了最抢手的菜，几乎每餐都能一扫而光。过去，走亲戚拜年是小孩最向往的事，我小的时候就曾哭着闹着要跟母亲去舅舅家。有一次，父母去了姑姑家，我们几兄妹随后追着也去姑姑家，快到姑姑家时，看到父母正好出来，我们马上转回，结果还是被父母打了一顿并罚我们不准进屋。现在，我们有了私家车，问女儿去不去叔叔伯伯家，她说不去，她宁愿跟同学去玩，或待在家里玩电脑。过去，大年初一穿新衣裳是可以让人向往到魂不守舍的地步，可现在，新衣服一年四季随时都可以穿，不用等到过年了！

但过年永远是热闹的、喜庆的、张扬的：鞭炮声不绝于耳，大红灯笼高高挂起，吉祥的对联依旧守候在大门的两旁，新衣裳炫炫地耀人眼睛，恭喜祝福的语言随口而出，大鱼大肉香味扑鼻，鲜果小吃琳琅满目……三十年并不长，可三十年却让我们见证了它的变化：食物一天天丰富了，房子一天天漂亮了，马路一天天宽了，小车一天天多了，工资一天天长了，生活一天天好了。这种变化是随风潜入夜的雨，是润物细无声的。而年也在这日新月异中过得更加丰盛起来。

菜是家乡菜，年是团圆年，生活的富足也许不为吃。我感叹生活的平安富足，高兴之余又有些担忧。这年味，会与我们甜美的味觉和急切的盼望渐行渐远吗？

会飞的灯

微微的凉风吹过来，月光薄如蝉翼，笼在我们周围。白天的热气早已散尽，夜晚的风带着新收割的田野的味道，弥散在身边。月亮猫在树梢上，躲了半个脸庞，在地上投下参差斑驳的影，像爷爷手中的蒲扇，随意地摇啊摇。青蛙的声音此起彼伏，好像在赶一场盛大的夜会。

这是我们一家最闲的时候，一边乘凉一边唠嗑。家的右边，是一片占地十来亩的大塘。塘基上，凉风习习。如果来得早，夕阳的余光还没散去，还可以看见水面上粼粼的波光。一颗石子漂过去，像青蛙一样跳几跳，能跳好远。另一边，是我们白天劳作形态各异的田地，不远，是丘陵状起伏绵延的黛色山峦。越聚越重的暮色，将这片山地勾画得像黄公望老先生的《富春山居图》。

月色盈野。我们或坐或卧，退却了白天的燥热，凉意慢慢袭来。大哥躺在竹铺上，数星星，小妹帮着记数。我数萤火虫，二哥记数。萤火虫看不见，看得见的是它尾部的绿荧荧的灯，一闪一闪，一盏一盏，小小的亮光，远远近近，游过来荡过去，秋千一般飞。

大哥提议说，我们来捉萤火虫玩吧？小妹听说要捉萤火虫，一骨碌从竹铺上爬起来。二哥不知从哪里找来了一只棕色的空瓶子。塘基上一下子热闹起来，大哥二哥张牙舞爪，小妹跳跳蹦蹦，我则轻手蹑脚，盯着那点点的亮光，小心地追过去，两手掌窝起，掌心向上拱，靠近那灯，随时准备两手一合，囚住那小小的会飞的光。囚住了！我喜不自禁，对哥说："天上有星星，地上也有，你看！"我慢慢将两手分开，萤火虫在手心里，慢悠悠地爬，尾部的灯一闪一闪，发出黄黄的光亮。哥帮我将手上的萤火虫小心地放进棕瓶中。不一会儿工夫，瓶子里就荧荧绿绿，远远望去，像一盏小橘灯。

我们经常会在晚上，对着发着冷光的小小光体，一回一回“捉放曹”，塘基上，田野边，到处堆集着我们的喊喊叫叫。我记不清抓过多少回萤火虫，我只记得，我用手去扑，看它提着灯笼，在手心中慢慢地划动，划出一线又一线蜿蜒的光亮。放飞后，看它在我眼前慢慢地飞，慢慢地远去，慢慢地分不清哪只是哪只。自由抒放的个体，无数的小精灵，吮着清露，将夜晚打扮得灵动生辉。

我手举瓶子，盯着它们看，体长不到一厘米，身体扁平，细长，头部不大，被较大的前胸盖板盖住，体壁和鞘翅柔软而轻薄，两根触角却长，尾部的几节闪闪发亮。后来才知道，是荧光素的作用，会飞的多是雄虫，为了爱情。不能整晚的发光，寿命也短，只有五天到两星期。我对它们有了更多的怜惜。

秋风夜放灯千盏，我一直认为，那是我童年里最幸福的时光。

很多年后，我看到一首诗：“银烛秋光冷画屏，轻罗小扇扑流萤。”一个久居深院的姑娘，穿着长长的拖地罗裙，一双纤纤玉手，拿着小小的扇子，轻轻向前一扑，流萤在前，扇在后。不由得暗笑自己当年，原来，扑萤的动作可以如诗一样美啊。

住到城里，那小小的灯光渐渐地离我远了，远到有时候想不起它来。有一次，我经过长沙梅溪湖桥边，看到有一片绿荷平铺水中。粉红的荷包根根直立，叶上昂首。它的下方，用线牵连着星星点点的灯。那一刻，我仿佛又看见从前的萤火虫，在这绿色的水面贴面飞行，在我周边优雅地起舞。

电影《萤火虫之墓》中，清太和节子最美好的时光，便是在森林田野河边捉萤火虫的夜晚，萤火虫代表了战争下这个世界的温柔以待。在《熊出没》中有一集《萤火虫之夜》，里面的萤火虫与熊二一样是通人性的，夜晚广袤的原野因此变得温暖而生机勃勃。凉风轻逐，时光玲珑，岁月在它面前雕琢得轻盈静好。

夜色凉如许，月光如水，月色透过重重的树隙在窗前轻轻晃动。推开窗，我仿佛看见万千的灯在低空飞行，闪闪的萤火像一首写给夜晚的诗。

橘子、山楂和狗

我读高中的时候，没有公交，一个月回家一次，没有别的法子可想，全靠两条腿走回去。

学校离家近二十里，要翻过好几座山峰，过好几个村庄。山一座连着一座，路一条连着一条，波浪一样，像小珈伦穿在脚上停不下来的红舞鞋，转呀转呀，牵连不断地伸展，舞动，直到消失在视力所及的远方。我常常一个人，提着回家或回校的日常用品，走在无人的空旷山道，听得见自己喘气的声音，除此，便是蝉鸣和鸟鸣。我是看着山长大的，换句话说，山是看着我长大的。

因为路远，到家的时候，太阳常常挂到了西山上，暮色慢慢聚拢来，模糊了视野。村里多数人家的屋顶上已是炊烟袅袅。

姆妈正在厨房忙碌，灶膛边燎出红红的火舌，舔着屋子里的香味。烟雾在厨房里游弋，又从门窗探出头来，在屋顶缭绕入空。

见到我，姆妈说了声："回来了！"手脚却不闲着。我答应一声，放下行李，来到厨房，帮着择菜。一边跟姆妈闲聊，姆妈的问话千篇一律：学校伙食吃得惯吗？衣服少吗？学习倒是很少问及，姆妈了解我，从不担心我。

从小到大，学习都是我一个人的事。好与歹，他们都不会特别地表扬和着急。姆妈会在人前自豪地提到我，父亲唯一能做的是，将我每学期得到的或大或小的奖状挂到墙上。

一会儿，饭菜熟了，二哥正好从田里回来，爸爸像是闻到了饭菜的香味，脚跟脚踏进了厨房。菜上桌，两蔬两荤：清煮南瓜，韭菜炒鸡蛋，豆豉拌油渣，另加一大盆猪脚炖萝卜。我说：姆妈，知道今天我要回来？看着桌上清煮南瓜，六个碗盛着，一人一碗。中间是我最爱吃的豆豉拌油渣和猪脚炖萝卜。这些菜平时吃不着，除了生日节日或“双抢”啥的，才会打一回牙祭。

“一个月了，估摸着你会回来。”姆妈将一块猪腿肉夹到我碗里说。

小妹抢着说：“姆妈昨天特意称的油。”

我四下张望，不见大哥：“大哥呢？”

二哥说：“大哥到乡里办事去了，要晚些才能回来。”

吃了饭，姆妈将菜放到锅里热着，这是姆妈的老规矩了。读小学和初中的时候，放学回来误了饭时节，姆妈便会将饭菜放到锅里。我们回来，揭开锅盖，饭菜温温热热，端出来，我们一顿海吃大嚼，吃饱喝足，各做各的事情去。

在家待上一天，第二天下午，收拾好东西就要回学校了。

院子里，父亲种了好些橘树，长得茂盛青翠，有一人多高。上面的青橘已有小孩的拳头那么大了，还没熟透，早已被嘴馋的人摘去了不少。四周的刺篱笆围着也无济于事，只能挡鸡挡鸭，挡不了人。

经过橘园的时候，见姆妈趴在园门口地上，把我吓了一大跳。姆妈看到我，脸上堆起笑容，露出嘴里的白牙，道：“我给你摘几个橘子，带到学校去吃。”她两手拿着青黄的橘子，半人多高的园门，身材矮小的母亲哪里跨得过？两手又不得空，恰巧园门底下，不知谁弄的，留出了许多的空隙，姆妈便想从园门底下钻出来。

我心里一热，嘴里却说：“这橘子还没熟呢。”

“橘子熟，起码还要半个月，等你下个月回来，这橘子哪还有你的？”姆妈将一个橘子交到我手里，剩余的橘子全塞进我包里，又问，“山楂片带了？”

我说：“没。”

我家院子前面有一棵硕大的山楂树，大人都这么叫，我也这么跟着叫，后来我看《山楂树之恋》，那里面的山楂树的果子是红的，不是我看到的黄色果子，我才知道，这棵树不叫山楂树，应该叫酸枣树。树上每年结着数不清的青青黄黄的果子，红枣一般大小，果子成熟的时候，看着它，都让我垂涎欲滴。果子打下来，吃不完，那时候没有卖。姆妈便将它们一锅煮了，加上南瓜、辣椒、紫苏、甘草，剁成肉泥。趁着有太阳，将肉泥摊成一大片一大片，晒干了，再切成小片。加工完的山楂片酸酸甜甜，味道极美。姆妈每年做上一坛，有客来时拿出一小碗，想吃时随手抓出一把，便是我们的零食兼美食。后来，我去了外地，听说，这种美食成了当地有名的特产。再后来，山楂树被父亲砍掉了，不过，山楂片姆妈还是年年做。

姆妈走进里屋，不一会儿拿出一个塑料包，道："这山楂是从对面人家买来自己做的，知道你爱吃。"

我要留下一些给他们，姆妈坚持不让，说："我还打算做一些，下次回来还有得吃。"

走远回头，姆妈仍站在屋檐下，渐行渐小，像一棵树。直到现在，每年回去，姆妈仍会拿出山楂片来待客，我走的时候，还会带上一袋，味道还是以前的味道。这个时候，我就觉得我还停留在过去的时光里，仿佛一直没有变过。

路上，山里人家，偶尔有几声狗吠。我不怕听到它的叫声，最怕它对着我狂吠。每次经过有狗的人家，我心跳就会加速。其中有一户人家的狗，全身白色，长得虎背熊腰，见到我，舞动前蹄做蹿上来想要扑我的姿势。见到它，我的脸就会吓白，心扑腾扑腾直跳。我将提着的东西挡在前面，色厉内荏地大声呵斥："狗，走开！狗，走开！"后来听主人叫它小白，我便也叫："小白，走开！"我不知道狗听不听得懂我的语言，我还是要大声呵斥，希望它能走开，这时候，我对狗的害怕大约远远超过了狗对我的害怕。大多时候，狗的主人听到我的声音，叫几声："小白，回来！小白，你回来！"好在狗也并不是真要咬我，汪几声后在主人的呵斥声中，装作不情愿的样子，走开了。

狗走了，好半天，我的心才镇静下来，为安慰自己，我将姆妈交到我手里的橘子剥开，放进嘴里。橘子有些酸，酸里带着些甜，有点儿山楂片的味道。我摸了摸包，好些地方硬硬的、圆圆的，我知道它们都在，心里顿时踏实多了。

这样的回家我每个月经历一次，就像我不断温习的功课，没有刻意，已是刻骨铭心。阳光在我后上方，温温热热，像姆妈温在锅里的饭菜。小小的影子投射在脚前方，陪着我。包有些沉，我提着它，走得飞快。

如今，山还是那座山，人还是那些人，路还是那条小路，我的目光常常回头，我看见在我的身后，一直有不止一双注视着我的日光，那里面有我的亲人，还有我并不富裕的故乡。

丝瓜皲

傍晚时分初起的暮霭，沿着墨绿色的树边以及野草丛生、高低不等的田埂弥漫，渐渐淹没远处如黛的群山、宽阔的塘基和那一汪原本十分浩荡如今却极其吝啬的水面，像一张宽广的幕横在我面前。站在门外不远，我看见满屋子的烟雾穿过门窗，像蛇的舌头一样往外舔，另一部分钻进烟囱，从烟囱里袅袅娜娜出来，瞬间笼罩了一片辽阔的天空。

我听到母亲从烟雾里传来一声咳嗽。我踏进厨房，立即被烟呛得咳嗽连连，我用手往旁边拍打着烟，想把烟拍开，一转头，看见母亲正在案板上切菜。我说："妈，我来切！"

母亲听话地让出地方，转身到灶台边炒菜。一会儿，她自言自语道："丝瓜皲怎么不见了？"正好父亲进来，听了母亲的话，他走到灶台前，找了一圈没有看见，最后在炒白菜的锅里捞出了丝瓜皲。父亲装着刚把丝瓜皲从地上捡起来的样子，对母亲说："你看，掉地上了！"

丝瓜皲，书里称为"丝瓜络"或"丝瓜筋"，有的地方还叫它"天罗网""千层楼"，但湖南宁乡一带的人都叫它"丝瓜皲"。"皲"字形声，"军"音，入声。山里的人，大多喜欢收藏一些放在家里备用。丝瓜皲有活血、通络、祛风之功效。如果胸闷胀痛，将丝瓜皲配上柴胡、香附、郁金、瓜蒌皮一起煎，能收到比较好的效果。平时山里人喜欢用丝瓜皲刷碗，因为丝瓜皲沾油少，碗洗得干净。更主要的是，这东西家家都有，就地取材，不用花钱去买。丝瓜老了，里面的瓤慢慢变成丝丝缕缕的筋络，变成了我们口里说的"皲"。村里人总会留一些丝瓜皲，一为留种，二为刷碗。

里面的籽躲在丝瓜皱里，干了的时候，倒一倒，就会流出来很多。

丝瓜籽到第二年合适的时候，放在土里，用不了几日，就会长成丝瓜秧。丝瓜秧栽下去，借风见长，很快就会沿着搭好的瓜棚架攀缘而上，姿势极柔美婀娜。在青绿色的叶枝下，渐渐开出喇叭一样略带羞涩的黄花来，小小的脑袋在风里轻轻摇动。用不了多久，在花的根部便会长出一条条细细地、表皮有些粗糙而鲜嫩的绿丝瓜来，最是惹人怜爱。明代张以宁这样描述丝瓜："黄花翠蔓子累累，写出西风雨一篱。"宋代杜汝能也说："寂寥篱户入泉声，不见山容亦自清。数日雨晴秋草长，丝瓜沿上瓦墙生。"丝瓜，除了是我们口中的美食，它的花与藤还是我们无法舍弃的翠绿与金黄相融的嘉景。

我在外地二十多年，已习惯于用丝瓜皱洗碗。母亲每年都会留下一些丝瓜皱给我，没有了我就到集市上去买，一块钱一条，很便宜。但用来用去，我还是最喜欢用母亲给我的丝瓜皱。

白菜是父亲自己种的，纯天然，很嫩。吃饭的时候，我想着父亲将沾了油污的丝瓜皱从锅里捞出来的样子，看着鲜嫩的白菜里那些油污的点点，犹豫着不敢下筷。父亲好像不记得刚才发生的一幕了，将白菜夹起来一口一口往嘴里塞，一副吃得很香的样子。一不小心，母亲就会把饭掉在桌上，经提醒，母亲就用筷子在桌子上夹来夹去，夹半天夹不起。这时，父亲一边从旁边撕一张纸，将掉在桌上的饭菜扫进垃圾桶，一边对母亲说："你吃你的饭，桌子上不要你管。"

母亲睁着一双失神的眼睛，嘴角却起了笑意。母亲的眼睛天生一个大一个小，大的现在全然看不见，小的有一点光感，常常迎风流泪。二十多年前妹妹生孩子，母亲去看妹妹和妹妹的孩子回来，将近三十里的回家路，让母亲走得艰辛急躁。很少出远门的母亲看着天色已晚，只想快点回家。她自作主张，想当然地选择了一条她从没走过的山路，结果迷路了。天色越来越晚，母亲越来越着急，等到她跌跌撞撞回到家，眼睛已经失明了。父亲找遍当地医生，后来将母亲转到湘潭一所医院，动了手术。可是，母亲的眼睛再也没能回到从前。起初，还能看到点影子，住在农场的时候，还能摸索着去水边洗衣服。现在，只剩下一点光感，做事情就越来越"马虎潦草”了。

第二天早晨，我起了个大早。穿过小弄堂，看到父亲在小弄堂门外边坐着，杀了鸡，正在褪毛。赶到厨房的时候，母亲已在烧水。灶膛里的火在灶檐燎着舌头，变成烟雾在厨房里肆虐。灶边的地上牵牵连连，柴草散了一地。我一边将柴火收拾好，一边说：“妈，我来！”母亲笑着：“没事，做惯了。案板上的姜、葱切好了，等会儿下了面，你放进去吧。”

早饭后，父亲很快将鸡褪毛、剖肚、挑肠、洗胃，一一弄好。母亲洗木耳、葱、姜，鱼用盐抹好，蘑菇洗干净，干笋浸泡……这是中午的菜，也都一一切好备好。两人有条不紊，分工明确。我在旁帮衬着，中午的菜是大嫂做的。母亲有了空闲，便和我聊天。对面的人家买了一部车；下冲的女儿出嫁了，新郎是县城里的；上家的父亲去世了，一直以为没钱的老爷子竟然存了三万块……母亲一五一十道来。八十岁的母亲眼盲耳聪，可什么都记着。我说：“妈，你记性真好。”母亲有些得意：“我眼睛不好，可我记性好。你爸老是不让我做，但我要做。早一阵子，你姑爷过来，我拿饭茶（当地招待客人的各种零食）时，把几样饭茶混在一起了，回了润，你爸说了我，我还是要做！”说这话的时候，母亲像个淘气的孩子。

上午，母亲将父亲的衣服和自己的衣服用洗衣粉搓洗好，放在一个水桶里。父亲一言不发拿着水桶去了屋旁的水塘。我问母亲，是不是现在都是父亲去塘边涮衣服。母亲道：“你爸不让我去。现在的水塘越来越干了，水越来越少，搭一个桥板子，没多久水又少了，洗不了衣服，只能站在水里洗，你爸就不让我去了。”父亲洗好回来，母亲接过来，将衣服一件一件拿出来晾在早已准备好的竹篙上，将已经干的衣服收下来折好分放。我说：“妈，你分得清哪是你的，哪是爸的？”母亲自信满满：“分得清！”

临走，母亲给了我两条丝瓜皱。母亲将里面的籽全部倒出来，她要留着做种子。母亲又打开柜子，将饼干、糖果之类的零食拾掇了些要给我，我不要。父亲说：“你收着吧，这样你妈高兴。”父亲又扯我到一边，轻声道：“以后你回来，厨房里洗洗切切的事不要帮你妈做，烧烧火就好。”我还想着那个丝瓜皱，说：“炒菜呢？”父亲说：“你们没来，都是你妈做。”父亲怎么这样？不知道母亲看不见？我有些不高兴，说：“爸，以后，厨房里的事，你也学着做点吧，妈多不方便。你看那些散到地上的柴火，都快牵到灶膛里了，多危险！”父亲摇摇头，说：“是你妈自己要做。你放心，每次做完饭我都会再收一下场。外面的事她做不来了，厨房里的事再不让她做，她以为自己是个废人，会不高兴呢。”我说：“你没看昨天，那个丝瓜皲——”父亲笑呵呵道：“你妈做什么我就吃什么，反正毒不死。”这时，听母亲叫父亲说：“你等会儿帮我穿下针线，我要补只袜子。”我要帮忙，母亲说：“不用，你爸眼神好着呢。”

当年，母亲通过媒人来相亲，对父亲一见钟情。父亲高大英俊，母亲矮小白皙，两人的婚事很快定下来。婚后，母亲接连养了我们四兄妹。母亲每天天不亮就起床，生火做饭，待我们吃了上学去了，她便出去挣工分。一天到晚，像个陀螺似的转，从无怨言。父亲那时候颇有大男子主义，家里的事一概不插手。每天回来，跷着二郎腿等饭吃，吃完碗一放，做他的事去了。做椅子，修葺房子，整理院坪，田里、土里，他去忙他的。母亲从不说他，也不怨他。后来，母亲失明，父亲仍主外，母亲主内，父亲买来的吃的用的都交给母亲，母亲一一放好。母亲的心里有一本明细账。

我对父亲说：“您有高血压，以后牌就少打点，别硬撑，适可而止；膝关节不那么好了，挑水别挑满，力所能及就好。”父亲小声向我汇报说：“这半年我几乎没有打牌。”我说：“是不是妈说您了？”父亲连连摇头：“不，不是，你妈从不说我，是我自己不打的。”哥在旁补充说：“爸打得少了，晚上从不出去。”这我知道，在农场的时候父亲就是如此。父亲对我们说：“你妈在那里，她怕。”现在回家了，父亲还是延续了以前的习惯。父亲对我说：“我自己的身体差一点倒不要紧，但我得留着这条老命，陪着你妈。”

母亲站在门外的台阶上，一直望着我们走来走去，收拾着东西。她不走近也不离开，站在台阶上，一句话不说。父亲走近我们，跟我们说着路上要小心之类的话。走远，回头，我看见父亲搀着母亲，走到了坪院当中，朝我这边望。我朝他们远远地挥手，笑着，眼泪却不知什么时候，溢出了眼眶。

你给岁月什么样子，它就是什么样子。一春繁花，一秋霜白，一冬梨雪，温暖、美丽、灼粲。爱它，它就是你的阳光，恨它，它就是你的泪光。《庄子·大宗师》中说:“泉涸,鱼相与处于陆,相呴以湿,相濡以沫,不如相忘于江湖。”我的父母亲，便是如此。他们就像丝瓜瓤和丝瓜皲，老了，瓤慢慢变成皲，千丝万缕,分不出你,分不出我。两人在彼此的世界里住着,没有风花雪月,没有锦衣玉食，没有山无陵、江水为竭，却将爱情过成了最美的模样。

二　舅

我第一次见到二舅和二舅母，是在我大学毕业那年。

二舅的原配妻子去世得早，后来又娶了一个，没生养，便带养了一个女儿。其时，带养的女儿还不到一岁，抱在手中。叶落归根，年轻时就去了新疆的二舅执意要回来，二舅母也跟来了。他将家安在离大舅家约一里远的公路边一宽阔平整的山地上。二舅母热情开朗，快言快语，喜欢热闹，相对二舅的木讷和安静来说，我记得那时候，我对二舅母的印象是强过二舅的。

我毕业后去了外地，跟他们接触不多。没多久，便传来二舅跟二舅母离婚的消息。听说，离婚的时候，二舅的房子还没建好，二舅母骗二舅说：家中装修，要将家具寄存，便将从新疆带来的家具都搬走了。问及离婚的原因，说是帮他们家建房的包工头暗度陈仓，将二舅母拐跑了，不久，二舅便跟二舅母办了离婚证。从此以后，我再也没见过二舅母，只是听说嫁得并不远，过得也不是很幸福。在小儿子结婚后，曾经表示想回来，二舅倒是同意，儿媳妇不肯才作罢。

二舅母离去，一晃便是二十多年。我一直以为，二舅身材魁梧，体格硬朗，精神矍铄，结实得像一头牛。二舅的大儿子在新疆塔城，小儿子在长沙打工，两个孙女读寄学，一个月才有两天假，很少回来。大多数时候，家里就剩下二舅独自一人生活。

儿孙都不在身边，茕茕独居的二舅平日里不打牌，不串门，有空儿就在菜园里侍弄自己种下的几垄菜地，把那几块菜地侍弄得红红绿绿，生机盎然。我回去的时候，都会去看他。他不多话，要么坐在旁边，安静地听我们说话，要么在厨房里忙碌准备着我们的饭菜。我看见他在灶火边，一言不发，将柴一小块一小块放入烧得通红的炉灶中，火光映红了他有些苍老的脸，神情专注而又散淡，没有人跟他说话，他便不说，自言自语都觉多余。

没有儿孙绕膝的日子，太阳从东方升起，西方落下。二舅起床、忙碌、睡觉，每天变黑，又变亮。日子消失了又来，不惊不喜，无波无澜，永无止境。日子好像是他一个人的，天天都来，谁也不用等，每天静静地看着时光变成绿油油的蔬菜，变成灶中通红的火光，变成被窝里的温暖，变成呼吸。一栋房子，一个老人，孤单而又落寞地穿行于每天的时光。

我从没有想，壮硕的二舅忽然一天就倒下了，从身体不适到去世，只有三天，来不及跟任何人告别，出乎所有人的意料。

我再次见到二舅时，二舅已躺在一个长方形的红漆盒子里，永远地闭上了他的双眼。我不敢相信，这日子不是很富余吗？今天的日子消失在了地平线，明天又会踏着露水悄悄来敲你的窗，温柔地唤你醒来吗？见到躺在盒子里的二舅，原来这日子其实是个消耗品，耗去一天少一天，其实可数，数着数着，一不留神，便戛然而止了！

年过八十的大舅来了，双目失明的我母亲被人搀扶着来了，满舅从江苏千里迢迢地回来了，大儿子从新疆塔城风尘仆仆地回来了……

一向冷清的房子忽然热闹起来。

在红漆盒子的边上，有人在敲锣打鼓，在屋外边的临时棚子里，有人在唱歌，外面的雨也来凑热闹，下得格外的大，哗哗啦啦……感伤的气氛透过雨幕，弥漫在空气中，缭绕不散。天气忽然变得冷了，雨下了一整天，仍没停的意思。震耳欲聋的音乐声伴着哗啦啦的雨声，在这原本只有二舅一个人留守的家中响起，震得似乎要把房子崩开。

大舅此前一年做了八十大寿，我的母亲眼睛看不见，身体尚好；满舅年过七十仍耳聪目明，打起乒乓球来不亚于年轻的小伙。只有二舅，看上去那么健康的二舅，却急急地选择了离开，仿佛奔赴一场必须参加的十万火急的重要会议。

见到我母亲时，母亲已过了伤心劲，静静地坐在堂屋里，守在二舅的旁边。那天晚上，天气霜寒，至亲的人无眠。我担心母亲，毕竟快八十的人了，能受得住这十一月的寒冷吗？

我劝母亲：年纪大了，就不要守了吧？母亲的话简短明白：这是我跟弟弟在一起的最后一个晚上，我要陪着他！到了后半夜，天越发的凉，我再次劝她：您冷吧？别熬了，去困一会儿吧？母亲不多话，只是说：不冷，不困！母亲很固执，谁劝也不听。二舅近在咫尺，过了这一夜，便是一个地上一个地下，从此再不相见。我看见母亲浑浊的眼里时不时有泪要溢出，我明白二舅的离去带给母亲的伤。

我没想到，会在这样的场合看到二舅的前妻，那个二十多年不相见的我已不能叫二舅母的女人。与二十多年前相比，她老了许多，原先饱满的面额退去了红润，清瘦了不少。我突发奇想，二舅要是能说话，会允许她来吗？当初，她从新疆跟着二舅回来，房子还没建好，就跟一个建筑包工头跑了，从此再没回过二舅的身边。对这个女人，我早已淡了对她的印象，并对她心存芥蒂，如果不是她那么决绝离婚，让二舅孤独后半生，二舅何以如此急急离开这个让他没有多少留恋的世界？可在我的印象里，老实的二舅从没说过她半句，天要下雨，娘要嫁人，由她去吧。二舅在他签字离婚的那一刻，一定没想过，这一松口，便是一辈子的孤独与寂寞啊。

前妻跪在二舅红漆盒子的前边，说：你怎么说走就走了？我想，二舅要是能回答，又能说什么？有的人不要等也会来，有的人等得再久也等不来。前妻回到房中，忽然说一句：人一辈子就这样过了！一辈子要怎样过呢？二舅还有选择吗？清凉的夜晚，二舅的身边难得有这么多的亲人陪着。两个人在红盒子身边唱着夜歌，有钹在旁边使劲地敲，震得人心里一阵一阵地发紧。

半夜时分，唱着夜歌的其中一个胖胖的中年人开始在红盒子的前边建粮仓。红盒子的前边摆着一张桌子，桌子上用木板围成了一个长宽约一米的正方形，正方形里面平铺着白白的大米。胖胖的中年人就在这米上用筷子建粮仓。筷子横一根竖一根，交错向上，渐渐垒成一个正方形的筷子架。筷子架垒好后，他将早已准备好的红红绿绿的纸将筷子围起来，一部分用来盖屋顶，一部分用来做墙纸。一盏茶的工夫，粮仓建好了。有围墙，有前院，花花绿绿，很漂亮。接着他开始唱。守夜的亲人一个一个在放着二舅的红盒子的前边磕头。磕完头，从腰包里掏出几张票子来放到桌子上，这些钱是给请来唱夜歌的人的。为此，胖中年人唱得格外卖力。

第二天，吃了早饭，雨停了。哀乐又起，二舅即将走出这个家，走向他最终的归宿。他的归宿地不远，就在坪院的前侧。可是，他再也不可能回到他亲手建成的熟悉的屋子来了，这辈子，下辈子，永永远远再也不回来！

哦，我的二舅！

本可以日迎清风，夜赏明月，本可以将日子过得波澜不惊而又稳稳当当。然而，这些对他太过奢侈，他似乎受不起这如死水一般的沉寂日子，内心的酸楚只有他自己看得见。前妻想回的时候，有人反对，他便不提，一字不提，宁愿将孤独在内心风化成茧，把自己包裹得雨泼不进。二舅有愁吗？没有人知道，就这样轻淡地离开，不声不响，犹如生前，一个人的呼吸引不来众人的目光。大约他也明白，用不着等谁，谁也不用等，该来的总会来。每天都会有人离开，二舅只是其中再普通不过的一个。

哀乐声飘落在风里，拾不起沉重。哀伤过后，一切又将恢复原样。来到这里的人，该干吗干吗去。日子还在别人的目光里，只不过，二舅会留在部分人的记忆里，直到岁月将它们风干。

父亲的农场

父亲的农场很小，六七间平房，加一个小小的坪。屋后，门前，都是山，偌大的山围着小小的屋，小小的屋成了山的点缀，仿佛一条裙子上的扣襻，因了它，裙子变得生动无比。山上，树木浓翳。

说是父亲的农场其实并不准确，农场不是父亲的，父亲只不过是农场的一个管理员。一干二十年，从一个未过五十的中年人干到如今白发丝丝缕缕。父亲就这样老了，老去的不单是父亲的白发，还有父亲的这一生。

房子外一坡又一坡的山，山上是密密丛丛的人工种植的杉树。房子是独栋，离得最近的人家也有近三百米，转了一个弯，平时是看不到的。门前一条并不宽敞的尘土路，偶尔会有汽车夹着尘烟飞驰而过，除此，这里更像一个世外桃源。文明与落后，欢喜与寂寞夹在其中，不温不火。

母亲在厨房里忙碌着。袅袅的炊烟在屋顶延伸着，慢慢弥散。我进来，母亲正坐在炉灶旁烧火，红红的火光照着母亲的脸，平和而安静。没有散尽的炊烟在屋内雾一样流动，闻一闻，是家乡的味道。几乎失明的母亲在心里为自己安装了一双明亮的双眼，这双眼睛不但可以将自己的一切打理得井井有条，而且还能照亮父亲的生活。外来的人无法想象，这样的生活怎么过，可是母亲很满足，山外的生活就像母亲的眼睛，是看不分明的。她也难得知道，知道了她也丝毫不受影响，她只想用自己能有的方式过着自己想有的简单而幸福的生活。一座山，一栋还算宽敞的屋，一个陪着她一起变老的人，足矣！

残雪尚未消融，细细的雪花在空中蝴蝶般飘来飘去，落到地上一点儿声响也没有，一点儿绒雪精灵般落在草丛里，落在树枝上，静静地观望了一会儿，消失在空中，再也寻它不着。

母亲照例起得很早，她沿袭了几十年来早睡早起的习惯。我起来时，厨房里熟悉的烟味儿透过门窗飘进鼻孔里，我嗅了嗅，鼻子一酸，几乎要流下泪来。故乡，老家，乡音，水塘，烟味……有多少次，梦里醒来，欲舍还留，眼底心里全都是它？

母亲一般不会叫我帮忙，这是母亲的习惯。她宁愿一个人在厨房里摸摸这个碰碰那个，摸索着洗菜切菜，摸索着煮饭做菜。她说，一个人，摸惯了。我当然知道母亲的心思，她是一个宁愿自己吃苦受罪也不愿喊人帮忙的人，自己能做的就绝不叫别人。我默默地帮着母亲打理着一切，心想，母亲吃苦耐劳，在看不见的情况下还能将菜切好，做菜的油盐正合适，米饭的水恰到好处，要是我眼睛看不见了，能做到吗？我在心里做了否定，不要说眼睛看不见，就是现在，眼睛看得见，都做不到母亲这样。对照母亲，我常常自感惭愧。母亲生活的天平在心里，一双明亮的眼睛不一定敌得过一双灵巧的手，一双灵巧的手又怎能敌过一种全心全意的付出！

第二天，天晴了。屋外，阳光万点。

父亲惦记着爷爷奶奶的坟还没有修好，坟头每年茅草丛生，野鼠出没。父亲觉得有愧于祖先。趁着天好，他叫上兄长堂兄们修坟去了。傍晚，修缮祖坟回来的父亲特别高兴。一天里把事情全给办好了，心里的一块石头落了地。晚饭时父亲破例地喝了些酒，话也多了许多。说起他十二岁时便死去的母亲，我的祖母，父亲的眼睛更红了。母爱在天边，父亲看得见，母爱在心里，父亲一拿出来便成了嘴里的话匣子，止也止不住。父母不在了，那一抔黄土便成了儿女的梦。

我劝母亲回家，农场毕竟不是他们最后的归宿，两个哥哥也在家腾出了房子等着他们回去。母亲说，她听父亲的。我又劝父亲，父亲说：再等等。在这样一个山窝窝里，拿着一份少得可怜的工资，一待便是二十年，父亲还在等什么？

父亲不说，我懂。

第三辑

最是那一低头的温柔

坐在温暖的窗前，一杯清茶或一盏薄醪，想着孟浩然雪中骑驴，妙玉梅雪煮茶。如果有梅树在侧，那就更妙了。

——《雪境》

明月摇窗

我的卧室窗外，有一片浓郁的绿，由来已久。我的世界里，绿是带着笑意的言语，承载情感的输入和释放，关乎温暖和明媚，快意、纯净和美。一觉醒来，稍一转头，窗外的绿蓬勃着向我示意，仿佛在扣窗唤我。移步窗边，猛然发现，树高了些，变颀实了，像许久不见的孩子，忽地蹿得老高。

我对窗有着格外的喜爱。宋代朱淑真这样描述：“竹摇清影罩幽窗，两两时禽噪夕阳。谢却海棠飞尽絮，困人天气日初长。”我家的窗除了树色，也有竹影。窗前荫翳的树林间杂种了一些青皮单竹、毛竹、紫皮竹、琴丝竹之类。有一棵长得比树木还高，好像不好意思那么高似的，长年弯着腰，正好伸近我的窗前。初夏的时光让人困倦，但竹影摇窗平添了夏日的幽趣。我家的窗竹还不止初夏之趣。如果窗是画框，那么竹影便是一幅画，一幅活色的映在墙上的会变化会走动的画。太阳一动，它也跟着动。我便生出意念，会不会是林黛玉潇湘馆的竹移栽于此？一想，不对呀，《红楼梦》里探春开着玩笑说是“湘妃竹”，我这怎么会是？丰子恺在他的《竹影》中写吴昌硕描的墨竹：“那些竹叶的方向、疏密、浓淡、肥瘦，以及集合的形体，似乎都有意义，表现出一种美的姿态，一种活的神气。”我的窗前，没有人来画浓淡肥瘦，一切水到渠成。三楼是一个恰到好处的高度。太高了，树的高度就显得低了；太低了，树的高度又高过了窗，过于阴暗。树是慢慢长起来的。以前，因为树的幼小，还没有到引起我足够注意的高度，一忽略便是好多年。现在，长成了一个窈窕少女般身姿，婀娜多姿不说，已是风姿绰约了。

每天一醒来，对望是必不可少的。我看她时，微风拂过，她向我招手。我不看她时，她也不吵我，静静地等着我醒来，给我一片丰厚的绿的惊喜。不吵我，并不代表她不出声，她是会发声的。风吹动树叶的沙沙声，小鸟的啁啾声，纤细、悦耳，动听如歌。我常常会在它们甜美的歌声中沉沉地睡去，又在它们甜美的乐曲里悠悠醒来。

有时，我会把她当作一本书，站在窗边，安静地阅读。窗外的景随着季节变换着，落叶是少不了的，但树上的叶却不见少，从春夏绿到秋冬。书有些厚度，我的目光跟着她波浪一样翻过去。她是有层次的，像一幅油画，由多重的色彩勾勒而成。里面的一层是深色的，最梢头和最外边的一层稍浅。哦，中间有几棵树矮了些，像刚洗过似的泛着澄明的碧玉般的光。深色的是去年来到这里的，更深些的大约是前年或是大前年来的，那浅色的看起来新嫩的颜色应该是今年春天来到这里的了。新绿许是刚来，在风里摇得更欢些，像调皮的孩子，总是静不下来地要活泼。整体看起来，像一座巨大的假山，自然随意地堆叠，交柯错叶，浓绿盎然。

在这重重叠叠的“假山”上面，故意留了一大块的白。初一看，像齐白石画于1910年的《借山图》。一大片不着一墨一笔，简约，让人充满无限想象。这里留出的白，大约是特意留给天空来写意的，或是给鸟儿让出来的路。有时候，天是灰白的，像一张没写字的纸；有时候，乌云会来给它着色，不知名的鸟儿会来画上线条，弯弯的，斜斜的，像小孩子刚学时画的画。如果天气晴朗，天空是蔚蓝的，嘀，那可美了。白云飞一朵过来，又飞一朵过来，耐不住性子地要快些过来与蓝天拥抱。雀儿是不会错过这样的好机会的，一只，又一只，估计是一对恋鸟。“绿英满香砌，两两鸳鸯小。”薛涛说的是鸳鸯草。这两只看起来是一对雀儿，不过放在这里也蛮好，那么权做鸳鸯鸟好了，比雀儿名好听。它们叽叽喳喳欢快地叫着，说着只有它们才能听懂的语言。跳过来蹦过去，做着我看不懂的游戏。它们沉醉其中，也自顾不暇。我想，如果我是雀儿就好了，就可以和它们一起做游戏了。那是不是它们最好的游戏呢？

有月光的晚上，又是另一番情景。这时候的绿看不见了，看得见的只是黑黝黝的一片，像一幅李可染在桂林榕湖边着了浓墨的画。在这幅水墨色的画里，我看到月亮慢悠悠升上来，升到了树梢，升上了半空，静静地悬在那里，远远地看着我。我看着它，看着它的光辉流水一样从窗中泻进我的房间，泻到我的床上，泻到我的身上，我的手上，我的每一寸肌肤上。我相信月亮是一直悬在那里的，它是在等我入眠吧？有时弯弯的，有时圆圆的，直到悬进我的梦乡。

除了风声，夜非常安静，时光安静得都要停止流动一样。夏天，不远处的小池塘是专为蛙声准备的。每天夜里，那儿的青蛙便三五成群、此起彼伏地叫起来，应了贾岛那句“蛙声篱落下，草色户庭间”。叫得可欢实，叽叽、呱呱，一声声，一片片，反而添了夜色的宁静。这样的叫声是不吵耳的，夜就在蛙声里甜美地睡去了。月光，温柔地走过来，像母亲的手，为我们轻轻盖上被子。川端康成说：“凌晨四点，看海棠花未眠。”我想我是看不到了，凌晨四点，我还酣睡在月色温柔的目光里。

宋朝理学家邵雍在《清夜吟》中写：“月到天心处，风来水面时。一般清意味，料得少人知。”我家的窗前，看不到风来水面，可只要有月光的晚上，月到天心便是我常能收到的礼物了。绿入眼前，浮躁褪去，纯净清爽。这种清心意味，大概真的少人知。

我给我的窗取几个好听的名字：晴窗、绿窗、月窗、醉窗、风窗、幽窗……

一抬头，明月又来了。

桃花净尽菜花开

3月20日春分节气的前后一个星期，是安仁流传几千年的“赶春分节”，又名“药王节”。据说是为了纪念神农炎帝曾经尝百草，治百病。县城，如去年来时，人流如织。道路两旁，百姓摆着地摊，地摊上，各种各样的叫得出名儿叫不出名儿的药材张口以待。

稻田公园位于永乐江排山片区，土地平整，面积达五万亩，近观远眺都相宜。阳光很明媚，三月的天，风情妖娆，公园里车来人往，熙熙攘攘。

公园由一大片平整的稻田组成。田里，油菜花开得黄艳艳。一丘一丘的稻田被疏疏密密的油菜覆盖，明眸皓齿，蔓延一片金光，灼亮人们的眼睛。去年“五一”我来的时候，公园里油菜花收割了，一捆一捆扎好的油菜梗委顿地躺在田里。今年3月，赏花正是时候，胜日寻芳，其花灼灼。三五成群的游客拨开油菜，踩着松软的泥土，拉近黄黄的菜花，摆出各种姿势和笑脸，笑声阵阵传来。安仁的朋友说，油菜花谢后，这里可以种水稻，种袁隆平院士提议的彩色水稻，与油菜花一样，既可以观赏，又可以收获，一举两不误。

尔后，我们去了桃花岛。

桃花岛，名字就美得让人神往。我想，那里应是“满树和娇烂漫红，万枝丹彩灼春融”。桃花岛位于安仁熊峰山森林公园景区内，与稻田公园相距不远，夹在永乐江中间的一座山，形如岛，面积300余亩，岛上主种桃花。我们跨过永乐江上的铁索桥，沿着水泥台阶蜿蜒而上，山不高，一会儿便到山顶。山顶上，一条宽不到三米的水泥路沿山前伸。路边，山坡上，一坡一坡的桃树，可是，因过了花期，有的已然凋谢，桃树变得很瘦，只有一部分还开着粉红细小的花朵。大部分羞涩得将叶子一一藏起，光秃秃如山坡上还未垦殖的黄土。不要说“满树和娇，万枝丹彩”，就是“吹苑野风桃叶碧，压畦春露菜花黄”的景象也只能欣赏到一半了。

游客们的脸上表情失落。刘禹锡说“桃花净尽菜花开”，大约就是这个样子。我还是释然了，桃花谢一半，留一半，谢的一半是留给我们来想象的吧。大红大紫是一景，细红约春也是一景，关键是我们如何看。

春天姹紫嫣红，可是，没有哪一种花像油菜花这样呈现如此的金黄。当年皇帝穿黄龙袍的时候，谁敢冒掉脑袋的风险让田里如此肆意地黄艳着我们的目光？如今，你可以敞开胸怀，极尽目光，饱览那一片金黄带给我们的视觉盛宴了。

三月是属于油菜花的，这里还没有谢幕，那里又开始演出。

第二天，“穿行花海，品味秩堂”的“秩堂油菜花海观赏月”暨山地自行车邀请赛在茶陵秩堂隆重举行，几位同事邀我一同又去了秩堂。

秩堂，位于茶陵县东北罗霄山脉中段，距县城44公里。唐时称雩江，秩堂毗塘的雩江书院是茶陵县38所书院中至今唯一保存完整的书院。去年三月时，“花漾春天，相约秩堂”的时候，我与县诗协的人来过。那天，雨下得很大，油菜花却在雨中灿烂，今年的天也阴沉，随时可能下雨。

我去得迟了些，“三大学士故里”碑前，“农商银行杯”山地自行车田园邀请赛已接近尾声，拥挤的人群陆续散去。碑的左边是三大学士亭，建于2013年，亭内有三大学士的画像和介绍。明清时期，这里先后出了明代首辅大学士李东阳、明代文渊阁大学士张治及清协办内阁大学士彭维新。在秩堂乡石龙村老鼠坳路口，有座凉亭，名为“关头亭”，亭两边有副楹联，撰联人不可考：“前月江，后龙匣，右石砻，三村三宰相；南罗霄，北邓阜，西泰和，一方一名山。”极生动极简要地写出此地的人文地貌。有些山水，看似普通，却深藏若虚，钟灵毓秀，含英咀华，要读懂它，还得下一番功夫。

前往谭家祠的路上，不时有穿运动服的男男女女骑着自行车经过。油菜花娴静如淑，亭亭玉立，金黄摇曳，一枝独秀，占尽花魁。时间已是中午，一路芳花，慢慢地走，慢慢地赏，香气时不时传来，或浓或淡，像远远的歌声。

相对于注重设计和景点布置的安仁稻田公园，这里更为原生态，花开得更浓烈丰艳，更自然用心。沃田千里，秀色清明，入眼，入怀。景因人而活，人因景而怡。田里，不时有人弯腰、侧身、低头，寻姿弄影。一个动作没摆完，不期然雨滴哗啦啦，大滴大滴倾来，传来一片快活的叫声。

风前欲劝春光住，春在秩堂芳花路。油菜花，在三月的田野里、山坡上，优美地长舞。你来或不来，她都在那里，等你。

雪境

一直喜欢雪。

不一定银装素裹，白雪皑皑；不一定朔风凛冽，呵气成冰；也不一定衣袂飘飘，雪舞九天。一点点颗粒，三五片雪花，握不住手心儿，却总是飞动在你的面前，轻轻盈盈，飘飘洒洒，精灵般的舞姿，在风里，在雨里，在时间的流转里，慢慢淋湿了你的眼。

在老家的小山村里，几乎每年冬天都会下雪。那时候的雪不是飞下来的，是倾下来的。一倾，整个天地就白了。极像一位画家在空中挥毫泼墨，往来穿梭，凌空舞动，有意张扬，重重落笔。仿如纸上着花，几笔几画，画纸上便生出了烂漫的花儿。“隔牖风惊竹，开门雪满山”，一下就是一整天或几天，地上的雪越堆越多，越来越厚，脚踩下去，“呜叽呜叽”直响。地上立刻变成一个坑，两个坑，三个坑，走得越远，坑越多。回头望，一个接一个深深的坑印，像一条打了无数结的绸带，飘在你身后。这飘带越来越远，最后消失于耀眼的一片白。屋檐下，冰凌像一根根倒立的竹笋，高高低低，错落有致。忽然噗的一声，“竹笋”掉落下来，碎成一堆冰凌渣儿，用手拿一小块放在嘴边，舔一舔，咂一咂嘴，好凉！于是扔掉，拍一拍手，笑着跑远了。

后来，我离开了老家，雪与我若即若离、难得一见了。

元旦前几天，本来很温和的日子，风呼呼地吹了一晚上，第二天，便凉了。窗外呜呜咽咽的响声，如泣如诉，像一支清凉而沙哑的笛曲。我出得门来，一阵冷风几乎将我逼了回去。走到车边，噢，下雪了！冰颗粒凝固在车窗上，花玻璃般遮住了视线。我打开车门，拿出毛巾，想擦去这些颗粒，硬硬的，像长在玻璃上。我打开暖气，站在车外等着，车沿上也有一层细碎的小冰粒。我呵了呵手，忽然一片雪花飘落到我手心里，我惊喜地叫了一声，用手握了握，张开，雪花消失在手心里，我却咧开嘴，展露出一脸的笑容。

这雪花是突然降临的。

也许是因为这座山城气候相对温暖，也许是因为我常住县城不在乡村。多年来，我几乎忘了雪原来的热情和奔放，如画师挥洒泼墨，可以遍观山下村，入住梅花里，可以“飞雪带春风，徘徊乱绕空”，可以“千峰笋石千株玉，万树松萝万朵银”。如今她何以吝啬像巴尔扎克笔下的那个老葛朗台，像家门前的那棵年年结果后来却被父亲砍掉的酸枣树？

从早晨至中午，雪断断续续，就那么一点点飞雪，羞羞答答，很小很小的颗粒，落到车窗上哗哗啦啦，下到地上却无声无息。那小颗粒在地上滚了几滚，倏忽间便变魔术似的不见。像是冬姑娘很不情愿撒下的几粒花种子，给你一颗已是赐予，给你两颗便应知足，给你三颗便是惊喜。很小很小的雪片，稀稀拉拉，疏疏落落，在空中妩媚地飘呀飘，柔若无骨地跳足了舞才那么不情愿地轻轻飞去，隐没在寒冷的空气里。

想起小时候，厚厚的积雪，踩着木屐或雨鞋橐橐前行，那声音能传出很远。“柴门闻犬吠，风雪夜归人”，这声音分明流淌着温暖。走在路上，两边的树上白枝临风，猛的啪啦一声，树枝受不了雪的重量，生生折断。“夜深知雪重，时闻折竹声”，雪后，远村近郊，房前屋后，或花坞柳岸，湖畔烟渚，处处雪里流霜，寒肌冻骨。一叶孤舟，一披蓑笠，静坐水河边，寒江独钓，如同天地一沙鸥，如同画船听雨眠，柳翁将雪的澄静寥廓的意境诠释到了极致。

然而，雪终究还是来了，还是飞入了我的手心，落入了我的怀里。也许，太过铺张便有了放纵或泛滥，有意无意的省略反而多了意味深长。那么一点点飞雪，就像一位小商贩，每年都只将一点点雪贩到这里，给你一个似详实略的注释，一个若有若无的拥抱，让你从此心心念念。丁香姑娘般，梦一样飘过身旁，太息般的眼光，让人生几多怜惜？

就算是小雪吧，没有了清风明月，桂子荷香，却有雪水附着的挺拔的花叶芒，白中泛青的单瓣梅花，四季常青的留春树。

坐在温暖的窗前，一杯清茶或一盏薄醪，想着孟浩然雪中骑驴，妙玉梅雪煮茶。如果有梅树在侧，那就更妙了。那些时光里的美丽，我打马走过，驻足，心尖掠过一丝温热，我知道，我被它们降伏了。

看着冬日冷凝的沉默，观流光慢慢地滑过指边。雪后，春天就不远了。

最是那一低头的温柔

想到荷，便想到周敦颐，想到他的“出淤泥而不染，濯清涟而不妖”。

江西莲花县有莲花，一大片一大片，开得灿烂，一眼望不到头。听人说起，素喜荷的我怦然心动，想去看看荷。于是，趁着放假的空儿，便去了莲花县。不远，从垄茶高速入江西，经吉莲高速走莲花县，下了高速，往右，约两公里便到了。迎接我们的是新修的柏油路，平整的停车坪，有造型的大门口，拿着金箍棒穿着黄衣服一副猴脸的“孙悟空”。走过“孙悟空”，便是荷。

以前，我总以为，荷是长在池塘里的，长在湖泊里的，由采莲的少女纤腰束素，划着小船，唱着脆脆的甜甜的情歌穿行在绿荷中，人面荷花相映红，将一池一湖荷点染得裙裾流转，情意绵绵。间或还有鱼儿，戏于莲叶之东西南北。将碧波轻绊，不舍不分。到了这里才知道，原来荷可以长在水田，长在目光里。已经不能用一大片来形容了。遍野满目的荷呀！

正是夏日当头，阳光正好。叶子出水已高，高高低低，绿绿的像裙，倒舞在风中。荷花有的打着粉红粉红的花骨朵儿，像一把把收敛的小花伞，等着阳光和夏风来将它打开。有的却有些张扬了，一大朵一大朵，开得放纵绚烂，粉红、鲜红、莹白，一直延伸，延伸至看不见的远方，变成星星点点，绰约在荷中，灯笼般耀了这绿荷，炫了我们追随的目光。

田中，三三两两，是来看荷的游客。沿着荷中搭建的宽约两米的赭色木板路，看荷花片片，围成朵，一朵一朵，远去，远去；看荷叶田田，舞起来，飘舞的裙摆，一条，一条，散开，散开；看莲子，蜂窝一般偷偷藏着掖着，犹抱琵琶半遮面。

一建好的木篷旁，一位五十余岁的妇女正在卖凉茶。我问她：这儿有多少亩荷田？她说：一千多亩。我在来的路上，看到一处介绍说这荷田是五百亩。她连连摇头，说：不止，不止，你看，那边，那边，还有那。我问：老百姓都愿意自家的良田用来种荷花？她很健谈，道：愿意。年轻人大都出去打工了，这儿的田荒着也荒着，还不如租给老板开发荷花田。以前，一亩地租给人家一百元都没有人要，现在，老板用每亩五百至七百元承租，有的人家还巴不得呢。老板为了吸引人过来，搭建了木板路，修了休息的木篷处，花了不少的钱。为爱护环境，还每户人家发一个垃圾桶。莲熟了，你们来收吗？不用，有老板呢。这儿的荷田有六个老板共同研发，采莲也由他们来采，我们不管。哦！抬头，不远处有即将建成的廉租房。农户集中在几处，大多是三层楼房，看上去有八成新。有的房子单门套屋，楼顶有几个尖顶，前有小院，院墙围着，造型新颖，小别墅般，显出家底的殷实。我说，莲花人，生活得不错啊。卖茶妇女笑着说，还行。

走过荷花，走过村落，木板路在荷中纵横，荷将我们包围，不言不语。我们穿行在荷中，目光也穿行在荷中。荷有荷品，绿叶妖娆，红花绰约，香远莲清，不染尘泥。大抵，爱荷之人，爱之美，美得纯净明媚，美得高贵脱俗。

江西的莲花县以莲花为契机，借莲花之赏，得莲花之益。大约一个地方的经济就是这样，外面的人走进来，里面的人走出去，一点一点，长起来的吧。

美，需要用心。一个地方，一举手，一投足，便成气度，便见情怀。一种选择，一种态度，一种方式，都关乎眼光，关乎认同，也关乎前瞻。

猛然间，想起一句诗来：

最是那一低头的温柔，
像一朵水莲花不胜凉风的娇羞。

小溪静静流

在一座冷清的青砖房前，我们下了车。房子前坪不大，两辆车就将它填满了。路潮湿而泥泞。外面有几间老式低矮简陋的土砖房，大约是废弃的牛栏、猪圈、厕所之类。我们三五成群，沿着茅草丛生的依稀可辨的山路往前走，山路逼窄，高高低低，坑坑洼洼。树木荫翳，草色幽深，在路边肆虐，张牙舞爪。

一切都是原生态的样子。

龙江瀑布，在此之前，我从没有听过。脑子里粗略一想象：不过一道瀑布吧，就像龙家牌坊、皇雩仙、列宁旧址一样，单个的景点，清清静静地站在那里，迎着岁月朝阳。

九月初秋，下着小雨，天气微寒。茶陵作家协会的十多人在文化旅游投资公司的组织下，乘坐两部小车、一辆大巴，经垄茶高速，进入距县城约50公里的秩堂黄草村。

我对未知，留有一分天生的好奇。没去过的地方，脑子里往往春色流光。内心一激动，就会向往，就变得冲动，就想不顾一切地奔向它，只要见它一面。

渐渐便听得见水声，看得见水流。溪面宽了，一条柳暗花明的长长的峡谷呈现在我们面前。这十多里的峡谷，引领着我们，跨水过桥，越石攀山。所谓的桥，只是在不能通过的地方用两三棵树段搭就的板，好使人能过去。路尚未成路，棕褐色的落叶铺了厚厚一层，一会儿，窄得仅一人通过，一会儿，消失在水流中，山坡下。我们深一脚浅一脚踩下去，声音淹没在轰轰不尽的水流中。

狭窄的河道，蜿蜒不断，前不见水从何处来，后不见水往何处去。山不高，却紧紧跟在水流旁边；水不深，却紧紧贴住河面，靠着山边。靠着山边，像一句爱情经典：你若不离不弃，我必生死相依。山是诗行水是词，叮叮当当，听，平平仄仄，抑扬顿挫。

秋天，落叶是有的，路上，草蓬里，树林中。除此，便是一眼望不到头的绿。在我的眼里，秋跟春一样，是贴满绵长的绿色的，照样沿着山坡波浪一样此起彼伏，一路逶迤不尽。为什么那么多人要把秋天描成金黄色，让落叶飘飘，让秋风萧萧，让秋声啾啾？自古逢秋悲寂寥，杜甫说无边落木萧萧下，陶宗亮说秋风秋雨愁煞人。其实，秋天里留有多少春意，一样绵绵不绝啊。

江南的秋本不张扬。每次出门，我都喜欢打开车窗，让车外的景致扑棱棱飞进窗来，水远山长，看不足。岭上，谷中，路边，重重叠叠的山，便是重重叠叠的绿。有的地方颜色深点，有的地方颜色浅些，深深浅浅，高高低低，彼此呈现又处处相通，那是去年或更远些时的绿与今年的绿相约，一起开的盛大派对吧。走到哪里，它跟到哪里，从来不弃，不厌。

这样的峡谷，这样的深山不见人，但闻水声喧，吸山川灵秀，怎舍得枯黄，舍得凋零？“道由白云尽，春与青溪长”，在这里，是感受不到季节变化的。进山时，看到村中金黄的稻谷，有的正收，有的正黄。有人告诉我，这里的稻大多只能种一季，因为气温过低。那么，山中呢？山里的树木，沾日月星辰之气，一路春光，一路生机勃勃，绿意盎然。远观，近看，树树葱青，山山摇绿，天涯芳草，无处不春风。

溪尽处，龙江瀑布飞流直下，腾挪跃动，噌吰不绝。一只白鹭飞掠而过，传来一阵惊呼。龙江先生兴之所至，不顾年高，爬过湿滑不平的大石，跨过木段桥，走近瀑布，站在其旁边，远远地，朝我们挥手。巨大的瀑布旁，挥手的龙江先生穿着一身白，与瀑布融为一体，恰到好处。挥手的动作仿佛一个钩，却无法钩住汹涌奔腾的瀑流。在自然面前，人显得那么渺小，可是改造自然的时候，却能巧夺天工。你看我时很小，我看它时很大，来来往往，就是这样相看两不厌。

回去的路上，走在高高的已然干涸的窄窄的渠道边，回望，溪流被树木丛林遮挡得严严实实，“只在此山中，云深不知处”。我的内心渐渐涌动成一条河流，滔滔不绝的是这里的小溪、怪石、瀑布、长茅、青山。龙江溪，多少年来，在山中静静流淌，无关外面的风月。在我眼里，它是一条小溪，是未经雕琢的一块璞玉，最为纯粹。却如江南小巷的温婉女子，柔媚、内敛、深沉，气韵俱成。多少年来，她住在山中，蓝天为屋，大地为床，青山为友，不塞不淤，不惊不扰，潺涓流淌，清明澄澈。你来与不来，她都在，一直在。她的秀可以给人看，可以给山看，可以留给自己看，静静地，从容安谧，从不索求。

陶渊明的《桃花源记》说：“缘溪行，忘路之远近。忽逢桃花林，夹岸数百步，中无杂树，芳草鲜美，落英缤纷。”这条溪，是进入桃源的那条溪吗？要是让我再走一遍，一样会不知道路之远近的啊。我便写了一首诗，后来，书画家兼企业家周毅刚将这首诗书成字画赠予了我。

百里茶山烟雨冲，
一江如练欲飞龙。
画楼歌舞千般醉，
不及清溪半路逢。

没有桃花，却有落英和芳草。溪边，时有杨柳，根深入巨石，照样年年开花。本地人说，三月的杨柳花开了，出门在外的游子就该回了。想到花落入溪中，一溪杨柳一溪烟的样子，心中又生出了几分向往。

船行湖上

我们去的地方，叫东阳湖。

五一劳动节放假第一天，上午，天气温和，太阳慵懒，爬上东边的树梢。大大小小的云朵，白的，黑的，薄而淡，在空中悄无声息地飘移，点缀了那一片蔚蓝。

沿着蜿蜒不宽的陡陡的水泥路曲折而上，很快便到了舲舫乡的洮水大坝。大坝上除了刚来的两拨人，空无一人，很安静。大坝像根巨大的横木卧在两山之间。山这头与山那头，可呼应作答。同事告诉我，这大坝长有313.3米，高有101.6米。我惊讶地用眼睛丈量着它的长度，看来宽阔的地带也会缩短视野的距离，造成错觉。

登上坝顶，坝里宽阔的水域扑入眼帘，水清澈，却不见底。微风吹拂，湖面呈现着淡淡的波纹，随风移转。坝外的地势越来越低，远远地在脚底下延伸，一直延伸到翠绿的田野和安静的村庄。回望来时的路，已是居高临下，蛇一样蛰伏，时隐时现。

大坝旁边有一道墙，将湖与外面隔离开来。中间有一道小门用来进出，此时小门是锁着的。这东阳湖目前还没有正式进入本县旅游线路，进出小门的地方坑坑洼洼。在湖里来去的船只是当地的居民自行申请自行组织自揽生意。小门管理员不在，游湖坐船，要么翻墙过去，要么沿墙靠湖的斜坡小心挪过去。我选择从斜坡攀过去。我看了看坡下面，坡下面湖水很平静，却幽深得像一只狼，张着血盆大口，随时准备吞噬不小心掉下去的食物。我犹豫着，不知道要不要从这里过去，能不能从这里过去。已经过去的人在旁边使劲儿给我打气，没事，过来吧！我麻着胆子半爬着，过去的人在对面接应，终于安全地过了墙，上了船。

湖边有两艘船，一条大些，有两层，我们的人包下了。另一条小些，只有一层，由另一拨人包下了。船下面一层像一个休息室，有三五张桌子，有软椅，有木椅，还有红色的塑料小方凳。船上的老板娘说，这船是自己花钱打造的，这木桌木凳都是自己做的。我看了看，摸了摸，难怪，桌子厚实，凳子很沉，看上去都结实，这绝不是那些塑胶板所能比拟的。上到顶部，栏杆是白色的，手一摸，有白粉粘在手上。照相的时候，衣服上沾了不少的白灰，发动机的声音也很噪耳，便觉得这船造得有些粗糙。可这并没有影响我们看山看水。

四月底的阳光开始有些火，热热的有了夏天的气息。水面很宽，水清澈得有些蓝，水平如镜，一点点褶皱倒成就了水的柔和，还有一点点的活泼和调皮。两岸的山翠绿逼眼，山不高，树也不很高大，都是些枞树、灌木、刺槐、小松、杉针之类。船主告诉我，这山其实挺高的，只是因为水淹的缘故，将山的主体部分淹没了，只留下了山尖尖露在外头。

我问船主：这水是不是很深？船主说，当然了。有多深？船主说，具体多少不清楚，少则几十米，多则一百多米吧。这里的百姓呢？全部移民了。我哦了一声，把伸出去的手缩了回来，心中一惊，这么深的水！谁敢在其中戏水呢？这么多的民要移，这何尝不是一项巨大的民心工程！四十多公里长的水域，成千上万的居民，要有多大的气魄、多远的眼光、多少的财力才能成就这深厚的东阳湖呢？

一位叫舟进的作家写了一篇报告文学《井冈山下千岛湖》，写的就是东阳湖。东阳湖，原名为洮水水库，是经国务院总理办公会议同意，国家发改委审批的大型水利水电枢纽工程。2006年底主体工程开工建设，2009年9月，大坝主体工程全面完工。它是一个地地道道的人工湖，因明朝著名政治家、文学家李东阳出生在茶陵，故将此更名为东阳湖。

在夏乐村一饭馆吃了中午饭，忽然地下起了雨。雨先是小心地来到这里试探了一下，接着便放肆起来，哗哗啦啦，将天地扯成了一片。待雨小了些，上到船上，风一吹，凉意便袭了全身。水面上，一个圈，两个圈，万千的圈将水面点成了一朵朵圆圆的跳动的涟漪。对面的山上一层白雾将山尖围起来，缭绕不散。这厚实的水，无形中提升了我们的高度，让我们更近地观赏到山上的风景。水在脚底，云在眼前，东阳湖，将宽厚和平和写进人的心里，不用点拨，灵秀外泄。

人们常说，桂林的山，漓江的水，独一无二，世界闻名。也许，这里的山比不了桂林的奇幻，比不了张家界的大气，比不了西湖的水淡妆浓抹总相宜。如果说桂林的山属于大家闺秀，那东阳湖就是小家碧玉。与漓江的水比起来，我倒觉得这东阳的湖，更多了一分端庄、一层神秘。漓江的水是铺在水中的，阳光一般不遮不掩。这东阳的湖则局促在山中，素颜无饰，将山中的浪漫和神秘全部隐藏。它不张扬，却寒意外露；外表淡泊宁静，却波澜起伏，胸藏万壑。秀美的山尖，平静的江面，水中不时露出的枯死的树枝，这树底下，会是什么呢？由着我们去想象。

一路行过，两岸的山绵延不绝，排闼送青，湖中的岛屿一座刚过，一座又迎面而来。湖与岛交相辉映，山与水相依相存，百里千岛，目不暇接。千岛湖边雪鹭飞，青山照水翠霏微。五区春色来天地，万里行舟醉去回。船行湖上，人在舟中，一颗浮躁的心慢慢地摊成了这波光微荡的湖面。

其实，无论走到哪里，看山就是山，看水还是水。奇也好，秀也罢，都是视觉的一道盛宴，能在心里长久的回味，便达到了目的。

解落三秋叶

秋，在文人的笔下，大多是萧瑟的代名词，总是与悲伤连胞的。山抹微云，天粘衰草，月落乌啼，江枫渔火，自然带出一层悲况来。可是在南方，秋天纵使落叶铺满地，也“解落三秋叶，能开二月花”。

江南的秋不算秋，随便出去走走，你都能发现，地上的草儿是青的，树上的叶儿是绿的，地上像盖了一层绿地毯。地毯不平整，高高低低，波澜起伏，错落有致，绿油油的像一幅巨大的山水画，展开在我们面前，没完没了。而且，这幅画是会跟着你走的，你走到哪，满眼的绿色就跟随到哪。

柳永说：“是处红衰翠减，冉冉物华休。”我倒觉得物华正浓盛着。范仲淹说：“碧云天，黄叶地。”天高云淡，可黄叶呢？中秋了，叶子仍穿着一身绿装，在秋风中悠闲地摇着她们的脑袋。草儿仍漫山遍野，青青地晃着人的眼睛。大约南方的秋天是水漾出来的绿色长城。只不过春天的花多，处处垂绿散红，耀人眼目。秋天的绿多，就像一幅绿色水墨画。

南方的秋色较北方展现得慢，它吸收了春天的妩媚、夏日的热情，到了秋天，仍满树春色。秋，来得不经意，草木还蕴足了水分，在秋风里拼命生长，一直生长。断虹霁雨，秋空如洗，山染修眉，老绿盎然。南方的景色就是这么从春到秋地绿着，秀美着，伸出手去，那绿色能伸手即握。

沐浴着南方气候的温润，饱览着南方景物的秀丽，南方的人也沾了一身的灵秀。有人说，南方的小伙多情，一擦就能擦出激情的火花；南方的姑娘水灵，一捏能捏出如珠般滑润的水。像戴望舒笔下的女郎，穿着旗袍，打着油纸伞，在雨巷里款款走来，美丽、温柔、娴静、婀娜，姿态万千。但是，南方的中秋也有不矜持的时候。

南方的水气向来很足，秋天的雨水虽然少了许多，但也不至于干得地皮裂缝儿，叶子打卷儿。但今年的秋天到了九月中下旬，好像还没从夏天的太阳中走出来，在我们的印象里，夏天仍然没有过去，太阳一出来，还是明晃晃的照眼，出门还带遮阳衣、遮阳帽。即便如此，在外走多了，皮肤仍被紫外线晒黑了。九月二十三日那天的天气预报这样报告：长沙的温度达到今年以来的最高温度38摄氏度！天天受着烈日的煎烤。天气很干燥，难得有雨，即便有雨，也是即来即走，像一个话不投机的熟人，三言两语，说了就走，不能停留。仲秋之后，天气一直就是热热的、辣辣的，我切切实实地闻到了秋天燥燥的味道。

秋天的绿是满眼的，可是，这绿里却有些生硬，像男人说话，直来直去。它承接了夏天的火热，却淡了春天的柔情，也没有冬天的冷艳。虽然景色如画，但这幅画里却少了些什么，也许是一种绿色的冷漠和空旷吧。

其实，中秋和深秋也就隔着一层纸的距离，轻轻一碰它就破了。九月二十三日还热得烫人，第二天，起了些风，天时晴时阴的。几天后，气温急剧下降，降了十多度，风也渐渐响了起来，沉了起来，有了更多的凉意。有了点秋风萧瑟的味道了。也许到这时候，才真正觉得秋天踱着它阴沉的脚步正从远方唰唰而来。它来了，风也凉了，霜风凄紧，寒意连绵。草木在风中拼命地摇晃着，我想用不了多久，它们就会摇干一身的水分，将黄黄的秋装极不情愿地摇上身，然后又极不情愿地脱掉吧。

天气冷了许多，天色也空旷了许多。可惜我住的地方是没有秋虫的地方，要不，就可以听到秋虫或高或低或宏或细或疾或徐时停时歇的歌声了。歌声没有，秋声却是有的。欧阳修在夜晚读书之时，就能清楚地听到秋声从西南淅沥萧飒然后奔腾而来。当时星皎月明，声从何而来？从树叶之间也。秋之声，秋之气，就这样散落在空中，在树里，草拂之而色变，木遭之而叶脱。细听起来，树树皆秋声，满眼望去，山山均寒色。

古人给秋定义，春生秋杀，西风残照，焜黄华叶，无边落木，高鸟黄云，寒蝉老树……冷漠和空旷，无端地就生出一些悲凉和肃杀之气来。辛弃疾看到落叶，会想起落叶西风时，“人共青山都瘦”；纳兰性德看到远去的大雁，会觉得“两行斜雁碧天长，晚秋风景倍凄凉”。

可是在徐志摩的诗里，却能写出它特别的情意来。他的《私语》中，一棵憔悴的秋柳，一条怯懦的秋枝，一片将黄未黄的秋叶，却能私语三秋，将情思情事、情语情节轻轻拂落在秋水秋波的秋晕里。秋，谁说悲凉？分明满含情意，这情意在它的枝枝叶叶里流转，仔细听，就能听出风声叶语来！

气候变迁，万物兴衰，各有其理，不随人喜怒。倒是人，容易以物喜，以己悲。如果真能做到不以物喜，不以己悲，其胸怀与气度，便可以超然物外，潇洒人生了。

秋的悲凉，其实是一种感觉罢了。

阳光像鸽子一样飞

三月底，阳光铺满天地，深一脚浅一脚，慢慢地走，漫漫地望，阳光温暖地照着，在指尖上发光。

这是一处靠近县城边的河堤，是由泥土和石头铺砌而成的，外边用网状的铁丝网住，很规整的网面却经不起细看，长时间雨水的冲刷，到处坑坑洼洼，杂草丛生，土质外露。河面上有的地方石头外裸，大的如足球，小的如鸡蛋，稀稀拉拉，高高低低，占据着整个河面。

春天的河水不热闹，散漫、随性。大部分地方都能看见河床，露出一大截儿在水上面；有水的地方也不深，薄薄的铺在河床底，像是谁拿着一层透明的纱，随意地盖在上面；水很清，缓缓地流，细小的声音传来，像是远远传来的宫商角徵羽。

河堤的左侧是一大片油菜地，望不到头，原本金黄金黄的油菜已然结实，只有零零星星的碎花儿在枝上犹抱琵琶。我错过了油菜花铺张的最好时机，好在前不久刚看过秩堂的油菜花，那铺天盖地的黄，早已柔湿了我的眼睛。此处少了些浓艳，却多了些朴实、素净。

上天是公平的，上天赐予你花，就难以看到垂涎的果；给了你丰收的希望，便掠走了眼前的千娇百媚。

淡妆浓抹，也能恰到好处。

我轻轻捋下一串油菜籽，细细地像刚发出的新芽。剥开，一串小小的绿籽儿呈现在我面前。我小心地掰开一粒，水水绿绿，很小很嫩。我轻轻一捻，便碎在了我的手指尖。事物的初生，经不起捻碰，我不再掰，这一串串长长的绿籽儿，要不了多久，就会变黑，就会变成我们想要的模样。

花，不用太多，一丛，一枝，一朵，一瓣，就可以将春天的门扉打开。

我兴致盎然，站在一丛尚存的油菜花边，拈花微笑；在一片种了板栗树的地儿，攀着枝条仰望天空的澄澈。天呈淡蓝色，慷慨地任我的目光驰骋；云朵也很慷慨，排着队一朵一朵等着我目光的掠取。

路边，不时地有叫得出名儿的和叫不出名儿的白花、黄花晃动着我的眼。走过板栗树边，一大丛叫不出名儿的白花耀目在前，像油菜花又不是油菜花。我雀跃地走过去，揽过其中一枝，伸至鼻尖，立即，一股细小的淡淡的清香沁过来。

右前方，河对岸是一处高而陡的坡，杂草灌木丛生。坡上面，一排排的房子背对阳光，有些阴暗，也因此遮住了半边阳光。我有意放慢了脚步，等着阳光从房子边探出笑脸，明媚这一片天地。

风轻云淡，阳光如毡。像母亲给小时候的我洗澡，将水温试了又试，拿捏得不温不火。夏日的火辣收敛，秋日的燥湿隐去，冬日的寒意悄悄收藏，独独留下这天地间最适宜的热度，温暖得像母亲的关切之语。

生活里，总有一些风景是为心情而设的，总有一些心情是因风景而改变的。它不忧不喜，而你却早已将它浸润在你的喜乐哀愁里，怎么赶也赶不走了。

阳光在上，我轻轻摊开手，指尖上，阳光灼灼，像鸽子一样飞。

在自然的怀抱里抚触阳光，有流水相伴，有花儿随行，春天以最美的姿态迎我，我以最好的心态迎它。

半坡杜鹃红

2014年4月6日，清明节后一天，微雨，新凉。

雨轻轻敲打了半夜，到了早晨，停了。

没有了雨的声音，空气里安静了许多。天色像谁用灰墨写意的屏幕，无论怎么看，都看不到它原有的蔚蓝。微雨过后，天气新凉，春天里，那层层叠叠的春意开始招摇过市，越山过岭。于是，我们一行四人约去“湖里湿地”看看。

途经“万樟园林”。

园林都有同样的语言，绿草、红花、小桥、流水，缓缓移转的水车，姹紫嫣红，无论你在哪个季节来，诉说的都是春天的故事。罗汉松永远张开它宽厚的“翅膀”，红叶石楠从春到秋永不褪色的点红路边。柔柔的紫薇花，粉粉的杜鹃花，白白红红，高高低低，一路延伸。只是我们来不及细赏，匆匆经过。

湖里湿地位于茶陵县严塘镇艾里村，海拔150米，是湖南省首个国家级“野生植物原生境保护区”，是目前已知的全国唯一保存完整的一块湿地。近年，国内外专家先后在湖里湿地发现了“茶陵野生稻”，两种国家一级重点保护植物——国内濒临灭绝的水生植物长喙毛茛泽泻和莼菜，以及泽苔草、海菜花、食虫植物黄花狸藻等62种珍稀水生植物。

我们拐上了一条极不好走的泥泞山路，2米多宽的路，越远越细，让人发怵，掉头已无可能，只能硬着头皮往前开。一个中年妇女站在路旁惊讶地看着我们，瞪着一双惶惑的眼睛看着我们走远又掉头，在路旁喊了一句："你们去那干什么？"

山以最本真的姿态迎接着我们，给人温暖气息的房屋全都消失不见了，满坡都是树，沉默得狰狞。路边一人多高的杂木胡乱地肆无忌惮地伸出它的爪子，恶作剧般在车子两边拼命地抓，像是拦路打劫的强盗。车子不时地被枝条狠狠地划过，呼、呼、呼，像刀。

我们完全迷了路。远处，绵延的山连接远方，一条路蜿蜿蜒蜒，伸到目力看不到的地方，无穷无尽，近乎绝望。天是灰的，分不清东南西北。荒山野岭，荒无一人。大家先还指指点点，天南海北神聊，不久便都停止了说话，神经也紧绷起来，除了车子的声音，死寂得时间都像老去。

我想起电影《无人区》，影片中的潘肖律师在荒无人烟的戈壁滩上与各怀心思的人打交道，善人要遇到恶人是可怕的。人如果遇到恶劣的天气环境，同样是可怕的。我盯着前面，心里祈祷，快点！快点离开这个让人胆战心惊的鬼地方！也就是在这时，我听到了一声惊呼：啊，快看！

在我们旁边，半坡的映山红，就那么鲜艳夺目的，突然地呈现在我们面前！近到伸手可握，似乎是特意前来温暖我们灰暗的心的。一颗寒冷的心，就那么被它轻轻触碰了一下，热了许多。错落不齐的灌木，一簇簇映山红夹杂当中，如凌波仙子下凡，悄悄地点燃了这半面山坡。一树，一簇，丛丛簇簇，蔓延开来，恣肆自在，无所顾忌。远处，眼前，随时随地，不经意间就跃入你的眼帘。如果可以，打开窗户，伸出手去，不用费多大力，就可以摘到一大把。

刚刚失落的心重拾兴奋，七嘴八舌地说着：

"荒山野岭的，半天见不到一个人，这么漂亮的花，开给谁看哪？"

"养在深闺人未识，可惜了啊。"

"没有可惜吧，识者自识。花可以开给蓝天看，开给云朵看，开给树木看，开给这片山看，也可以开给春天看，开给自己看嘛。"

民笑说："这道无情，花有情嘛！"

映山红，又名杜鹃花，也叫作"山客"。在这荒芜的山上，泥泞的山路边，映山红算是养在深闺了，如果不是我们误打误撞，怎么可能看到？能长在这里，本就显大度，不炫耀，不悲喜，自生自灭，默默地守着这片山林，默默地绽放。

大家快乐起来，从前的不安，心底留存的阴霾，如残雪渐渐融化在这一路的春深春也浓的暖风里。

听说，杜鹃花开的时候，便是爱神降临的时候。没有多久，车果真顺利走出了大山。我们又看到了房屋，看到了人，看到了人间烟火，仿佛穿过了时间隧道，又来到了活泼的给人温暖的地球。

在山里转了近两小时，到底，我们还是走错了，与湖里湿地擦肩而过！回来的路上，一问，傻眼了，我们已到了腰陂，一个南辕东辙的地方！

民笑说："那妇女问得没错，你们到那去干吗？"

大千世界，花红柳绿，诱惑弥多，美与不美的地方，我们的眼睛都在捕捉，又何必纠结于一定要去哪里。荒山野岭，质朴无修饰的花儿，满山艳艳地开，静静地开，开给自己，开给春天，开给与这片山相关联的万物看，并不希望人来打扰。

花是有灵性的，那片水生植物群也是有灵性的吧？选择安静地生活，就无须别人过多的眼光。

心中有诗意，哪里都是风景。

站在晨光里看红旗招展

早晨七点半，我的目光停在了那两坨嫣红上。

脚下，是绿色的人工草坪。黑压压的人群踩在上面，绿色的人工草皮从脚下溜出来，调皮地在我眼前窜来窜去。右方，历史与人文兼重的洣江书院古色古香地俯在一片荫茂的树木中，白墙灰瓦，檐角重重，这座茶陵规模最大影响深远的官办书院，什么时候看它，什么时候都透着它独有的神秘。身后，右侧是图书馆，粗大的树木将它们浓密的枝叶延散开去，遮盖了楼的大半边。

前边，一坨嫣红趴在观礼台上，探头探脑，一会儿伸直了腰杆，瞪着一双红红的大眼睛，俯视苍生。

“初日红于烧”，有幸，我站在人群的最前面，有最宽广的镜头喂饱我的目光。前上方，是一块天蓝色的幕，幕上风云变幻，像谁的大手笔擎于天地，信笔挥毫。太阳就从这块幕边上，悄悄走上来，不耀眼，却很圆，很红。梯形观礼台的下面是刚修不久的宽敞的柏油马路，路的右边，便是蜚声省内外的本地127名进士诗文长廊。横过马路，是从炎陵逶迤而来的汤汤不绝的洣水。再远些，是一曲由村居和田野编写的田园牧歌，绿色的主旋律一直弹奏到天际。

初升的太阳大约要看的东西太多了！所以它常常变化不定，有的时候柔和如月，嵌在东边的山头，像一颗硕大的明珠；有的时候灼热如火，隔着天高地远，一股热浪滚过来。这时候，我是不敢看它的，看一回，眼泪盈眶一回。

每一次我站在这里，天空的姿态都是不一样的。遇上天阴，几片淡黑的云在上方轻轻地无声无息地移动。或小或大的云朵，散落在空中，挂不住地飘，看上去很轻，像鸟有了翅膀一样在空中飞，听了风的指使，无所用心地移往一个方向。若遇上晴明，经常，整个天幕上靛蓝得像用画布染过，不带一丝云彩，碧空如洗，像一汪湖，只在天边露出一点儿白，是慢慢浸润过去的白，界线极不分明。看着这湖，我常常忘了将目光收回。想必那是一杯酒，蓝色的，喝一口便醉。

当三名红旗手一脸严肃，昂首挺胸，正视前方，扛着红旗正步走向升旗点，当鲜艳的五星红旗慢慢升起的时候，我看到了另一坨嫣红，在空中迎风招展。三千多人的操坪很安静，目送着红旗升起。淡凉的天，风微步而来，弥散在我们周围。两边的黄色和绿色的彩旗，像两名卫士。

左边，出现一些不知名的鸟儿，排成一字或人字，飞到红旗不远的地方折返。整齐、利索，毫不拘泥、犹豫，来得突然，走得迅速。一群飞过，一群又来，像小小的飞机，侦察而来，得胜而归。或者，仅仅为一场给我们的演出，一次为飞而飞的飞行。偶尔，会有落单的雀儿，飞过操坪的边沿上空，嘶叫着消失在左方路边的房屋顶。有时，就停在屋顶上，用鸟的眼光盯着屋下来来往往的不知从何而来要往何处去的人，像看一场我们的演出。

“天光悦鸟性，日上洇人心。”偌大的操坪，闻着清晨的味，大气涵新泽，天清享自然，日子一天天，红旗飘扬，阳光穿过季节，将温度换成了温暖。

有一种声音告诉我，岁月里，总有一些时光，呈现出最美的姿态。

日出，多美，为什么历来写日出的人比日落的人少呢？白居易的“日出江花红胜火”，已是淡了日初出的这个概念了，赵匡胤的“太阳初出光赫赫”诗味不是很浓。写日落日暮的却很多，孟浩然“日暮客愁新”，崔颢“日暮乡关何处是”，李白“日暮长江空自流”，辛弃疾“斜日寒林点暮鸦”……大约日暮是能牵发人的愁思带来伤痛的。痛与思念，比美更让人震撼，入骨之思，是需要用泪来浸渍的。

日出，在我的眼里，不心疼，却心动。至少，它给了我一天的阳光，一天的温暖。草坪、红日、蓝天、红旗、清风、绿野、小鸟……

在这样特定的时刻，思想常常跑马，不愿追。

桃花五章

一

四月三日，清明时节，天朗气清。

三五朵白云，好像跟我们一样，放了假，在空中游来荡去。久雨不晴的天洗去了一身疲惫，露出了太阳温和的笑脸。湿润而料峭的空气，渐渐温暖袭人。

“人间四月芳菲尽，山寺桃花始盛开。”我要去的地方不是山寺，是炎陵的瑶乡。上了高速，又下高速，导航渐渐将我们拉向了弯窄的山路。

山路九曲十八弯，沿着峡谷蜿蜒而上，我的心也跟着山路忽左忽右。我知道，那里的《诗经》，正在朗诵一首《桃夭》。

二

山势很陡，再往上，是郁郁葱葱的树林，树不高大，却玲珑青翠。树木边，开出的一块一块空地上，一树一树的桃花灼灼生姿。

站在山坡上，桃花里，俯视，公路下面，散落着一些房屋，或新或旧，或群居或独立，跟外面并无两样。对面，高高低低，同样梯状的山坡上，粉红的桃花烂漫成一片，远远地与我们隔垄相望。

抬头，粉粉的花朵充盈在前。一朵一朵，一枝一枝，一树一树。粉嫩的颜色，幻化成一张脸，一张无须胭脂也像桃花的脸。

久了，那张脸慢慢淡去，慢慢变成心事，嵌进了花笺。

三

忽然，在我的左前方，出现了一朵耀眼的白。

一袭及地的白长裙，一把精致的透明小雨伞，一束红色的绸巾飘在脑后……在一棵硕大的桃树边，或前或后，或左或右，抬头，低首，弯腰，微笑，缓缓移动的身影，如凌波微步，飘忽若神。

是桃花仙子忽然驾临吗？我朝她走过去，喜悦伴着意外怦然来临。

那一刻，我想起了崔护的《题都城南庄》。

四

秩堂的菜花黄了，靖州的梨花白了，平乐的桃花悄无声息地红了。她们穿着不同的衣裳，从不同的地点出发，飞奔进季节，仿佛去赶一场春天的盛会。

桃花是住在哪里的呢？她是住在唐伯虎的桃花庵，白居易的大林寺，还是陶渊明的桃花源？

其实，桃花是不拘地方的，给一片地方，就开一片花，给一场春光，就掀起一片灿烂。田野，山坡，路边，屋旁，层层叠叠，蓬蓬勃勃。

譬如，我追逐的地方，就是桃花盛开的地方。

五

回来的时候，我拾得两朵桃花，一朵深红，一朵浅红。

花呈五瓣，全部舒展开来。里边几十个雄蕊护着一个雌蕊，这么多的雄蕊！心中隐约有一种不安，这两朵桃花，如果让它们待在树上，七八月成熟的时候，会不会华丽变身，破茧成蝶，变成两只甜而大的黄桃？

如果喜欢，让她在树上开花。

席慕蓉写过一首《一棵开花的树》，只是时光的指尖轻拨，有些句子我记不太清了：如何让我遇见你，在你最美丽的时刻……

第四辑

天若有情

有些事，不必强求，有些人，终究只是留给你来想念的，见或不见，他都在那里，我在这里。

——《目送》

文学与爱情

一

穿过已经磨得发亮的青石板路，在一幢暗色的青砖壁房前停下，飞檐翘立的屋架，剥蚀脱落的门窗，苍老陈旧的板壁，显示着这栋房子年纪已然不轻。

凤凰不大，中间横穿一条沱江，自古而今，流水汤汤从未间断。江边的房子临江而建，木板墙，吊脚楼，因时代久远，大多呈暗黑色。站在沱江上看，两边的房子就像它蛰伏的翅膀，在蓝天下，夜色中，起翅欲飞。

沈从文的故居是沈从文曾任贵州提督的祖父回到故乡后于1866年买下地皮后兴建的。房子前后两进，中间一个小天井，左右配有厢房。房子不大，从外面看，与许多当地的房子并无二致。

很难想象，长大后长相儒雅个性温和的沈从文在小时候却是个逃学大王，是个不折不扣的顽劣儿童。父亲不得已将他送至另一所私塾。沈从文在这里其顽劣的个性不仅没有收敛，反而逃课比以前更厉害。

沈从文十五岁高小毕业时，随军队向沅陵开进。三四年后，这支部队的人死的死，伤的伤，走的走，几乎“全军覆没”，沈从文被遣回家乡。听从父母的安排，前往芷江投奔舅父黄巨川，在舅父掌管的警察所里做了一名小小的办事员。闲暇之时，便在他七姨夫熊捷三的指导下读读诗，写写小楷。熊捷三的胞兄是当时任民国首任总理的熊希龄。出了沈从文故居，转一个弯，不过数百米，便是熊希龄故居，格局跟沈从文家大同小异。靠着这层关系，加上熊捷三的引荐，沈从文得以进入熊希龄的“现代相府”。相府里收藏了许多西方文艺著作，沈从文在这里可免费自由观看，沈从文的小说灵感就是从这里开始慢慢浸润出来的。

沱江上有一座六百多年历史的俊美壮观的虹桥。这座桥始建于明洪武初年，颇信风水的凤凰人都说，这座桥斩断的是一条龙颈，令一条巨龙身首异处。朱元璋听信一位阴阳先生的谗言，说这地方会有人出来问鼎中原，真命天子将出。朱元璋岂能允许边远的凤凰有他潜在的对头？于是朱笔一勾，龙颈被斩，凤凰再也出不来皇帝了。凤凰皇帝是没出，可是却出了一位伟大的文学家和一位地位很高的政治家。也许渊源如此，斩断了龙脉，斩断不了文脉、官脉。

沈从文在警察所当办事员没混出名堂，到湘西巡防军首领陈渠珍手下做文书也没混出名堂。不过，在这里，他认识了一位从长沙来的印刷工人，这位工人见过些世面，向他介绍了当时的新文化周刊《新潮》《创造周报》等。沈从文受此启发，决定去北京求学。

来到北京的沈从文报考了燕京大学国文班，可他只有高小文凭，标点符号都不懂，面试时更是得了零分，连报名费也被燕京大学退了回来。这对沈从文是一个莫大的打击，此时的他真正意识到了，读书对他有多么重要，可是，自己的高小文凭却像一只拦路虎，书到用时方恨少，他很后悔，后悔小时候没有好好读书，顽劣了那么多年。他得想办法将从前逃学遗忘的知识恶补回来，他去风气自由的北大偷听，去琉璃厂的书肆看书。初来乍到，人又不认识，又没有谋生本领，没有经济来源。他只得租一间由储煤室改成的小屋，取名“窄而霉小斋”。

为了解决吃饭问题，他向报社投稿，可是没有名气，又没有名家提携，没人愿意发表。穷困潦倒之际，他给当时在北大任教的郁达夫写了一封求助信。郁达夫接到信后，顶着鹅毛大雪去“窄而霉小斋”会见了向他求助却素不相识的沈从文，并请他到饭馆饱食了一顿。归后，郁达夫写了一篇《给一个文学青年的公开状》发表在《晨报副刊》，替沈从文鸣不平，并把他介绍给了《晨报副刊》主编。从此，沈从文经常在《晨报副刊》发表散文、诗歌，“北漂”的日子总算有了点基础。

不久，一篇小说《遥夜》引起北大知名教授林宰平的注意。林宰平、胡也频以及老乡丁玲，还有《京报》《民众文艺》等期刊，都如及时雨一般向他袭来。后来，他结识了徐志摩、闻一多等人。他的散文、小说及戏剧作品不断出版，两三年之内，他成为京沪两地文坛的新星。

毋庸置疑，沈从文尽管经历了艰难，却还是命运的宠儿。在他成长的道路上，总有人相携相扶，父母、舅父、七姨夫以及熊希龄；到北京后，走投无路之际，有古道热肠的郁达夫。后来，有北大教授林宰平，有徐志摩和胡适。

沈从文对文学的热爱，对文字的敏感，对湘西这片故土的身临其境的感受，让他的写作灵动清新，不带一丝世俗的尘埃。

可是就是这样一位作家，在1948年，因批反动文艺，“桃红色作家”，“蓝色”作家，“黑色”作家（沈从文被冠以“桃红色作家”），他精神几近失常，竟然宣布封笔，不再写小说，从此转向服饰物研究。这一封笔便是四十年，直到他生命的尽头。

走出沈从文故居，回望，他的房屋掩藏在一排毗邻而建的相似房屋中，他旧时的一切又被我远远地抛掷于后。只是，或许谁都没有想到，从这样一个并不起眼的地方走出去的人，不，是飞出去的吧，而且越飞越高，须仰视才见。

而我，以及像我一样的人，大多都是先从书里见到他，见到他笔下的古朴宁静的边城，见到那个心如沱江的水一样纯的十五岁的湘西姑娘翠翠。想来，那个一直等着心爱的人归来的翠翠应该也长大了吧？

二

在凤凰，一个不起眼的酒吧门旁，竖着一块木板做的牌牌，上面写着：“我走过无数的桥，看过无数的云，喝过无数种类的酒，却只爱过一个正当最好年纪的人，我应当为自己感到庆幸。”这个正当最好年纪的人，便是后来成为他妻子的张兆和。

张兆和，苏州乐益女子中学校长张冀牖的四个女儿之一，是张氏四姐妹中的老三。张家家境殷实，有良田万顷。曾祖是晚清名臣两广总督张树声。张家四姐妹被称为最后的大家闺秀。叶圣陶这样评价她们：“九如巷张家的四个才女，谁娶了她们都会幸福一辈子。”大姐张元和，精昆曲，嫁给名噪一时的昆曲名家顾传玠；二姐张允和，擅诗书格律，嫁给语言学家周有光；四妹张充和才华最全，工诗词、擅书法、会丹青、通音律，后嫁给德裔美籍汉学家傅汉思。

老三张兆和，则嫁给了最具声名的文学家沈从文。

1927年，沈从文于年底迁至上海，在徐志摩的推荐下，中国公学的校长胡适安排沈从文在大学部教授一年级学生“新文学研究”和“小说习作”。

他的学生里有一位让其怦然心动的女学生，这位女生名叫张兆和，是中国公学的校花。沈从文开始给她写信，第一封信只有一句话：“我不知道为什么忽然爱上了你？”此时的张兆和冷漠而高傲，对他不屑一顾，一概不回。沈从文的信没有得到回应，继续写，一封、二封、三封……

张兆和不堪其扰，在好友的提议下，带着信去找校长胡适。胡适与张兆和的父亲是好友，他呵呵一笑，说，沈的信写得蛮好，跟他接触接触没有什么嘛。又说，如果家里有压力的话，自己可以去斡旋。

张兆和不同意，胡适说：“沈从文顽固地爱着你呀。”

张兆和脱口而出：“我顽固地不爱他！”

沈从文痛苦绝望之余，决定离开这个伤心之地。去了青岛大学，可是，在青岛，他仍抑制不住地想着张兆和，继续给她写信，不回也写。一年，二年，三年。第四年，终于等到了张兆和的玉口金开：“乡下人，喝杯甜酒吧。”在张兆和看来，沈从文当时十足就是一个乡下人。

婚后不久，好友杨振声辞去青岛大学校长转赴北平，沈从文随后也跟了去，寄居在杨家，并和杨振声一起编写教育部布置的中小学教科书，文学事业也蒸蒸日上。

从一开始，他们的爱就是不对等的。

沈从文爱张兆和，是爱到骨子里的。而张兆和的爱不温不火，没有伤筋动骨。

沈从文去国立西南联合大学教书后，张兆和因孩子要抚养，走不开，加上时局动荡，日子过得很艰难。张兆和没了做女儿时的优雅和从容。在给沈从文的信中，不满的情绪时不时跳出来，将两人原本十分的爱撕开一道又一道口子。这让沈从文很痛苦，痛苦之后是深沉的自卑。他对张兆和说：如果你想离开，我会给你自由。新中国成立前后，沈从文被郭沫若批为“桃红色文艺”“反动”，世态炎凉又一次在他们面前呈现，艰难的生活加上众人的冷眼，张兆和又一次抱怨了，她不明白为什么沈从文不积极向上，不向新中国靠拢。

也许，张兆和这一生都不曾体会过沈从文的自卑。

她全然不知自己在沈从文的心中有着怎样的地位，她只知道，自己已经不再是当年中国公学里的那个女学生，不再是九如巷张家那个明媚的少女，她已经是妻子，两个孩子的母亲，她要面对柴米油盐，盘点一家人的生计，从小衣食无忧让她忍不住对现在困窘的生活心生怨责。

可是沈从文做不到转变，他的“三三”不只是他的妻子，还是那位“女神”，在“女神”的责备加上世俗的批判这双重压力下，他几乎精神失常。

张兆和的二姐张允和回忆说，她有一次去看望沈从文，临离开，他从鼓鼓囊囊的口袋里掏出一封皱头皱脑的信，又像哭又像笑对她说：“这是三姐（他也尊称我三妹为‘三姐’）给我的第一封信。”他把信举起来，面色十分羞涩而温柔。允和想看，沈从文把信放下来。信放在胸前温一下，并没有给她，又把信塞在口袋里。沈从文说：“三姐的第一封信——第一封。”说着就吸溜吸溜哭起来，快七十岁的老头儿像一个小孩子哭得又伤心又快乐。

后来，沈从文去世了。

很多年后，张兆和才真正懂了那个爱她到骨子里的沈从文。她说：“从文同我相处，这一生，究竟是幸福还是不幸？得不到回答。我不理解他，不完全理解他。后来逐渐有了些理解，但是，真正懂得他的为人，懂得他一生承受的重压，是在整理编选他遗稿的现在。过去不知道的，现在知道了；过去不明白的，现在明白了。”

“……太晚了！为什么在他有生之年，不能发掘他，理解他，从各方面去帮助他，反而有那么多的矛盾得不到解决！悔之晚矣。”

生有多短，悟有多迟，醒来，斯人已不再。遗憾、寂寞，都交给了时间，吹落在风中，留下一声微微的叹息。

嫁他之时，她一定没有想到，她嫁了一个差点获得诺贝尔文学奖的男人。中国除了莫言获得了诺贝尔文学奖，在此之前，还有三位曾获得提名。一位是林语堂，最后未能入围；一位是鲁迅，鲁迅自己拒绝获奖；一位便是沈从文，可是还没等到结果，沈从文便去世了。

幸运与遗憾也许就是一对双胞胎，在给你幸运的同时也会给你遗憾，好让你尝尽人生的酸甜苦辣。只是，生命里的遗憾，有些是终生也难以补救的。

1992年，张兆和和儿女带着他的骨灰回到了故乡。2007年，张兆和去世，永远陪在了他身边。

凤凰沱江畔的听涛山，清幽静谧，四周绿树环抱。从山道向右拾级而上，不远处置有一块竖长的石碑，上面刻有画家黄永玉为表叔沈从文题写的碑文：“一个士兵不是战死沙场，便是回到故乡。”墓地极简，建在一块狭长的小草坪上，没有坟冢，只树有一块6吨多重的天然五彩石，石正面镌刻的是沈从文手迹：“照我思索，能理解我；照我思索，可认识人。”石背面是沈从文的姨妹张充和的撰联：“不折不从，星斗其文；亦慈亦让，赤子其人。”其联句尾四字：“从文让人。”墓地的介绍里，有这样一行字：俭朴、宁静、自然，既是沈从文先生墓地的建墓原则，也是墓地风格。

他行过许多地方的桥，看过许多次数的云，喝过许多种类的酒，终于，他还是回到了故乡，归葬在了湘西灵秀的山水里。

墓地的下方便是养育了他的沱江，沱江的水一如从前，汤汤东流。而这位归来的人也将永远住在它的身旁，听涛山麓，再不离开。

等你一生

一

淋漓襟上旧啼痕，
难断柔情一寸根。
正尔愁心无托处，
何堪梦里遇游魂。

这是孙荃写给郁达夫的诗，也是写给她自己寂寞一生的谶语。

孙荃是郁达夫的原配夫人，擅长女红，能下笔赋诗。从1920年到1926年，她跟随郁达夫辗转富春江畔、安庆、上海、北京的什刹海，虽然奔波劳碌，生活拮据，但有郁达夫在。她为郁达夫生下了二子一女，然而幸福的日子转瞬即逝，1927年，郁达夫移情别恋，疯狂爱上了小他十一岁的新女性王映霞，并于1928年与之成婚。当时的孙荃正身怀六甲，不得已，她从北京什刹海北岸的一个小出租屋里，她与郁达夫曾经生活过的地方被送回了富阳郁家。离别时郁达夫也不舍，两人抱头痛哭。但郁达夫去意已决，还是毅然决然地离开了他们母子，从此再没有回到她身边。

郁达夫从她的生活中消失了，她成了一个有丈夫的寡妇，此时她27岁。此后的50多年里，她独自带着孩子，尝尽了生活的艰辛。怨，恨，伤心，孤独而又无奈，她只能逐渐麻木自己的爱情。爱是一根线，要么很长的线，从生的这头可以一直牵到死的那头。要么很短，一个转身就可以支离破碎。

后来郁达夫被日本军杀害，她连怨恨的心都没有了。在富阳郁家，她整整生活了五十多年，直至1978年去世。

丈夫明明已抛弃了她，可孙荃还是选择住在夫家，做他名义上的妻子。几十年的时间如同炼狱煎熬着她一颗脆弱而敏感的心。与郁达夫相处的那六年，就像一个括号，括住了她所有幸福的时光。像一把时光老人的锁，锁住了她所有的记忆。

“深闺静坐觉魂销，梅影横窗气寂寥。无奈夜长孤梦冷，书灯空照可怜宵。”漫长的岁月，她吃斋念佛，克勤克俭。青灯黄卷，粗衣淡食。怀念却如水中之泡沫，时不时地涌出。她不时地向孙辈们讲述着她与达夫的故事，落寞和弃妇的酸辛，她却永远地锁进了她心的抽屉。

二

“灵柩回南，葬在大先生之旁。”

这是朱安临终前最后的希望，也是她一生跟鲁迅在一起的最后一点见证。然而这个愿望她没能如愿，最后她跟婆婆葬在了一起，陪伴她的仍是她的婆婆！

朱安是鲁迅先生明媒正娶的夫人。29岁那年，朱安成了鲁迅的新娘。新婚的那天晚上，鲁迅揭开了她的盖头，看到了他从未谋面的新娘样貌：两眼深陷，长脸大鼻，皮肤黄黑，身材矮小。结果，鲁迅不言不语坐了半夜。婚后第四天，鲁迅逃回了日本。

朱安绝没有想到，她会从新婚那天晚上开始，就过起不是寡妇却似寡妇的生活。为了求得先生的喜欢。结婚那天，她特意穿了一双大一码的绣花鞋，因为鲁迅曾叫她放足。她只想让她的丈夫看了更高兴些，却不想弄巧成拙。花轿来到周家门口，她脚上的绣花鞋掉了出来。人们说新婚鞋掉了不吉利，也许冥冥之中，就已暗示了她婚姻的不幸。

她天天努力劳作，做针线、料理家务、侍候婆婆，她一心盼望先生回来能感到有一个温暖的家。鲁迅把家搬到砖塔胡同，她表示愿意跟随鲁迅去照顾他。鲁迅肺结核复发时，她尽心尽力服侍，唯恐照顾不周。病刚起时，鲁迅不思饮食，她就把大米泡湿了，一下一下把米砸碎，煮成米粥，还把鱼熬成鱼汤，端给鲁迅喝。她希望能用自己的温存细致去感化鲁迅那颗冰凉的拒人于千里之外的心。朱安怀着满腔爱恋，服侍着鲁迅，等待着鲁迅接纳她的那一天。

时光飞速流逝，一转眼，她50岁了，等来的却是先生与许广平在上海的结婚照。她终于绝望了，她说："过去大先生和我不好，我想好好地服侍他，将来总会好的。我好比是一只蜗牛从墙底一点点往上爬，总有一天会爬到顶的。可现在我没有力气了，我待他再好，也没有用。"没有什么能比绝望更让人绝望的了。

不管朱安为鲁迅做过什么，她所做的一切都是徒劳，这是她从没有想到的。因为鲁迅从来没有爱过她。结婚前，鲁迅就与母亲说过要退掉这门婚事，可母亲不许。为了母亲，为了世俗，有着反封建思想的鲁迅屈服了。可他说，与朱安结婚只是母亲送给他的一个意外的礼物，是母亲在娶儿媳妇，"我只能好好地保养她供养她，爱情是我所不知道的"。他在与日本友人内山完造谈起她时还说："她是我母亲的太太，不是我的太太。"

朱安明知大先生不爱她，可她除了付出，除了等待，她不知道她还能做什么。

1936年，鲁迅去世了。她名义上的让她牵挂了一辈子的丈夫终于像风一样彻底从她的视线中消失了。作为他名义上的妻子，她身披重孝，在住处的南屋陶元庆画的鲁迅像下设置了祭奠的灵位，又供上文房用具，和丈夫生前喜欢的烟卷、清茶和点心。她心里，永远抹不去先生的影像，也永远走不出礼俗给她画定的这个圈，那是孙悟空金箍棒画定的圈，是如来佛的掌心，她注定逃不脱的。她也从没想逃，甚至从没有想过离开周家，直到晚年，她还说："我生为周家人，死为周家鬼。"

三

美好的爱情是每一个女孩子的梦想，相信孙荃、朱安也会不例外。爱情是两情相悦，心心相印；是男欢女爱，夫唱妇随；是双飞鸳鸟，并蒂之莲。

孙荃一定想过与丈夫执子之手，与子偕老；朱安终其一生都在追求爱情，她一定做过梦，梦中她和丈夫鸾凤和鸣，相依相守，梦中她儿孙绕膝，几代同堂。对郁达夫来说，他可以另寻别爱，他可以走抗日之路。对鲁迅来说，没有了爱情，却成就了他的事业。因为他的婚姻，他恨透了旧礼教，在“灵台无计逃神矢”的时候，他把恨化成了犀利的文字，出炉了一篇篇震撼人心的文章。毕竟他还有他的事业，毕竟他还有后来的许广平。

孙荃没有了丈夫，孩子就成了她的全部希望。朱安更是连孩子都没有，对她来说，丈夫就是她的全部精神寄托。没有了丈夫，她几乎丧失了自我。漫长孤寂冷清的日子，成了她们电影里的慢镜头，一遍遍地重复播放。度日如年，茕茕孑立，形影相吊，这些苍白的文字已不能表达她们内心承受的伤痛。我们不能想象，一灯如豆，布衣蔬食，伴着她们从黑夜走到白天，又从白天走进黑夜。多少个日出日落，泪湿衾枕，化作一缕青烟，消失在日复一日的茫然和绝望中，这是怎样的一种苦痛和悲哀！

谁愿意用一生来诠释一种无爱无性的婚姻，谁愿意日随长影，夜伴孤灯。在萨缪尔·贝克特的荒诞派戏剧《等待戈多》中，弗拉季米尔和爱斯特拉冈两个衣衫褴褛的流浪汉，他们在黄昏的暮霭中，荒野的小路上，光秃秃的枯树下，说着颠三倒四的话，做着重复无聊的动作，等待着并不存在的戈多的到来。戈多，一个虚拟的名字。等待戈多，等来的注定只是虚无。孙荃、朱安也在等待，像两个流浪汉等待戈多一样等待着一个虚幻的梦。等你一生，等你一生，到头来却事事成空。

一字悲凉讲不尽它的所有故事，寂寞成花解读了它的全部内涵。

在旧中国，一个传统的女人，面对丈夫的离弃，有着怎样的无奈和辛酸！自愿也好，不自愿也罢，为了名誉，为了贞节，为了世俗，有多少女人牺牲了一生的幸福来为它买单！

目送

我21岁生日那天，作为老乡的他被朋友邀着也来了，朋友称呼他为“过儿”。

一身蓝色镶白条纹的运动服，头发稍稍蓬起，身材高大，脸庞白净，眼睛极有穿透力，看着你时，仿佛能把你看穿。因为是老乡，我早已听说过他，他比我高两届，打得一手好篮球，是学校学生会团支部书记。

听老乡伟说他的名字叫过儿，我很奇怪，他就怎么取了这么个名字？是不是他自己盗用了《神雕侠侣》里那个杨过的名字？伟说，不是，他真名叫郭尔朵，刚进学校时，一个同学给他取的，说他长得跟杨过很像，名字也像，去掉后一个字就是，长得又风流倜傥，听说跟杨过一样还会武功。我笑，怕是浪得虚名吧？但我从此记住了他。

一直以来我都这么认为，所谓的一见钟情，大约是小说家有意装点别人心情的夸大其词的描述吧。可是在遇到他以后，这句话便被风吹散了。

闻名不如见面，我盯着他看，看得他有些不好意思，冲着我伸过手来：你好，我姓郭，名尔朵，他们都称我为过儿。

割耳朵？我笑。

他不在意，跟着笑：有人也这么说我来着。

你的名字好特别！

老爸起的。

你，什么系？

化学。你呢？

英语。

哦，难怪那么漂亮！

没，不是，我——

我心里莫名的慌张起来，脸也有些发红。整个聚会，除了他晃动的影子，再也没装下别的。

人是一种奇怪的动物，当别人想努力求得你欢心的时候，你却不喜欢他，对他不屑一顾；当你喜欢人家的时候，你又多希望人家也能喜欢你，对你眷顾有加。

我开始着意寻找机会与他相见。

上晚课，看电影，我第一件事，就是找他。朋友们有意无意地促成着我们，相聚时，约上我一定会约上他，我没来，一定空出他身边的位置，他们心照不宣——那是我的位置。我忐忑不安，在他面前莫名的羞涩，常常欲言又止。我找不出话来与他说，只管对着他傻笑。他无所用心，你笑他也笑，你说他也说。只是，他朝你笑完，又朝着旁边的女孩子笑，找男同学说话，一副无肝无肺的样子。我便更使劲地朝着他傻笑，有人说，恋爱中的女人智商为零，也许。只要他笑了，我便像喝醉了酒一般，醉在他的笑里，醒不来。

我频繁地去找他，有时一个人，有时几个人，以老乡的名义。看到他与别的女生在一起，我会猛地冲着朋友大声说话，声音大得把自己也吓了一跳。朋友眼轱辘瞪得跟铜铃似的，就是不明白我为什么发脾气。

有一次，他站在一棵梧桐树下，与一个穿着一袭白衣白裙的女子，女子手里拿着一本书，两个人说得热乎，根本没有注意到我。我本是经过，却径直就冲他们之间去了。我无话找话，结结巴巴：过儿，你——你的课上完了？

上完了，你怎么了？

我——我想找你借本书。

什么书？

《瓦尔登湖》。

你喜欢看？

女子见我不走，朝他莞尔一笑：你们聊，我走了。

叶苡——

我还有事，先走了。

女子一走，他朝着我说，你想看这本书？

其实，我并不确认想不想看这本书，我只是今天恰好刚在室友那里听说这本书名，顺口便说了出来，我知道说这本书不合适，他不是学中文的。但话已出口，不好收回，只得硬着头皮说：听说这本书的作者梭罗是个特别的人，我想——

你去图书馆吧，我这儿没有。

他照样浅浅地笑，无所用心，他的眼很明澈。此刻，他近在咫尺，我有多少话想跟他说啊，可是，我一句也说不出来。他像是远在天边，像朵云，我一说话，我担心他就会飘走。

我忍受不了内心的煎熬，跟伟说。伟劝我，说肉慢炖才香，要用文火，用猛火怕是会烧焦的。伟看着我直摇头：爱一个人，真是无可救药！

没见到他时想见他，见到他时心跳又心虚，常常语无伦次。我自认自己只是个灰姑娘，长得不难看，也不耐看，与他虽是老乡，却出生在一个偏僻的地方，家里十代贫农。我内心里自卑，害羞又傲气，最怕别人说“不”。见或不见，都是如此让人煎熬。

他倒很镇定，说笑自如，越是如此我越是担心，我小心翼翼地呵护着自己的愿望，做着自己的美梦——有一天，能成为他的新娘。

一年以后，他身边出现了一个女孩，是从前的叶苡，被我猜着了。一次，两次，那女孩在他身边出现的频率越多，我心中的失落痛楚也就越多，继而愤怒，他竟然在我不知情的情况下找了女朋友！他怎么敢！他怎么可以！

我还是从老乡那里得到了确切的答案，天就在我面前轰然坍塌了！我被埋在天底下，像鱼猛然抛到了岸上，我感觉到了呼吸的艰难。我哭了。

毕业后的他听说去了外地。从此以后，杳无音信。我也将这段感情深埋，只是，它变成了空气，看不见却又无处不在。

我毕业后，回到了自己的家乡，有了一份还算稳定的工作。再后来，我嫁给了我现在的丈夫，成了家，有了孩子。我调去了都市，有了一份收入不菲的还算舒适和清闲的工作，生活也算美满。日子波澜不惊。可是，在我的心底，一直有一个结：他呢？

十多年后，我找到了他的工作地，查到了他的电话号码。其时，他已是某县教育局的副局长。当电话那头传来他的声音时，时光仿佛一下子倒流，我又回到了从前，心像兔子直蹦：过儿？

你是伊那霞？

是，你是，是过儿？

他笑了：还记得你叫我“割耳朵”？

记得。

想不到，一晃就十四年了。

是呀，我都觉得自己有些老了。

你不会老的。

我本想说，你在我心中，是不会老的，话到嘴边又咽了回去，我还是习惯于在他面前吞吞吐吐。但那句话是真的，我一直记得他曾经的模样，那模样都刻进心里了。结结巴巴地与他说了半天，他挂断了电话，我才发现我拿着手机的手心里沁出了汗。我拿着手机，像个木头人。时间可以流逝，记忆哪会消亡？他就像一粒活的种子，无论沉睡多久，只要遇到了合适的土壤，就会发芽，蓬蓬勃勃地生长。

他因工作原因常来都市，我约了时间，他来了。我仿佛做了一个梦，梦醒来就又见到了他，这使我惊喜。就像读书时我第一次见他一样，我近距离地仔细观察着他，他还是那么高大，笑容仍然是浅浅的，只是脸没有了以前的方正，略显清瘦。他说，参加工作后，去了外地，与家乡的联系少了许多，对家乡的感情反而浓厚了许多，所以很珍惜与同学相会的时光。我心里说，原来我在你心里，只是一个可以慰藉你思乡情结的老乡啊。但我没有说出来，我担心我的话一说出，他会再次从我身边消失。

我不说，活在自己给自己构筑的童话里，活在自欺欺人的期望和等待里。在他面前，我所有的矜持和自尊，全部化作了还没有完工的泥人，可以拿在手心里随意地捏弄。交谈中，我感觉到他过得并不是很幸福。他常年奔波劳碌，与叶苡也常有龃龉。聪明的他十多年中经受了怎样的伤痛？我不知道，我又心疼起他来，要是与我在一起，我怎舍得让他受一丁点委屈？

他要走了，目送他离开，他的背影再次灼痛了我的眼睛。他在我心里，经过时间的发酵，已长成了一棵参天大树，那是吴刚要砍的桂花树啊。有人说，最浪漫的爱是得不到的。可是，我与他的情，是最浪漫的吗？

我把他这棵大树像折叠椅一样折叠起来。日子一天天，他过他的日子，我度我的时光。偶尔相见，也是匆匆。

也许，爱得痛了，才会深刻；爱残缺了，才会完美。有些爱，注定不属于你，放下是最好的选择。我渐渐明白，有些事，不必强求，有些人，终究只是留给你来想念的，见或不见，他都在那里，我在这里。

爱是什么？是死心塌地跟着对方，心甘情愿无怨无悔地付出；是无论对方做错了什么，你都舍不得离开；是对方很错很错，你很痛很痛，他错多少，你就痛多少；是对方大病重病，你言语默默，却不离不弃；是一辈子忠诚相守，不斤斤计较，不争不吵，无论贫穷还是富贵。

有爱不惜爱，缺爱总追爱。圆满不圆满，只有心知道。拥有的可能失去，没有的可能终没有，现在难以把握，未来尚属未知。大话可能变谎言，现实可能变沧桑。经历才懂爱，痛了才懂惜。

有些爱是错，有些错是缘，有些缘是镜，有些镜是花，有些花是伤，有些伤是爱。风不遮，雨不拦，只看你往前走不走。

暖风吹来的时候，春天又来了。桃树醒了，开始为自己着装，一点一点的，在春风里粉粉红红。人面不知何处去，桃花依旧笑春风。见或不见，又如何？此情可待成追忆，只是当时已惘然！

我一直没有删除他的电话号码，这是我对他留守的最后战线了。现在，我已学会平静地去想他。我知道，一切都过去了，权当一场梦，梦最美，也有醒来时，与其念念，不如放爱归去。

现在，我与我的他在一起，我与我的孩子在一起，我们仨，也幸福。

当那霞跟我说她的故事的时候，语言是平静的，仿佛所有的风月都与她无关。我为她庆幸，爱有很多种，千年等一回只是其中一种。

解语花

一

贵妃轻叹一声，泪如雨下。

外面的士兵还在，他们在等着一缕幽魂去天国。唐玄宗还在，他也在等着她的离去给他平喘心中的那一抹仓皇之气。纵有再多的不舍，此时也再不可能，会有谁来为她做任何语言和行动的挽留。

从前的荣华，从前的宠爱，是如此的不经触碰。一句话，便可以将所有的誓言击得粉碎。避暑骊山宫，七夕的时候，玄宗还笑，牛郎和织女一年一度相会，怎比自己夜夜笙歌，温柔向枕。玄宗抱着贵妃，在她耳边轻轻说：愿我们世世为夫妻！话犹在耳，人已不再。如今，魂消香断有谁怜。

八月，太液池上数千的白莲花一夜盛开。玄宗让贵妃陪着喝酒赏花，贵妃脸色娇红，玄宗看着她，对左右的臣民说：白莲花虽美，怎比得我的解语花？

那一次，玄宗喝了一夜的酒还没醒，贵妃扶着玄宗，去看盛开的木芍药。玄宗折了一枝递给她，说：不仅萱草可以忘忧，这样的香艳更能醒酒。说完玄宗朝着贵妃笑，贵妃也笑，判断不出他是醉还是醒。也许是醉了，说的醉话，也许是醒了，故意拿她相比。那时，有他，便是幸福。

那一年，在兴庆池东面，沉香亭前边，开满了白色、红色、紫色、浅红、淡紫各色各样的牡丹花。乐师李龟年正要手执檀板唱歌，玄宗制止了，说：赏名花，对艳妃，怎可再用旧乐词？玄宗执意让李白作了三首《清平乐》，还说喜欢那一句："云想衣裳花想容，春风拂槛露华浓。"贵妃手持玻璃七宝杯，杯里盛满了西凉州出产的葡萄美酒。抿了一口，笑靥如花。玄宗调紫玉笛按声倚曲，每当曲子演完将换的时候，会有意将声音拖长，就为让她高兴。当时贵妃眼睛微眯，脸色娇红，确乎醉了，醉在了他那一声声饱含柔情的长腔里。玄宗皇上对她的好，她看得见，这辈子只想与他长相厮守，慢慢变老；到哪都陪着他，听他均匀的呼吸，看他逐渐苍老的容颜。

贵妃拿起带在身边的琵琶，泪如雨下。这是宦官白秀贞从偏远的蜀国带回来的。琵琶槽是逻逊檀木制成，温润如玉，光亮可鉴，有金丝红纹形成的两只凤凰；弦是渌水蚕丝制成，光洁莹鲜，纤手一弹，便若天籁《霓裳羽衣》。她一直在用这把琴为玄宗弹奏他最喜欢听的曲子，从来都是他喜欢听什么，她就弹什么，从不会拂他的意。他是皇上，他有至高无上的权力，她不能拂他的意，也不会拂他的意。她只是一个女子，所能做的也就是这些了。琵琶还在，他还在外边，可是，他将再也听不到她弹的曲子了。

琵琶恨断声，万变只情轻。人去物留，谁还是谁的相约？

往事历历，如今一切都成了天边的云，消失在了地平线。誓言又如何？钟情又如何？一爿黄土终成归宿。贵妃没有想到，马嵬会是她生命的终点。一切会来得这么快，她还没来得及咀嚼完他的许诺，梦便破碎在自己香甜的笑里。她原以为，皇上有了她，便有了快乐，有了念想，有了未来；她原以为，有皇上在，便有唐朝在，有唐朝在，便有她在。皇上和她，便是整个唐朝！

她嘴角微扬，忽然笑了一下。杨玉环，杨玉环啊，你只不过是一个再普通不过的女人，一个可以说笑即弃的名字。因为他的一句话，你从寿王身边来到了他的身边；因为他的一句话，你又从他的身边马上要到遥远的天国。原来，你的命只值一句话；原来，他的江山他也不能做主！

繁华落尽，梦醒悔迟。

一切都是浮云，她什么也不是，再也等不到他的天长地久。算了，就这样吧，她站起来，踏上凳子，万般不舍地将头伸进了早已准备好的白绫……

二

在下达命令的那一刻，玄宗的心有万千的针在扎。他没有想到，贵妃听到命令的那一刻，竟然没有哀求，只是望着他，深深一揖，抬起头来，眼里泪花闪烁。那是一双何等千娇百媚的眼，玄宗故意扭过头去，不看，不忍看！

纵有千般的不舍，万般的挽留，不用看外面，玄宗也知道外面的军士正严阵以待，在等着他的贵妃执行死命。六军不发无奈何，他又怎么收拾这千钧一发的残局！

安史之乱，玄宗带着贵妃仓皇出逃。在玄宗心里，撇下谁也不能撇下贵妃，带上谁也不能不带上贵妃！谁想到，这竟是她最后的行程，她的生命会如一片秋叶飘落在路上。眼见着贵妃奔赴生命的尽头，却束手无策，玄宗眼睁睁地看着贵妃即将死在他面前，却不能收回成命，玄宗用手握成拳头，拼命捶打着自己的头：你呀你呀，如何四纪的天子，竟然不及民间的莫愁！

玄宗回到长安，除了贵妃不在，一切依旧。一个人坐在空荡荡的宫中，空气冷清得令人窒息。热闹渐远，寒意弥漫了每一个角落。

夜深了，月光如水，玄宗走出宫，登上勤政楼凭栏南望。忽然听见里坊中传来似有似无的歌声，难道是梨园旧人吗？玄宗心中一动。高力士找到他们时，玄宗没想到，其中竟然有贵妃的侍者红桃。红桃唱了他所制的《凉州词》，他吹玉笛为之倚曲。唱着唱着，红桃就哭了，玄宗低下头，黯然。

一曲旧词落幕帷，对此如何不泪垂！

第一次见贵妃的时候，她隔着廊，在花窗下斜倚着，云髻半偏，妩媚花开。玄宗正不知她是谁，她却斜过脸来，朝他粲然一笑，脸却又恰好为芙蓉花掩住，只露出半边粉腮。玄宗笑了，她正朝他走来，一直走进了他心里。

春天桃花盛开的时候，玄宗摘下一朵桃花插到她的鬓云上，她回眸一笑，他的目光就定在了她身上。

物是人非，记忆也只是将它的曾经在头脑中暂留，永远也别想触摸到它。没有希望的想念，永远都是一种刻骨的痛。

玄宗来到太液池边，太液池边芙蓉花仍灿烂地盛开；又来到未央宫前，未央宫前的柳枝，正迎风摇摆，风姿绰约。华清池温泉很温暖，池中铺着文瑶密石，池中央照样有玉莲温泉涌出。玄宗记得，贵妃最喜欢用锦绣缝成鸳鸯放在水中，活脱脱一只只小鸭子。调皮的贵妃常去捉，捉到了，贵妃笑了。如今，鸳鸯不见了，一片片的落花，在水中飘零。恍惚间，每一片花都变成了她的笑。他身子莫名地发起抖来，他起身，一言不发，迅速离开，头也没回。

玄宗回到自己的房中，抬头，便见贵妃弹过的琵琶，转身，贵妃奏过的磬又出现在他床前。贵妃善于击磬，击出来的声音总是与众不同。这如新的采了蓝田碧玉雕制而成的磬，上面还装饰有流苏和一些金钿宝珠，非常漂亮。玄宗无语，看了许久，挥挥手，叫手下人将它们送到了大常寺。

十年的时光，玄宗早已习惯有她的日子。她的一颦一笑，已嵌进了他的骨肉与灵魂，成为他幸福的源泉。

玄宗知道贵妃就在马嵬坡，他派人去寻她。回来的人说，墓里没有她，只有她的香囊。看着香囊，又一次揪痛了他的心。一别音容两渺茫，他将去哪寻她？他小心地将她的香囊放进袖子里，想她的时候就拿出来瞧一瞧。他又命人将她的画像挂在他的房中，日日思君不见君，你到底去哪了？

原以为唐朝是他的唐朝，她躲在这唐朝温暖的羽翼下，没有人会伤害到她；原以为他有足够的力量可以保护她，给她带来平安带来幸福。现在他知道自己错了，唐朝从来就不是他的唐朝。他只是唐朝的一个过河卒，一不留神，便淹到了自己，而且还波及了无辜的她。

如今，没有了她，唐朝，早已暗淡了天光水色。在沉香亭北芙蓉花前，玄宗已找不着回家的路。

他把唐朝交给太子李亨，朝朝暮暮里，只有她的笑颜一直开在他心里，她的影子牵着他的未来。

杨通道士从蜀地来，推荐了方士李少君。李少君说在东海边的蓬莱见到了贵妃。贵妃让碧衣侍女拿来一个金钗钿合，一折两半，说一半儿自己留着，一半儿交给他。还说起七夕晚上只有他们两人才知的誓约。七月七日长生殿，夜半无人私语时，看着手中的钗钿，听着两人才有的私语，本来不信，可又不得不信。玄宗拿起紫玉笛，吹了几声吹不下去了，一双鹤飞下庭院，在院中徘徊，久而不去。

玄宗踉跄起身，对手下人说：我要睡了，不要来吵醒我。

他想去陪她，陪她生生世世，陪她地老天荒。

春花秋月说不尽李煜

一袭长衣，一支清笛，衣袂飘飘，笛声萧萧，身旁，是他的小周后，背后，是他的如画江山。

在他咽泪装欢的忧伤中，在他篇篇血染的辞章里，在他躲无可躲的身世里。每次与之遇见，我都无法不收住自己的目光，停下自己的脚步，等着他慢慢走近，或者，只为看看他如芝兰空谷洇染了西风的背影。我的心在微微作痛，天赋异禀，才华绝代，丰额骈齿，一目重瞳，顾盼生情。这是怎样的一个绝命君王，怎样的一个千古词帝啊！

出生在帝王之家，注定有些路无法由自己一个人独自去走。作为李璟的第六子，他没有想过，皇位这个大馅饼会砸到自己头上。他给自己取名为"钟隐""莲峰居士"，表明自己意在山水，无意与长兄争皇位。可是，事情偏偏就这么凑巧，二哥至五哥全都早死，长兄李弘冀一门心思想做皇帝，甚至不惜杀死有可能与自己争皇位的叔父李景遂，可他竟然暴卒！是不是自作孽，不可活呢？欲得之而不得，反丧了卿卿性命。有心栽花花不开，无心插柳柳成荫。公元961年6月，父皇死了，李煜顺理成章地接任皇位，在金陵接受文武百官的三跪九叩，成为历史上的南唐后主。

政治不为所好，偏要为之，江山在手，偏只想以笔画之。被扣以"不恤政事"之名，实非他所愿。有些人，一辈子拼命追求，求之不得，李煜无须求，无所求，江山还是推到了他面前，放到了他手中。可这是一双拿画笔的手，一双写艳词的手啊。江山如此易得，又怎能掂出江山沉甸甸的分量！他生于深宫，至尊至贵，他只想用另外的一种方式，将无所皈依的心安放。

诗词书画，是他的另外一个世界，在这个世界里，他可以尽情驰骋，可以将他的快乐和忧伤尽情挥洒。在这里，他将自己的一腔浪漫和柔情抒写到极致。“花明月暗笼轻雾，今宵好向郎边去。……画堂南畔见，一向偎人颤。奴为出来难，教君恣意怜。”御苑红罗小亭，是李煜专为自己幽会情人而设。当年，他就是在这里，第一次约会聪慧美丽的小周后。当时，大周后娥皇尚在病中，小周后当时还是个不满15岁的清纯少女，作为大周后的妹妹，入宫探望姐姐的病情，不意却被多情的李煜看中，相约于此。李煜将这里装饰得雕花镂画，极其华丽。珊瑚床，碧纱帐，锦衾高叠，绣褥重茵。榻上鸳绮鹤绫，花团锦簇。小周后穿着金缕鞋，走起来款款轻响，这种响动在偷情的情况下是多么不适合。小周后于是脱了鞋，“刬袜下香阶，手提金缕鞋”。轻手轻脚地走进了画堂南畔，走进了红罗小亭，走进了李煜张开的怀抱。

奢靡的生活蒙蔽了李煜的眼睛，他看不到江山的每况愈下，看不到大宋正对着他的江山虎视眈眈。十五年的风花雪月纸醉金迷，几乎没有多少抵抗，他就将自己的江山拱手送给了宋太祖。他自己肉袒出降，换来的是三年屈辱的囚徒生活。也许，只有在这时，他才如梦方醒，他才觉得他的江山原来那么重要，关乎他的尊严、自由，关乎他的安全感、存在感，也关乎他的未来，然而，一切都来不及了！

只有在这时，他才真正体会到哀愁的如山沉重，如水东流。提笔便是：“独自莫凭栏，无限江山，别时容易见时难。流水落花春去也，天上人间。”李煜被俘后，宋太祖对待他还算优渥，可是，再好的待遇又怎能跟以前的无限江山在手中可比？帘外，春雨潇潇，春意渐远。身处他乡，足难出户，内心的屈辱常常如涨潮的水，一浪翻过一浪。满眼的流水落花，自己的春再不回来。从前的天堂，现在的人间，真是“别时容易见时难”！“四十年来家国，三千里地山河”，对此如何不泪垂？多少泪，也流不干内心的伤痛，多少梦，也忘不掉眼前的处境，说不尽，无限恨，字字泣血，虚灵在骨，凄逸绝伦。

李煜，一生为词，死亦因词。《虞美人》是他的最后一首词：“春花秋月何时了？往事知多少。小楼昨夜又东风，故国不堪回首月明中。雕栏玉砌应犹在，只是朱颜改。问君能有几多愁？恰似一江春水向东流。”七夕之夜，他吹笛，小周后唱的就是这首词。李煜掩饰不了自己的满腔悲伤，反复追问“春花秋月何时了”“问君能有几多愁”，故国不堪回首，月明中，那是自己的无限江山，是自己的安身立命之所。然而现在，身如飘絮，点点血泪，如琢如磨。早已不满的宋太宗知道他们的唱和，终于下了杀他的决心，让其弟给李煜送去了牵机毒药。“牵机”，多好听的名字，是让他到天上听织女的牵机织布的声音？当然不是。牵机，是一种中药，慢慢浸入五脏，全身抽搐，蜷曲，如牵机上下抽动，最后毒发身亡。李煜，一代才子，没能踏尽那晚的清辉，生命终止在他42岁生日的那一天。同年，28岁的小周后身无所托，日日垂泪伤怀，也随他而去。

生于七夕，死于七夕，李煜的生命是与美丽的神话相连的，他的浪漫是与天上的彩虹相连的，尽管不是灵秀的巧合，而是暴力的安排。长兄还在的时候，他一定没有想到有一天他可以君临天下；君临天下的时候，他一定没有想到他的龙椅只能坐短短的十五年；七夕之夜与宠后唱和的时候，他一定没有想到他的命会绝于当晚。大宋攻克金陵的时候，他没想到自己要与自己的王朝同归于尽，他率领自己的百官和妃嫔，迎宋于金陵河边，仁厚的他想的是，不能让金陵百姓涂炭，他不想杀人，也不想被杀，于是他投降了，成了阶下囚。从此，满腹的愁思心中跑马，跑向他的笔端，化作文字一泻千里，化作春水滚滚东流。

往事之叹，忘国之恨，离家之愁，一桩桩，一件件，一齐涌上心头，剪不断，理还乱。被动地坐拥了江山，江山又在他的手里丢了，覆水难收，能奈几何。他本只是一个艺术家，只愿画他的江山，只愿诗酒风流，烟雨任平生。可是，一切都不能如他所愿，懦弱的他只能听天由命，在交付江山的时候他就把自己交给了宋，而宋的一句话就要了他的命。一个人的生命啊，哪怕你曾经贵为天子，命也刹那间消殒。

李煜是昏君吗？我不觉得是。一个本不想当王的人，一个无意与他人争短论长的人，一个将情字写在手心里的人，一个将浪漫挂在眉尖的人，岂是昏君二字所能概括的呢？他是那么温良如玉，卓然而立，在他的心里，大约永远拒绝刀光剑影、鼓角齐鸣，有的只是柔情似水，有的只是释氏心肠。

郭磨在他的《南唐杂咏》中如此对李煜评价：“我思昧昧最神伤，予季归来更断肠。做个才人真绝代，可怜薄命做君王。”然而，“国家不幸诗家幸，赋到沧桑句便工”。他死了，他的词却被后人千咏万叹。

好在有他的几阕小令、中调，在淘尽风华的匆匆流年中，做了我们的精神食粮，留给我们年复一年地读，也让我们年复一年地想着他。

枕上片时

——顺治与董鄂的悲欢爱情

皇帝这个称呼只专属于封建社会，他只身走在云端里，让人只能仰视，无法企及。“山登绝顶我为峰”的威严和气势，落在他的举手投足里，让人的敬畏拔节生长。

龙钟老迈如何，驰骋疆场如何，扶锄荷犁者，呼风唤雨者，哪怕面对一个乳臭未干的黄毛小儿，都得收敛你的个性，匍匐在他的脚下，俯首帖耳，山呼万岁。一个处在人生之巅，要风得风，要雨得雨之人，还有什么不能如愿？非也。顺治便是其中一位。

顺治是清兵入关第一位入主中原的皇帝，是第一位看上弟弟的福晋并封其为贵妃的皇帝，是历史上第一位传说为情殇出家的皇帝，是中国历史上第一位不爱江山爱美人的皇帝。作为皇帝，他有着至高无上的权力，却在爱情的路上走得磕磕碰碰，头破血流。

24年的短促生命，一段令人叹惋的爱情传奇。山黄了又绿，故事仍在心中跋涉。

让我们走近清初的这位少年天子，看他身边云追蝶舞，脸上晴转阴来。

顺治帝爱新觉罗·福临1643年8月在沈阳即位，第二年改元顺治。李自成的起义军攻占北京后，明崇祯帝在景山用一根绳子结束了自己的生命。不久，清军入关，打败李自成，入住紫禁城。顺治帝于当年9月来到北京，正式宣告清朝对全国的统治。

顺治八年（1651年）正月，多尔衮坠马而亡，14岁的福临正式亲政。

由于他年纪尚小，他的额娘永福宫庄妃事事处处不放心，在政事上帮助他出主意，在他的婚事上，也是她一手包办。顺治的两次立后都是他额娘出的主意，理由是为爱新觉罗家族，为大清朝保留纯正的血脉。在蒙古王公世系中，博尔济吉特氏是元太祖成吉思汗的姓氏。清王朝开国时首先征服的就是漠南蒙古诸郡，所以满蒙贵族互为姻亲，实际上成了武力征服后一项重要安抚措施。皇太后深知这一点，皇上与皇后的联姻，实际上是一场政治上的联姻。

第一次选定的皇后是根据摄政王多尔衮的意思，皇太后最终定夺的科尔沁卓礼克图亲王吴克善的女儿博尔济吉特氏。吴克善是皇太后的哥哥，也是福临的亲舅父，所以福临和皇后的关系实际上是表哥和表妹的关系。福临小时候曾与表妹见过一面，但并无印象，他不想要这桩婚姻，并多次向额娘表达过自己的愿望，但额娘执意不从。表妹最终在皇太后的坚持下成了他的皇后，也最终注定了他们俩人的悲剧命运。两年后，他就废掉了皇后，把她贬为静妃，改居侧宫。在电视剧《少年天子之顺治王朝》中，皇后被贬后，做了许多大逆不道的事：她使得谨贵人落了胎；将身怀有孕的佟妃推落水中，企望她也流产，好在佟妃命大福大，还是生下了三阿哥玄烨，即后来的康熙；在玄烨得天花时，她又将玄烨用过的肚兜系在了四阿哥身上，使仅两个月的四阿哥得天花死去。要真是这样，那皇太后让顺治与此人结婚那就是大错特错，差点害得顺治无后，几乎为此丢了性命。不过这都是野史，并不足信。事实是，皇后被贬为静妃后，正史上再也没有记载，静妃从此不知所终。

第二次选定的皇后也是来自蒙古科尔沁，是被废皇后的侄女，也是孝庄皇太后的侄孙女，历史上人称孝惠章皇后。顺治大婚前，从没见过她，更别谈喜欢了。在额娘的操控下，婚事还是如期举行了。顺治从没有喜欢过她，也曾想过再次废后，但在额娘的干预下，最终没能实现。

皇太后看好的事情，福临是没有办法更改的。他不满意自己的婚姻，可是他却无法改变自己的这种状况，母后的懿旨是不能违背的。他曾经在母后面前抱怨：我还算什么皇上！可得到的却是母后的又一次数落和责备。在他一生中，他的母后就像一个影子，时时刻刻跟在他身后；又像盯在他身上的一双眼睛，让他无处逃遁。在他一生当中，他的母后对他的影响几乎无处不在。在别人看来，他贵为天子，有着生杀予夺的权力，在手下人面前，他能呼风唤雨，颐指气使，随心所欲。可实际上，褪掉那一身代表高贵和权势的黄袍，他就是一个乳臭未干的年轻气盛的毛头小伙子。他的额娘又怎能把一个国家的安危放心地系在他的身上？

就在这时，一个女人走进了他心里。

这个女人是福临的异母弟弟襄亲王博穆博果尔的妻子，名叫董鄂。在一次孝庄皇太后的寿宴中福临与聪慧美丽的董鄂一见钟情，从此一发不可收。此时的福临虽贵为皇上，可是他的感情生活却是一片荒芜，自打见到董鄂，那种欲见难见、想爱难爱的痛楚让他坐立不安，辗转反侧。他已顾不得许多，想方设法地以各种借口召董鄂进宫相见，并向她倾吐自己的爱恋。这种事情终被博果尔知道了，博果尔怒气冲冲地跑来与皇上哥哥论理，言语冲突中，皇上打了博果尔一耳光。事后，被爱情冲昏了头脑的顺治不顾皇太后的反对，继续与董鄂来往。博果尔在两难的境地中，在受尽了屈辱之后，愤而自杀了。

顺治执迷不悟，在博果尔死后不到两个月，顺治十三年，便将董鄂纳为贤妃，四个月后又升为贵妃。此时皇帝19岁，董鄂18岁。

董鄂氏是内大臣鄂硕之女，鄂硕为满族正白旗籍。董鄂的入宫和晋封，孝庄皇太后内心是极不愿意的，因为这直接影响到清后宫蒙古血统贵妇人的统治地位。皇太后和皇上顺治之间为争夺宫廷的控制权而展开了一场明争暗斗，而作为核心人物的董鄂便成了这场斗争的牺牲品。

顺治对董鄂的喜爱是毋庸置疑的。董鄂连续晋封，并破例颁诏天下；董鄂之父连升三级，得到大量赏赐，死后被追封为侯；董鄂生下儿子皇四子，皇上却想册立他为太子，只是不久，皇四子突然死去而作罢；董鄂死后葬礼的隆重无与伦比。然而也正是因为顺治的厚爱加速了董鄂的死亡。董鄂先是父亲仙逝，余哀未尽，刚两个月的儿子就不明不白地死了。《少年天子之顺治王朝》中说是被废皇后静妃妒忌心太重，将三阿哥得天花脱下的肚兜系在了四阿哥身上，结果四阿哥得天花死了。也有人说是皇太后所为，但实际原因到底是什么，谁也说不清楚。董鄂在父死子丧的双重打击下，一病便不起，于顺治十七年八月十九日，病逝于承乾宫，时年仅二十二岁。

董鄂的死对顺治的打击是致命的。虽说后妃不少，可是董鄂是他二十四岁生命中唯一用心用情爱过的女人。在董鄂死前不久，顺治就常常精神恍惚，举措茫然；在董鄂死后的几天中，他更是“陡为哀痛所攻，竟致寻死觅活，不顾一切，人们不得不昼夜看守他，使他不得自杀”。从八月十九日至九月初一日景山寿椿殿设灵堂完毕，董鄂的尸身一直停在宫中，而顺治也几乎没有离开过爱妃生前住过的承乾宫。他的爱子死了，爱妃也死了，一个堂堂天子连自己的爱子和爱妃都不能保全，他既怨又恨，既恨又怒，但他又无力对抗这一切，他只有把爱妃的葬礼办得隆重些、再隆重些，来表达他对爱妃的无限爱恋。

顺治开始行动起来，他办的第一件事就是册封董鄂为“端敬皇后”，让别人明白她虽不是皇后却胜似皇后；并谕令大臣拟奏谥号，达十二字，就算是逾制他也顾不得了；然后命令词臣拟就《端敬皇后祭文》；葬礼时抬棺者均为位居极品的八旗显贵；下令诸王大臣的命妇都须哭丧，哭丧不哀者议处；全国均须服丧，官吏一月，百姓三日；又将三十名太监和宫中女官赐死以陪葬。

董鄂死了，皇太后也达到了她维护蒙古王公贵族于后宫利益的目的。可是她却没有想到，伤心至极的顺治会万念俱灰，选择了却红尘，礼佛出家。

皇太后做梦也没有想到，她的儿子年纪轻轻会皇帝也不想做，却想去做和尚。也许她想到的是大清的江山，想到的是皇帝的威严，想到的是皇帝的权力。权力，这是多少人梦寐以求的啊，皇帝，又是多少人想当而不得的！可是，福临却不要了，他什么也不要了，他宁愿出家也不当皇上了。福临是一个仁爱天子，他不毒、不狠，亲政时仅十四岁。他的额娘为他掌管着天下，下达着命令。他事事处处都得听额娘的，后来他长大了，可是这“听”似已成了规矩，他仍然不能做主，仍然要听额娘的。名为皇上却处处受人牵制，福临的心很不痛快，很不痛快，可他不能跟额娘生气，不能跟额娘斗嘴，不能不听额娘的。他像一个木偶，坐在龙椅上，却不能行使他作为龙椅主人的权力。于是他把爱好转移到了佛法上，希望能从中得到一些安慰、一些解脱，并让人给自己取法号为“行痴”。后来，他爱上了董鄂，可她却成了弟弟的妻子。他欲罢不能，却招来了多少非议！好不容易将她纳为贵妃，可是，她的儿子却不明不白地死了，接着董鄂也追随她儿子而去了。顺治好像一下子空了，一无所有了。他真的不明白这是为什么。佛法无边，也许只有佛能解救自己。于是他不顾皇太后的反对，下定了决心，放弃皇位，剃掉头发，遁入空门。我不禁感叹：

海棠疏雨郁葱茏，忆相逢，影摇红。绿水云天，处处是眸凝。几度梨花开满地，台榭里，燕穿庭。

阑干楼上柄斜横，恨东风，惹离情。断了鸾弦，岭外又孤鸿。落尽杨花飞乱絮，从此去，梦难成。

他走了，谁来继承皇位？此时的顺治还不满二十四岁，三阿哥玄烨才八岁。皇太后和大臣多次极力阻止顺治荒唐的出家之念，然而一切都未能打动顺治那颗受伤的百孔千疮的心。他不再早朝，不再见大臣，每天呆坐在家中，让青灯古佛陪伴着自己孤独的影子。人在而皇位虚，国有君而君不朝，这可急坏了皇太后，大清的江山刚刚建立，怎能容得如此磕碰，大清的朝政怎能如此荒废？既然已劝不回皇上，既然皇上有等于无，那就让他消失吧。不久，顺治就得了“天花”，不治而亡。

顺治到底是怎么死的？版本很多。有的说是得病而死；有的说是伤情而死；有的说是服药而死；有的说是被逼而死。甚至还有的人说他没死，上了五台山。但不管怎样，一代痴情君主就这样永远地消亡在人们的视野中。

“洞房昨夜春风起，遥忆美人湘江水。枕上片时春梦中，行尽江南数千里。”岑参的这首《春梦》，也许是对他们爱情最好的注脚。

我们的幸福

幸福是什么？幸福是你看他好，他看你也好。

——题记

一

我和他，是读大学的时候认识的。

一次校团委开会，一个高高大大的温和一脸笑意的男生坐在主席台上，浓眉，小眼，笑起来露出一排整齐的白牙，没说多少话。那次会议，我就记住了他。

也许，这就是月老牵的所谓的红线。这个人，后来，就成了我的他。

凉风习习的夜晚，淡白的月光柔和而安静。他拉着我的手，围着操场，温声软语，一圈又一圈。坐在校外边的小山上，看雾霭慢慢地将我们包围。他大学两年，我三年，两人同时毕业。我还没有想好要不要嫁给他，我们就毕业了。毕业的时候，他带着我来到了他的家乡。

我是一个爱做梦的人，从没有想过未来的天除了蓝色还会有别的颜色，这个梦是从进入他家开始醒的。

进入县城，几条窄窄的小街，几间了无生气的商铺，正在建设的街道，漫天飞舞着的尘土……我见到了他的家乡，随后见到了他跟我说起过无数次的两层楼房——他的家。墙壁的红砖，全部裸露在外边，上面一部分是土砖。厅屋，屋顶上一览无余的黑色瓦，漏下来些许光，嘲笑地看着我。

楼板是没有的，楼梯坡没有粉刷，凹凸不平，扶手是没有的。他跟我说的二层楼，只是比一层稍高一些，楼上前面开了两个小小的窗户，几块板搭在屋中间，放了些杂七杂八的东西，阴暗，简陋，还有些邋遢。

当天下午，我一个人偷偷溜出来，经过毫无规则七零八落的灰色民居，经过草色高低杂乱的细长田埂，我独自去了对面不远的三中。路上，一直忍着的眼泪终于不争气地挣脱了眼窝，扑棱棱直往下落。

我想到了回家。

我是一只没有见过世面的丑小鸭，脑子里储存的是此起彼伏的山、一丘丘或大或小无规无矩的田、水波清澈的池塘、黄果摇曳的山楂，还有对着陌生人作势要扑的看家狗和一群群走路两头晃的鸭咯咯叫个不停的鸡。

家离县城近百里，没去过。长沙去过几次，每次来去匆匆，我早已忘了长沙长什么模样。回去，分回我们家不远的乡办中学，不想。不回去，住这里，不愿。没有谁知道我的心事，他的家人高高兴兴接纳了我。

犹豫不决中，暑假过去了。我来到了与县城相邻的中学，他分到了与县城相隔六七十里的一所高中。

一间靠教学楼最边上的八平方米的小屋，成了我的宿舍，里间给了当地的一位女老师。小屋放了一张床，靠里边放了一张办公桌，剩下一个过道。夜晚，里间的女老师回家了，屋子里剩下我。水需要到两百米外的四合院提。晚上，整个教学楼很安静，除了两三个老师房间里亮着灯，黑黢黢的。房间与教学楼边上的厕所相邻，晚上，四周一片漆黑，风在这边哑吼，树在那边装鬼。纪昀在他的《阅微草堂笔记》里说，户部官员曹竹虚不怕鬼，见到披发长舌轻薄如纸的女鬼还能跟女鬼开玩笑。可我怕，上一回厕所，就像经历了一场与鬼一样黑夜的战斗。

我将回家的想法偷偷写信告诉父亲。父亲尽其所能找了本乡的中学校长，他曾是我的初中化学老师。暑假我去看他时，他说到县教育局查过我的名字，知道我去了外地，便也作罢。听说我想回去，他满口答应。

于是我准备回去了，我预先写好了一封分手信。星期五上完课，他乘车过来看我。在他回学校的时候，我将信塞到了他手里，叮嘱他上车再看。

结果一个小时他就打了转，他哭了，搂着我说：别走，我会给你幸福的。看着流泪的他，我的心就那么疼了一下，软了。

我留了下来。

他说要跟我去领结婚证，我去了；他说要结婚，我答应了。他要我干吗我就干吗，机器人似的完成着别人所说的人生大事。只是，常常猛不丁泪水就湿了眼眶。

我对人生有幻想，却没有规划，不知道除了教书我还能干啥。就像一艘小船，被风浪吹打着，我站在船上，束手无策，无奈地随波逐流。回与不回，对我来说，结果都是一样的，没有更好的法子可想，我把自己交给了时间，交给了上天，听天由命。

二

结婚那天，我自己骑自行车到他家，好像去赴一场别人的喜宴。

一件我自己买的平时也在穿的黑白相间的大号毛衣，松松垮垮地罩在了身上；一群我多半不认识的人坐在桌子上吃喝着说笑着。没有礼服，没有婚纱，没有嫁妆，没有化妆，没有花车，没有仪式。唯一能看得见喜庆的地方，是大门上红红的对联，窗户上我自己剪的几款红窗花。

记不清那天我父亲是否来喝了我的喜酒，我只记得他准备了两款胸花，一朵写着新郎，一朵写着新娘。他将写有新郎的那朵高高兴兴别在了自己的胸前，拿着另一朵朝我走来，要我也别在胸前，我面无表情，很坚决地拒绝了他。

这是我的婚礼吗？我不确认。平常得像上一堂课，草率得像去商店买一件衣服。大红的礼服买不起，也没有谁跟我商量任何结婚的事情，请酒是他家里的事情。一套米色的组合家具是用自家积存的树木造的，新买的电视机的钱是借的。懵懵懂懂，糊糊涂涂，自己就把自己给嫁了！小时候，我是我们家乡很努力读书的人之一，一直憧憬着，有一个花一般的未来在等着我。内心里埋藏的那么多的浪漫与幻想，像一款款精致的花瓶，被一只看不见的手一一打碎。

我无数次问自己，既然你不想嫁，既然你对结婚没有向往，为什么还要这样委屈自己？又没有人逼你！

仿佛有一只看不见的手，在背后一直推着我走，不管我愿不愿意。后来，我老是想，为什么结婚那天，我要穿一件黑白相间的便宜毛衣？

婚后，那个我认识的温和一脸笑意的男生与我渐离渐远。我们有了越来越多的争执，吵起来的时候，他会以我认为的最伤人的骂人话来砸我，最后，总是以我的眼泪收场。或许，他没想过要如何才能对他的女人好一点，关心一点，体贴一点；或许，是因为我内心有许多不甘的冰，需要他用温情来化解，而他，却只有一种任性的自我方式。

女儿出生了，渐渐地大了，他很注重成绩与结果，事与愿违时，往往做不到心平气和。民主、尊重、宽容和理解，就像一群胆怯的孩子，在家门前畏缩不前。

心像一片浮萍、一叶扁舟，漂过来荡过去，落不到实处。可是我优柔寡断，欲舍还留，算是咎由自取。

没有平安的时候，平安是福；有了平安的时候，幸福才是向往。知足常乐，有了足，才有乐。

小时候，我将别人聊天、玩耍、乘凉、睡觉的时间挤出来，多少个夜晚挑灯夜读，天寒酷暑，从不放弃，为的是过上我向往的生活。我是我们村里为数不多的大学生之一，我将我的未来想得很美好：嫁一个文质彬彬的通情达理的懂我疼我的老公，生一个聪明懂事的孩子，有一幢看上去不错的房子，在一个有春花有秋枫的地方，有老公陪着，散步，看云，听雨，赏花。一路上，我一直在做梦。

我不希求自己一定众目睽睽，一定前呼后拥，一定功成名就。我只是希望得到应有的尊重，自己的劳动能得到认可，希望在一个共同的圈子中不至于落在人后，累了倦了的时候有个坚实的肩膀，哭泣的时候有个人安慰。说到底，我只是一个小女人而已。柔弱，敏感，内敛，忧郁，骨子里装着摇曳的窗风竹影，醉心于戴望舒的小巷丁香、郁达夫的残酒秋声、张爱玲的倾城之恋，这些东西一不小心就会飞出来，将自己伤了一遍又一遍。

慢慢地，我将自己内心的孤独与落寞包裹起来，留给人家一个坚强的背影。

三

有一次，一个朋友说：你老公说起你，不知有多么好呢，简直美好得像仙女，像圣女。我说我不知道啊，在家里，我怎么就听不到一句他说我的好呢？朋友说：你太追求完美了，欲望是无止境的，你要知足。

静下来，我学着换位思考，数着他的好：性格与生俱来，他脾气大一点，但发了便发了，很快便忘，从不隔夜。我还在生气，他早已高兴，笑嘻嘻地来跟我开玩笑，我一笑，事就过去了。老房子刚刚建到三层，在楼梯的预制板上，他搂着我说：我们终于有自己的房子了！喜悦溢于言表。可当时，我还在为房子没按我所希望的样子，为他不征求我的意见而生气，抽身便走。一个小地方的贫穷人家的孩子，已尽其所能地按他想要的样子来做，房子有瑕疵，不是他不为，是不能。大男子主义思想，女人头发长见识短，所以不必征求我的意见，他的思想已抵达他能站到的高度。早晨训练完毕，夏日炎炎，冬日萧萧，他骑着摩托朝家里奔，因为我在。在我面前，他才会乱发脾气，像个小孩，那么随心所欲，率性，实在，不做作，不油滑，是怎么样就怎么样，不会讨好卖乖，不会甜言蜜语，身心放松。他是把我当成了他的家。

他曾开玩笑说，我是村妇女会主任，要不就是《洪湖赤卫队》里的韩英，不苟言笑，一本正经。我知道，那是因为我不够快乐，我便说，你说过要给我的幸福呢？

我一直活在自己给自己构筑的童话里，我早早地为自己设置了一座浪漫长亭，等着一个同样的人来到我身边。他来了，可我却总是踮起脚跟，越过他的头顶往前望。浪漫的长亭慢慢斑驳，我很少有好脸色给他。我原认为，他要怎么样怎么样，我才会快乐，才会开怀，才会顺意。回头想想，或许，他无论怎么做，我都不会快乐。他的家庭他无法选择，他的前途他无法把握，工作上，他帮不上我的忙，心理上，我们无法站在同一视线。

因为不认同，所以不用心，我总有一种理想没有实现的悲凉，仿佛一艘破船，到不了我幻想的彼岸。以前，看琼瑶的爱情剧《在水一方》《六个梦》《一帘幽梦》。现在，看《北京遇上西雅图》《匆匆那年》《五十度灰》，看到情涌处，还是忍不住泪潸潸。内心里的某些东西，无须激活，它们一直活着。

杨绛说，我不争，与谁争我都不屑。我想，那是因为她无须争，她有一个认识她后再也没想去爱别人的极具才情声名中外的钱钟书，钱的光环照着，即使是夜路也能看到光明。谁不想像她一样，优雅地活着？鲍照说："泻水置平地，各自东西南北流。"每个人有每个人的生活，高低贵贱，横竖是命，不由人；每个人有每个人的脾气心性。庄子说："子非鱼，安知鱼之乐？"你不是我，又怎能说尽我的喜乐悲伤与遗憾！

清代诗人查为仁《莲坡诗话》中道："书画琴棋诗酒花，当年件件不离它；而今七事都更变，柴米油盐酱醋茶。"谁可以花前月下一辈子？谁可以将爱情浇灌成一朵永不凋谢的鲜花？卓文君当垆卖酒，白头兴怨；陆游春如旧，人空瘦，沈园遗恨。多少人多少家庭，将爱与恨揉成一团分不出彼此；浪漫大多输给了现实，而这恰恰是，接着地气，最真实的生活。

也许，真如董桥说的那样，我只配做个村姑，只合守篷窗、茅屋、梅花帐。

春花秋月一年年，几十年来不及后悔，人已老。庆幸的是，不是牛郎织女，没有孔雀东南飞；现实安稳，生活一直在继续。每天，阳光还是早早地照进窗来。

回过头来想想，真想离开吗？说过很多次，却无一次兑现，因为在我们的内心里，有一个字说得太少，却始终真实存在。

洛水惊鸿

起伏如波浪的层峦叠嶂，在青色的背景里唯唯退去，又悄悄前来。树木环肥燕瘦，高低不齐，在静静的山坡上、沟渠边隆绿迎守。洛水边，薰衣草、金钱草、三色堇、小叶菊、虞美人、百合花忘记了季节，像地毯一样铺开，将河边铺陈得五彩纷呈、迎风招展，撩着过往人的目光。太阳渐渐西去，余晖慢慢染满了半边天空，从山头一路染过，愈远愈淡。四野茫茫，默然无声，似乎在静候着一位神秘人物的到来。

太阳疲惫地步入树梢一箭之地，一辆雕饰精美的华盖，出现在路的尽头。车辙压过路面传来吭哧吭哧的声响，声音越来越近。簇拥的侍从风尘仆仆，但步履扬扬，矫健有力。车到洛水边停住了。车帘一掀，一位峨冠博带、长袍宽袖、器宇轩昂但表情严肃的年轻男子走了出来。

此人正是曹操第三子鄄城王、后来的陈思王曹植。

从京域、东藩、伊阙直到景山，曹植心情沮丧，几乎没有笑过。此时，他站在洛水边，长身玉立，略带憔悴的脸庞透着一股书卷气，却又显示着同龄人难以具备的成稳和睿智。他久久地眺望着洛水，脸色凝重得像刚从一场悲伤的故事中走来。夕阳的余晖倒映在水里，水边的花草和树也倒映在水里。微风起，这些花草、树木、霞光，全在波光里荡漾。波光粼粼，极尽魅惑，香气远远而来。曹植翕动着鼻翼，脸色舒展了一些。洛水无垠，正看得出神的他忽然将宽大的衣袖往前一扬，仿佛要将他的宽袖从波澜处牵拽出东西来一样。应了他的动作，一个容光焕发的绝色女子从波光里现身，如一朵出水芙蓉缓缓升起，光彩溢目，稳稳站在了碧波之上。六龙为她开道，鱼儿为她跳波，女娲为她歌唱，她的身边前呼后拥。风柔曼而过，将她的衣服和裙带吹起，妩媚飚空。

曹植望着女子，呆住。

曹植的《洛神赋》将这位女子的美写到极致，也将自己的才情发挥到极致。“翩若惊鸿，婉若游龙，荣曜秋菊，华茂春松。仿佛兮若轻云之蔽月，飘摇兮若流风之回雪。远而望之，皎若太阳升朝霞。迫而察之，灼若芙蕖出渌波。秾纤得衷，修短合度。……”让我们身临其境，将她的形象像洛水边的花朵一样展开一下，再加上想象：女子凌波微步的样子，翩若惊鸿，婉若游龙，如秋菊一样闪亮，如春松一样盛茂。若隐若现如轻云之蔽月，飘忽轻举如流风之回雪。远望如初日之朝霞，近察如芙蕖之绿波。眉墨眼波，肩若削成，腰如纨素，秀髻峨峨，衣袂飘飘，罗袜生尘。金翠色的首饰，缀着耀眼的明珠，轻摇裙裾——这是怎样的一位沉鱼落雁、闭月羞花、倾国倾城的女子啊！

《洛神赋》原名《感鄄赋》，而鄄和甄字形相近，由不得让人想起一个人来。这个人是袁绍的儿子袁熙之妻甄氏。甄氏是中山无极人，上蔡令甄逸之女。东汉献帝七年，官渡一战，袁绍兵败病死。曹操乘机出兵，甄氏成了曹军的俘虏。曹丕见到甄氏后，惊叹于甄氏的美貌，遂将其纳为妃，号为甄妃。这么算起来，甄妃是曹植的嫂嫂，曹植又怎么会钟情于她？

原来，官渡之战时，在洛河神祠，曹植偶遇藏身于此的袁绍儿媳甄氏，曹植惊其美艳，与之一见钟情，离别时将自己的白马送给了甄氏，帮助她逃返邺城。甄氏也将自己的玉佩赠给了曹植以示酬谢。没想到世事多变，官渡之战后，曹植的哥哥曹丕也看上了甄氏，将其纳入后宫。曹植与甄氏再次相见时，物是人非，感慨之余，无可选择，不得不将情意掩藏心中。当时，曹操雄心勃勃，“舳舻千里，旌旗蔽空”，正醉心于他的霸业。曹丕子承父业，随之出征。而曹植年纪尚小，任性好酒，不喜争战，于是留了下来，得以与同样留下来的甄氏共处。曹植与甄氏旧情复萌，感情迅速发展，很快到了难舍难分的地步。这件事没能瞒过兄长曹丕，曹丕大发雷霆，将甄氏幽禁。甄氏在曹丕当上皇帝后的第二年郁郁而死。死时以发掩面，以糠塞口，以示难以见人。甄氏死的那年，曹植到洛阳朝见哥哥。甄氏生的太子曹叡陪皇叔吃饭。曹植看着侄子，想起甄后之死，心中酸楚，无语泪流。饭后，曹丕却出人意料将甄后的遗物玉镂金带枕送给了曹植。曹植睹物思人，在返回封地的路上，车行至洛水边。正是黄昏，人困马乏。恍惚之间，遥见一个女子凌波御风而来。曹植一惊，以为是甄氏久别之后，以此方式特来见他一面，以慰相思。

曹植本为性情中人，却有着一个猜忌心重的哥哥。如若不是曹植的七步成诗，也许他也会和他的兄长曹彰一样命丧黄泉。甄氏死了，曹植在敏感的哥哥面前无法表现自己的悲伤。作为鄄城王，写了一篇《感鄄赋》。甄、鄄两个字极为相似，容易引发联想，但鄄城是曹植的封地，谁能说什么？

宓妃是伏羲氏的女儿，因迷恋河边景色，奏七弦琴以美之。黄河的河伯看中她的美貌，潜入洛河，化成一条白龙，将宓妃吞没。宓妃死在洛水，成了洛水之神。曹植来到洛水边，梦到此女子，人们自当认作是宓妃，而非甄妃。甄妃的儿子、明帝曹叡后来继位，遂将《感鄄赋》改作《洛神赋》。

曹植把爱情和他的遇见写在他的南柯一梦里。写的是谁，他讳莫如深，至死不说。写洛神，便有洛神的风韵，不会让人抓住人神混同的把柄。文章里，风神、水神、司阴阳神全部聚集。女娲唱着清亮的歌，文鱼腾跃着拥在车乘旁边，六条龙驾着云车缓缓而行，鲸鲵跳跃着护车驾，水鸟盘旋在周围。洛神则由湘水的娥皇、女英跟着，汉水女神陪着，一举手，一投足，气若幽兰，华容婀娜，轻盈飘逸。既是神，便可恣肆大胆一些，尤其是两两相望时的款款深情，欲走不忍，欲近不能，欲言又止，刻画得极为细致入微，酣畅淋漓。

汤显祖在《牡丹亭·题词》中说：“情之所至，生可以死，死可以复生，生不可以死，死不可以生者，皆非情之至也。”曹植的爱情大约如此。曹植的高贵身份，甄妃的嫂嫂身份，一切都身不由己。眼看着楼塌了，眼看着人没了，故事变成往事，咽泪装欢，不能说。有人说曹植怎么可能与甄妃有感情，但我宁愿信其有，不愿信其无。爱情不一定要长相厮守，加入了想象，才会更让人神往。

曹植的爱情，装在他的《洛神赋》里，表现在东晋画家顾恺之简繁得当、疏密有序的《洛神赋图》里。打开画轴，曹植深情凝望，洛神频频回首，杨柳依依相送，洛河冉冉掀波。女娲伴唱，六龙驾车，娥皇、女英守护，画面如梦如幻，传奇传神。别离的场面，也如歌如诗。飘忽以假乱真的梦境，云纹、水纹在画里的柔美勾勒，活生生把曹植的梦中情人从洛水的千万柔波中幻化出来。每阅之，我仍要暗自长叹，不愿合卷。

一点痴念，万缕情思，由不得让人欲休还说。

一辈子的蝴蝶

有一对夫妻，十分恩爱。一天，丈夫在山上砍柴，不小心从悬崖上掉下来，伤了头部，一直昏迷不醒。妻子照顾着丈夫，日复一日，心力交瘁。丈夫始终不见好，妻子便常去拜佛，祈祷丈夫能快点好起来。

佛见她过于操劳，便对她说：要让你的丈夫好起来，你愿意化作三年的蝴蝶吗？而且不能告诉任何人。

妻子说：我愿意。

于是，妻子变成了一只蝴蝶。

丈夫慢慢苏醒过来，慢慢地，好了起来。一只蝴蝶每天都会飞过来，有时停在窗前，有时落在院子里的树上，默默地看着，满心欢喜。

丈夫醒来后不见了妻子，他到处找，到处打听。可是，谁也不知道他妻子忽然失踪的原因，谁也不知道妻子去了哪里。丈夫苦寻无果，伤心欲绝。

蝴蝶把这些都看在眼里，看着丈夫伤心的样子，她多想飞过去，飞进他的手心里，或者停在他的肩膀上，告诉他：我在这！我在这！可是，她记起佛对她说过的话，不能告诉任何人。何况，就算她现在飞到他身边，他也不认识她了，也许，还会一巴掌将她拍得半死！蝴蝶有些难过，她在心里说：只要坚持三年，三年以后，我就变回来了，一切就都好了。她满心希望地憧憬着。

两年后，丈夫的身边出现了一个女人。

这是蝴蝶没有想到的。她仍每天飞过来，看着他们亲亲热热，说说笑笑，她心如刀割。可是，她只能沉默，每天飞过来，天黑的时候，飞走。

就在妻子与佛约定的三年期限的最后一天，丈夫与那个女人结婚了。蝴蝶飞过来的时候，她看到厅堂上摆着一对红红的大蜡烛，大门边挂着喜庆的对联。她停在门前的树上，如万箭穿心。

这时，佛过来对她说：你现在可以变回人，变回从前的模样了。

妻子流着泪说：不，我愿一辈子做蝴蝶。

佛问：后悔吗？

妻子说：不，只要他过得好，我愿意！

蝴蝶最后看了一眼笑容满面的新郎，她从前爱过现在仍然爱着的丈夫，翅膀拍起，她飞走了。从此，再也没出现在她丈夫身边。

芳心谁属

“花儿半开半闭，小停轻颤犹疑，唇间微笑如梦里，芳心谁属难知。”这是林语堂爱情小说《红牡丹》中开头的一首诗，这首诗写的便是女主人公红牡丹。

红牡丹是一个天生的尤物。她的容貌就像红牡丹一样娇艳，她的情感也如红牡丹一样怒放。她皮肤白嫩饱满，仿佛轻轻一捏都能捏出水来。两片嘴唇半闭半启，就像那极具诱惑的红樱桃。身材匀称苗条，轻点步履，如细柳扶风。

每一个看到她的男人，眼里都能冒出火来。

她也是一个天生的情种。初嫁得费庭炎，却把金竹作为她的情郎。不久，丈夫去世，她在扶柩回家途中即与堂哥翰林梁孟嘉产生了感情，百日一满就随堂兄去了北京。不到一年，又见异思迁，对青春健硕的傅南涛产生了好感。后来，傅南涛杀妻坐牢，金竹憔悴生病，她弃孟嘉而去。在路上，遇一大学生，随即与之同居。金竹死后，她又找到有妇之夫，当地的名诗人安德年，可过了没多久，又离他而去。辗转多年，情无所属。最终嫁给了傅南涛，总算尘埃落定。

她花容月貌，却用情不专；她幻想爱情，却又多情花心，总是移情别恋。她从没想过要害人，却使金竹憔悴死去，使孟嘉为情苦累一生，使安德年寝食难安。说她是花瓶摆设也好，说她是红颜祸水也罢，可谁又能了解她的苦衷呢？

她不爱费庭炎，却嫁给了他。她爱上了金竹，金竹却应父母之命媒妁之言与另一女子成了婚。费庭炎死后，她想嫁给金竹，可金竹不能离婚，嫁他无望，移情堂兄。不久由于是同姓两人又不能结婚。她又恋上了安德年，又是一个有妇之夫！她的情感之路是如此的变幻难测，归根到底，她也是当时媒妁之言的牺牲品。假如她当初能嫁给她喜欢的金竹，也许就没有以后的情感纠葛了。

她很善良。她一直爱着金竹，虽身在北京，却时时挂念着金竹。当她听说金竹病重时，她千里迢迢赶回来见他最后一面。金竹怒其薄情不愿见她，她就偷偷看他，煲好人参汤送去。金竹死了，她竟不顾廉耻跑去放声大哭，闹得满城风雨也在所不惜。她爱上安德年后意欲与其私奔，但她发现他太太温良贤惠，又有丧子之痛，她不愿毁了他太太的幸福而忍痛与安德年分手，留下自己一个人独自舔着感情的伤痛。

她与她妹妹不同，她的妹妹素馨，沉静端庄，爱心坚定，后来嫁给了梁孟嘉，过上了美满的生活。文章如此评价素馨，说她是“诲淫诲盗的牡丹的删洁本”。一如她的名字，散发的是淡淡的馨香。牡丹后来嫁给了识字不多的农夫傅南涛，有了她最后的归宿。

嫁给费庭炎是她无法选择的。她不爱他，可礼俗却要她从一而终。她心不甘，她只想找到自己所爱的那个人，可她找到的每一个人都不能跟她好好过日子。她爱过他们，可最后不得不一个一个地离开。那种黯然伤魂也许只有她自己最清楚。在这种不断地挑挑拣拣中，她渐渐麻木了她的爱情，只剩下情欲了。从最初的寻找真爱到后来的乱性，她已完全背离了自己的初衷，她的贞德已消失在了她疲惫的欲望里。不过，她最终还是回归了本性，回到了人们希望她过的正常生活。

在旁人眼里，她不守妇道，不遵常礼。她是反叛的，她是被人非议的，然而，她又是不幸的。一颗芳心，情归何处？红颜是什么？红颜除了祸水，还有可能是薄命。

我们看一个人的时候，也许会为他所表现出来的外在东西所迷惑，评议常常会出现偏颇。牡丹诲淫诲盗，可这些表象的背后，谁又能理解她的无奈和辛酸？

第五辑

一个人的万水千山

不急着前行，一朵花是生命，
一滴雨是赐予，都好好珍惜。
不管花开，还是风吹，都是风景。

——《且缓行，莫急去》

一个人的万水千山

西伯利亚贝加尔湖，古称北海，如一弯新月，在历史的夜空中闪闪耀入眼眸，以捕鱼、采野果、养鹿为生的埃文基人，在这里代代生息。西汉时苏武曾经放逐牧羊于此，让其牧羝，羝乳方归。吴承恩《西游记》里“神仙朝游北海暮苍梧”之句，徐霞客化用为“大丈夫当朝游碧海暮苍梧”，碧海即北海，古来荒蛮流放的北海在他心中也是可赏可游之地。意气扬扬，大丈夫就应该到天地间舒展胸怀，广增见识，不能像篱笆里的鸡，车辕上的马，囿于尺寸之地，老于户牖之下。

因为这句话，徐霞客用了整整三十年去兑现承诺。三十年，他跋涉了多远？经历了怎样的艰难？仿佛麻叶洞那诡异的结局，我站在碧蓝的天空与刚被雨水洗过的青绿山坡面前，茫茫原野，听取一个至今仍感叹不已难以置信的传说。三百八十年前，一个风尘仆仆精神矍铄的老人忘了妖魔鬼怪之说带来的惊惧，深入怪石嶙峋冷气袭人的洞底，携了勇气与胆量，冒险前行。如今麻叶洞竟然奇迹般消失不见。而他的游历，还远不止此！我对他有了如同孩童探询未知世界的好奇。

“曾有霞仙居北坨，依然虹影卧南旸。”在江苏江阴县城南四十里，有个村庄叫南阳岐。在南阳岐南面有座古老的桥，叫胜水桥。小鸟依人般架在屋前的枕塘河上，是为当年徐霞客出游船只停泊处。他的故居，像一位饱经沧桑的老人，静默蛰伏于此。但见白墙黑瓦，飞檐翘尾，庭院深深，小桥流水，枕塘河静静流淌。第二井中一棵古老的罗汉松，相传为徐霞客当年手植，荫翳蔽日，像卫士一样不离不弃，守护着这个旧时庭院；又像一本书，随着清风和雨声沙沙和响，将徐霞客的故事一页页翻开。

徐霞客出生在一个富裕的家庭，家境的殷实给他博览群书创造了优越的条件。15岁时的一次童子试，未取，让本不喜功名的他从此断了功名念头。他生来有奇癖，如他父亲一样喜欢与山水相亲，喜欢探寻大自然无法预知的密码，想绘下天下名山胜水作为通志。父亲去世之后，这种愿望更为强烈，只是因为母亲在，不能远游，而蛰居家中。通情达理而又乐观的母亲了解他的志向，鼓励他，让他下定决心，义无反顾地走上了一条对他来说乐趣无穷而又艰难奇险的漫漫长路。

漫步在厢房和大厅的展览室前，听着人们小声的碎语，讲解员无数次重复得像唱歌一样的讲解声里，我似乎看到了一个厌恶八股的孩子偷偷藏着父亲的书到学校，为其中的风俗趣闻、奇人异事情不自禁当众发笑，被老师训斥之后又被父亲褒奖。功名利禄于他如浮云，他只爱他万卷楼上的万卷书，他宁愿戴上母亲给他的远游冠，背着简单的行李，踏过祖国的山山水水，将自己的生命与山川同患难，共呼吸。

这一走，如同饱蘸笔墨的挥毫，挥走了30年流转的时光，千山万水犹如笔走龙蛇，他将60万字的《徐霞客游记》以一种生命再现的方式展示出来。从22岁开始，他的脚步就不再属于家乡，他的足迹如同一张点状地图遍布了全国16个省，东到浙江的普陀山，西到云南的腾冲，南到广西的南宁，北到河北的蓟县盘山。他用最原始的徒步方式，少以骑马坐车，带着仆人，背着行李，餐风宿雨，饿了以野果充饥，渴了以清泉止渴。越是人迹罕至的地方他越是欣然前往，越是穷乡僻壤，越是躬体力行隙穴之窥，什么也不能阻止他前行的步伐。到最后，连他的仆人都打了退堂鼓，不愿跟他受苦，卷财离去。

一个明月皎洁的夜晚，徐霞客与一群游客趁着雨后放晴，将船停泊在一条湘水上，兴致勃勃地观赏湖光山色。微波荡漾，月亮倒映水中，伸手可及。清风徐徐，难得如此良宵，徐霞客看得痴了，他放松疲惫的身躯，脱了汗味熏天的衣袍，靠在船上的一根柱子上，任微风拂过面颊和身躯。忽听喊杀声起，一群强盗舞刀弄枪，窜上船。一时间，船上鬼哭狼嚎，原先的清夜变得恐怖至极。就在这时，一个人纵身一跃，跳入水中，等到水花慢慢褪去，跳水的人早已没了踪影。这个跳水之人就是年已五十开外精力尚旺的徐霞客。一生中，他曾三次遇盗，四次绝粮。这次遇盗，好在他谙习水性，跳水逃脱，捡回一命。然而，他的行李、旅费却被洗劫一空。有人劝他，旅途凶险，还是回去吧。他坚决地摇头，说：我带着的一把铁锹，什么时候都可以埋我的尸骨呀！

王安石说："世之奇伟瑰怪非常之观，常在于险远，而人之所罕至焉。……至于幽暗昏惑而无物以相之，亦不能至也。"而徐霞客明知山有虎，偏向虎山行，他所经历的凶险，未来无法预测的艰辛，都是一般人不敢想更不敢去做的。大凡有成就者，都有过人之处，坚定一方执着，纵使万般艰难也决不放弃。

时至今日，细读他的游记，我仍能感受到他历尽艰辛的昂扬激情以及追求不止的豪迈气势。"五岳寻仙不辞远，一生好入名山游"，徐霞客曾两登黄山，黄山之秀美多姿，云蒸霞蔚，黄山松之挺立于峰崖绝壑，旁逸斜出。他的赞美都写在他的文字里："薄海内外，无如徽之黄山。登黄山，天下无山，观止矣！"从此，黄山更为出名，为世人熟之趋之。他曾三游雁荡山，"望雁山诸峰，芙蓉插天，片片扑入眉宇"。其笔下之景美丽绝伦，层峰叠嶂，百出奇巧，水无所走时腾空飞扬气势恢宏，回望白云，迷漫飘逸，平铺于峰下，诸峰朵朵，如冰壶瑶界。其文简约凝练，一步一观，一点一景，应接不暇，常让我心潮澎湃暗暗为他点赞。

明朝崇祯九年（1636年），徐霞客远游至云南丽江后，因足疾无法行走，在家稍事休整后于1637年正月十九日，由赣入湘，这是他最后一次游历。他来到了湖南湘东边陲茶陵。徐霞客来到茶陵时，风刀霜剑，雨水夹着雪花，但他仍起意前行。步行到沙江（今火田乡境内），去寻访云嵝寺。下午他又从沙江坐船，顺茶水而下。半夜，泊舟夜宿于茶陵洲城对岸的东江口（今思聪乡深塘村境内）。寒风冷雨中，他由僧人六空上人做向导，考察了茶陵的灵岩。又不顾旅途的劳累，游览了湘东名山群峰绵亘林木葱茏瀑泉飞湍紫微叠翠的云阳山。他在《游云阳山》中写道："峰脊冰块满枝，寒气所结，大者如拳，小者如蛋，依枝而成，遇风而坠，俱堆积满地。"一个老者，在雪虐风饕渊冰厚三尺，素雪覆千里的日子里，竟然攀上高山，只为观山之连绵壮宇，雪之风舞冰宏，全然不顾气候之恶劣，年纪之长弱，如果不是对山水之至爱对文字流传之极专，何以至此？

尤其是探访传说中“神龙蛰处”的麻叶洞。麻叶洞位于茶陵县西南面的平水乡水源村境内，据徐霞客记载，洞内满布千奇百怪的钟乳石，深逾千里，流水桃花，寒暑长茂。当时徐霞客请当地村民做向导，当地村民谁也不愿去。他们说，这洞里有神龙，有精怪，不是有法术的人，不能慑服。重赏之下有勇夫，徐用重金请人当向导，那人开始答应了，正准备脱衣，突然问徐公是不是法士。徐霞客如实说自己只是一个读书人，不是法士。这个人即刻变了脸色，说：“予以为大师，故欲随入，若读书人，余岂能以身殉耶？”便不入。这时，赶来看热闹的农夫、村夫、樵夫、牧童和过往挑夫数十人，没有一个敢带他们进洞。无奈，徐霞客只得与仆人“递炬而下”“蛇伏以进”，冒险闯入洞内。等他们从洞内出来，围观的人仍没有散去，个个惊讶不已，以为他是能震慑妖魔的高人。岁月长风，地势变迁，如今麻叶洞除了徐的《楚游日记》，纵你有无惧无畏之精神，披荆斩棘披覆褶皱之力也已是无处探寻了。仿佛一个谜，留在人们的记忆深处，留在徐的灼耀文字中，只供我们时时回味品读：“两壁石质石色，光莹欲滴，垂柱倒莲，纹若镂雕，形欲飞舞。……”

徐霞客似乎生来就是属于山水的，他的魂、他的心无一刻不在路上、在远方，除了与山与水与洞牵手相连，将博阅的思想与奇异的见闻寄存在精致的文字里，他再不需要其他。他的身体每况愈下，可他仍不愿停下他孜孜探寻的脚步，放不下他挚爱的远方。他继续走，一直走到中国的西南地区，到达中缅交界的腾越（今云南腾冲）。1640年，徐霞客病况愈甚，纵万般不舍，也不得不终止游历，在云南地方官的帮助下，车船送回江阴。1641年正月，56岁的徐霞客带着他未了的心愿对山水无限的眷恋于家中溘然病逝。

徐霞客靠两条腿走到了历史深处，走向了他自己也看不见的未来。

因为徐霞客，旅游从士大夫们耽于安逸济世人生的附庸生活中独立出来，正式纳入人类目光与思想脚步同行的一种生存方式。中国知识分子长久以来形成的固有的思想意识和文化生活逐渐拓宽了视野和另一方天地。

他的游记成为世间奇文字，从灿若星辰的历史文化典例中脱颖而出。就这一点来说，徐霞客，不仅是中国的，也是世界的。

站在晴山堂后院仿明式移葬墓前，看着青石砌就的墓圈，花岗石的原碑，碑前青砖侧砌铺成的祭台，祭台前高2.7米的全身塑像，鹅卵石的圆形小径，我内心一会儿柔软一会儿激烈，慢慢形成一条长长隧道的光亮。我看见一个人，灰冠博带，肤色黝黑，面颊如削，从远远的明末以一种攀缘的姿势穿山越水而来。

再见小石潭

天边几丝飞絮，若走若留，天空像被雨水洗过，呈现湛蓝色。风在树叶间轻轻移动，带动树叶温柔地摇晃。前几天下过几阵雨，青石板更显光滑而洁净，在太阳的照射下，发出油亮的光。

天气是猛然热起来的，仿佛一夜之间，从春天进入了夏天。一进入柳子街，我就有了更强烈的这种感觉。街的青石板被阳光切割成了棱角分明的两边，一边躲藏在阴影里，一边晾晒在白日之下。太阳升高，人群一会儿走在逼仄的阴影里，一会儿又走进白而亮的光里。尽管如此，来来往往的人还是很多。

街边，卖竹笛的老人高而瘦，不吆喝，坐在老旧的房子大门边，有人问，他才答，似乎并不着急将他的东西卖出去。他的房子青砖黑瓦，与街上其他房子并无二致。左边的房子大多经过修缮，比右边的房子好很多。小摊一律排在左边，傍着房屋摆放，并不喧嚣，就像这条古老的街。

我努力寻找着柳宗元的痕迹。他写《茅檐下始栽竹》和《新植海石榴》，住永州十年，喜欢栽植柳树、仙灵毗、海石榴、木芙蓉，还在他后山上种植了大量柑橘。如今，这些都在哪呢？

柳宗元于810年迁居愚溪东南，此时，他老母已去世，携之革新的王叔文被赐死，朝廷新立太子，大赦天下时，他却不在赦免之列。他也就断了回京的念头，干脆构亭筑屋，住到了冉溪边，并将冉溪改名为愚溪，陆续写下《永州八记》。

柳宗元不幸，便从永州的山水中寻找快乐。以前的永州，荒凉偏僻，他在这里艰苦十年，如今却成为永州人心中永不能磨灭的印迹，成为永州最熠熠闪光的着色。有些来到永州的人，随口就能说出“永州之野产异蛇”之类的话。幸与不幸，在漫长的时间里，面对着不同时代的个人与群体，变成了绝对与相对的组合。如同杜甫草堂和汨罗江，杜甫曾经为茅屋所破而歌，屈原彳亍江畔，他心中的万千苦楚只能倾给滔滔的江水。可是现在，历史的车轮碾过，早已磨灭了悲伤，剩下的骄傲让这些地方年复一年的人来人往。

初中时学过一篇《小石潭记》，对它记忆非常深刻。今天我为寻它而来，站在愚溪边，四面张望，小石潭不知所踪。沿着潭边慢慢寻找，钴鉧潭的木牌，西小丘的介绍，一一找到，可是潭和丘都不见了。愚溪边经过了美化，两边有大路与小径可通，处处确乎嘉木美竹奇石。边走边问，从愚溪的一边跨过水声轰鸣的木桥，终于在小路边看到了小石潭的木牌和一块写有“小石潭”三字的大石头。潭边“青树翠蔓，蒙络摇缀，参差披拂”，景致依然，比以前更为精致。然而，“潭中鱼可百许头”是没有的，不但鱼没有，潭也没有，无论我怎么用心寻找，也终究没有小石潭了。

愚溪的水缓缓流淌，千百年来，不淤不塞。经过木桥的时候，在其不远处有一条小木船，船上无人，安静地靠在岸边，打发着悠久的时光。愚溪仍然是安静的，两岸的游客也似乎打扰不了它。

回来的时候，那位卖笛老人依然坐在门边，嘴边横着一支竹笛，曲声悠扬。细听，是《南泥湾》，旁若无人，神情专注。

我忽然想起柳子庙里高悬的一块牌匾，上书“都是文章”四个字。世事变迁，文章千载，没有了小石潭，柳子仍然千古。

一个人不是战死沙场，就是回到故乡

凤凰，最早熟悉它，是在郭沫若的诗里，看到了“凤凰涅槃”这个名词。凤凰大限来临时，会集梧桐枝自焚，在烈火中重生。凤凰老的时候旧羽毛不掉，就无法飞翔。所以，它不得不将旧羽毛全部拔光，换得新羽毛，得到自由新生。

电视里看到孔雀开屏，我常常把它认做了凤凰。后来才知，凤凰是神话传说中的一种百鸟之王，它是活在我们的想象里的。取这个名字做家乡的人，骨子里，一定将家乡比作天使，跟凤凰鸟一样，神秘美丽，像古老的传说。

沈从文的名字，我最早是把他跟落后知识分子连在一起的。不关心政治，不勇敢，不革命，把自己封闭在湘西一个原始的村落里，外面的世界除了风月，其他都与他无关。改变对他的看法，是从他的边城里，看到了那个十多岁，如大山一样纯朴，如沱江的水一样清澈的翠翠姑娘开始。一个作家，有着一颗极为明净的内心，世俗的尘埃他不沾，外面的喧闹他不管，他就活在边城那明媚的阳光里，活在边城那些纯朴的民风里。连他的爱恋，都那么执着坚守而顽固，张兆和，他的三三，差一点就与他失散了。渐渐地，便想去看看这神话般的地方，想去看看沈从文，读着他的文字，去读他的湘西，他的凤凰。

去的时候是半下午，太阳还走在去西边的路上，睁着火辣辣的眼睛望着我们这些不速之客。城很小，沿着河边走走就到了，转一圈就回来了。不宽的河流，青石板，吊脚楼，虹桥……许许多多的游客，扛包提袋，前赴后继，来来往往。然后，微信里，晒几张图，摆几回姿势，刷刷存在感，表明自己来过。

沱江穿城而过，太阳照着，暖风拂着，泛起鱼鳞一般的粼粼波光，荡漾着，长流不息。我看着它，忽然犯痴，它一直流，一直流，流了多久呢？沈从文在的时候，它一定是在的，一定是流的，就像现在。河，还是从前那条河，水，已不是从前那些水。但沱江不会撒谎，那时的他，一定坐过河中摆渡的木船；端午的时候，或许还赛过龙舟，捉过鸭子；或许，在沱江的边上，还追过一个像翠翠的姑娘。

河边的青石板，被无数人踏过，像水磨石一样，非常的光滑。紧挨着路，一幢幢的木板房不规则的排列河的两岸，一副趴在河边随意看水的模样。大约，觉得还是远了些，有些房屋的房间伸到水面上，下面用树木打下一根根木桩，一个一个，全都站在水里，用力撑着房屋。屋檐下，树木做成的吊脚，形成这里独特的只属于湘西的吊脚楼。

沈从文的老屋不在河边，距离河岸，隔着好几排房屋，但有条路通向他的老屋。沿着青石板走近老屋的时候，我放慢了脚步，想象，沈从文还在里边，他的母亲还在灶火旁忙碌，烟囱里升起缕缕炊烟，他母亲就在那里，喊他吃饭。

有时，时光走远了，就不会回来了。有些时光却始终还在，譬如这老屋，院子里的那口水缸，书房里的那张书桌，那盏熏黑的灯，那个依然结实的衣柜，乃至房子的格局，墙面的青砖，都还跟从前的一模一样啊。

只是，房屋里，终究没有沈从文了，沱江边的听涛山可以作证，山上的那块六吨多重的天然五彩石可以作证，旁边黄永玉为表叔题写的石碑文可以作证。“一个士兵不是战死沙场，就是回到故乡。”沈从文，这位文坛战士，他没有战死沙场，所以，他回到了故乡。

故乡的山水张开双臂接纳了他。仿佛一个圆，从起点出发，绕了一个大圈，最终又回到了原点。只是，回来的时候，带来了不朽的边城和不老的翠翠，带回了他心心念念的乡愁。这些乡愁化作了听涛山的清风，再也不用出去闯荡。你听，它在，你不听，它便无；你想，它有，你不想，便一丝儿不见。

沿着沱江边长长的青石板，缓慢地走，路很长，像在讲述一个悠长的爱情故事。仿佛用文火炖煮的老汤，不够浓烈，是润物细无声的，是山长青水长流的，没有尽头。

艳遇一座城，邂逅一个人。我奔着这座城来，奔着一个人来，我来看他，看他曾经住过的房子，走他曾经走过的路，与他同喝着一条江里的水。走上听涛山，听清风私语，鸟声啁啾，听一个人的乡魂歌唱。

江边一酒吧门口，竖着一块木牌，上面写着："我走过无数的桥，看过无数的云，喝过无数种类的酒，却只爱过一个正当最好年纪的人，我应当为自己感到庆幸。"我又看到了沈从文的影子，看到了他的爱恋，他顽固地爱着的那个人，后来，他的三三就追随他来了，一生一世，陪他来了。

再后来，便有好多好多的人来看他，跋山涉水地来，慕名慕地而来，走他走过的路，看他看过的山。一一来到他的家，想象从前的烟火和身影，抬头，看墙上一幅幅用时光串联起来的图画。一辈子，有多远，从图片开始，到图片结束，从这端走到那端，就到了。

一个人，就这样撑起了一座城。

凤凰，将一个爱的故事写进沱江，写进传说，写到春花落，秋叶飞。

在厦大散步

厦大（厦门大学）的大门口，排着长长的队伍，等着扫描身份证进门。进厦大不需要门票，来的人络绎不绝。

2016年8月6日下午，骄阳如火，汽车驶入厦门。仿佛内心里有一股力量驱使着，顾不上长途疲袭，我拿出手机，找准导航，直赴大家口中最美丽的校园——厦大而来。

厦大的名声是跟厦门一样在我心中慢慢成长起来的，在初中的历史课本里，在学生的报考闲谈中，厦门都像一块我最爱吃的宁乡山枣片，常常要拿出来咀嚼一番。

刚一进门，一股热带风光气息扑面而来。长而宽敞的路旁，是高大的大王棕，气势非凡。树干极直，壮硕，有些发白，粗一看，我还以为是水泥糊在上面。正想问一问，又忍住。树腰渐渐隆起如女人四五个月的身孕，顶端像椰子树叶，又称“大王椰子”，像一个高个子头顶着一把小小的绿叶伞。在我们湖南，是看不到这种树的，多的是矮而青的枞树，瘦而高的松树，粗而浓的樟树，花色艳丽的紫薇树，樱花树，茶花树。

游客们来来往往，仿佛浸润了这里的学院气，从容地从我身边走过，并不喧嚷。我便也咽了到嘴边的词语，调整气息，继续往前走。

厦大，就像外婆的澎湖湾，盛着我无限的幻想：阳光、沙滩、海浪、仙人掌，我坐在门前的矮墙上，一遍遍怀想。

进了颂恩楼，在楼前的走廊边上，民一屁股坐在廊前柱子间的可坐可躺的长凳上，说：别吵我，让我在这里睡一觉。我笑，颂恩楼可不是让你长途跋涉来睡觉的！我和婴子却无睡意，坐在民旁边，眼睛扫过四面八方。前面，下了台阶不远，是著名的芙蓉湖。青山绿水，吸引了不少的人驻足。我不知道民睡着了没有，一二十分钟他就醒了，又神采奕奕，再次出发。现在想来，其实，能安静地眠在它的怀中，未尝不是一件幸福的事。

芙蓉湖，芙蓉，出淤泥而不染，因其脱俗，多少人爱之咏之。这里的芙蓉湖，据说是源自对厦大建设做出重大贡献的李光前的故乡南安芙蓉乡。喻义兼顾，读来至今不衰。沿着湖边慢慢地走，仿佛自己变成了这里的一学子，像余光中、易中天、鲁迅一样，多少次漫步湖边，或诗或文，翅膀在这里长出，然后飞翔。民在前边唤我，我猛然惊觉，连忙跟上去。

湖并不大，绕到湖的另一面，又是一景。路边，没有了大王棕，却有柠檬桉，还有凤凰木。凤凰花是厦大的校花，是广东汕头市的市花，凤凰木是厦门的市树，还是非洲马达加斯加的国树。可惜我来的时候已是八月，凤凰花已过了季，看不到那火红的火凤凰羽毛一样的花了。树上青皮绿叶，不过，从树中挂出一串串刀豆一般青色的果子，长10到15厘米，长短不一，大小不一，悬在树上，露在外面，像我们这里春节时挂在树上做装饰的筷子灯笼。只不过要宽一些，绿色的，与我在鼓浪屿上看到的枝繁叶茂，树下像牦牛垂挂万千牛毛一样的古榕树有些类似，煞是壮观。

拐过一个弯，进入芙蓉隧道。隧道里，人来人往，隧道的两边墙上，是厦大学子们或写或画留下来的作品。有的是几幅漫画，有的是几句外文，有的是几句情话，有的好像什么也不是，有点像俄国抽象画家康丁斯基的作品。有一个地方，几个醒目的大字非常引人注目："我爱你，再见！"下面的画无法看清。这句话颇费思量，既然相爱，为何再见？这一对情侣间发生了怎样的爱情故事？大约只有他们自己知晓了。又一处，画了几个简易武术人形图，上面写着："厦门大学梅花桩。"左边有两竖行字："拳打脚踢小把戏，唯有文理通天地。"这些话与画，一定涵盖了学子们的一部分心声，也寄予了他们对未来的期许。

我们没有走尽隧道便返回，我早知道在隧道门口不远，有另一个地方，我们必定要去。

这个地方叫"思源谷"，又叫"情人谷"，据说是厦大最浪漫的地方。

还未上去，脚下有三行不规则前行的水泥圆饼，每块饼的大小刚好能踏上一只脚。中间一行每块圆饼上写了一个字，连起来是：每次相见都是初见。前面的一处峭壁上写着：1921咖啡。1921年正好是厦大创立的时间。下面一行字同样是：每次相见都是初见。看到这行字，难免让人想入非非。再往上走，这一句话便启开了一段浪漫之旅。爱情，在大学里是个常谈常新的话题，一拨学生毕业走了，另一拨人又来了，于是爱情的故事重新上演，没有终场。

上得山来，上面有一个比芙蓉湖还要大的人工湖，年轻人把这个湖比作《庐山恋》中的琴湖，老年人则把这个湖比作赫本老两口的《金色池塘》。我来的时候，这儿的人不少，不过大都看看，拍几张照片便下去了。只有少数几个人跟我一样，沿着湖边的小道慢慢地走，小声地说着话，除此，这个地方是安静的。湖周围的树木非常浓郁，大凡这样的情中胜地，景色总是很雅致的。与美好相约，如此，才会舍不得，才会放不下，才会有那么多的爱的故事在这里上演，年复一年。

返回的时候，天色渐昏，坐在校内咖啡厅外面，再一次环顾校园。我所走过的地方，只不过是厦大的冰山一角，她的深厚与博学，我只能隔湖相望，却无法靠近。学子们已放假，来这儿的大多和我一样，是匆匆过客。年华逐逝，正因为留不住，才倍加珍惜。

这时，与厦大一墙之隔的南普陀寺悠扬的钟声传来，圣寺，名校，相得益彰。喧嚣的闹市因为厦大雅了许多，厦大因为南普陀寺静了许多。

子近湖边住，院旁深磬声。厦大，就是厦大的模样。

西山的杨梅熟了

仿佛一夜之间，温度又上升了许多，阳光直直地照过来，热热地有些灼人了。五月端午的热热闹闹，汨罗江边的流年叹息，粽子的舌根余香渐渐褪去。六月的风，挟着瓜果的青黄红紫，跨过春天的花繁门槛，丰饶地呈现在我们面前。

6月11日，我们作协一行二三十人来到了西山杨梅园基地。刚刚尝过枇杷的味蕾，又捕捉到了杨梅的甘甜。

山坡上，披红挂彩的绳子呈放射状伸向杨梅园的四面八方，随风舞动，像是用彩条捆绑好的一个个硕大粽子，发出炫目的诱人光彩。杨梅树丛丛簇簇，郁郁葱葱，深绿色的枝叶，饱满纯厚，爬满了整个马鞍山和笔架山。树不高大，但叶子饱满众多，极为壮实。仿佛十月怀胎分娩的孩子，那些挂在树枝间红红紫紫的颗粒，群星璀璨，有些炫耀、有些得意地挂满了枝头，乍隐乍现，撩拨着我们的食欲。经过它们身边的时候，由不得我不去看它，唾液在口中翻滚。我压制着内心想要伸出手去摘它的冲动，想起了小时候吃酸枣的滋味。

小时候，吃得最多的是个头跟杨梅差不多的酸枣。酸枣没熟的时候绿中带青，成熟的果实是金黄的。想要吃，抬头往树上一望，便知。味道酸大于甜，不喜酸的人吃一颗就能把牙酸掉。可是我们无所畏惧！那时候，水果本来就奇缺，这果子长在我家院子里的大树上，就像我家的聚宝盆，要多少有多少，成了我们的最爱。果子成熟或即将成熟的时候，我们便去捡掉在地上的熟的黄枣，一颗一颗地塞进嘴里，吃得整个嘴里都酸溜溜，总觉得那才是世间最美的味道。除此，还能吃到的，便是我家菜园门边一棵枇杷树上的枇杷，但枇杷不如酸枣好吃，核大，肉薄，不够甜。酸枣虽也核大，但酸甜味十分浓郁。以后，枇杷的记忆如同它薄薄的那层肉，在时间的考验里慢慢溜掉了。至于苹果、香蕉啥的，对我来说是极其陌生的词汇，一年到头难见到一次。杨梅就更不用说了，我对杨梅几乎没有什么概念。

第一次吃杨梅，是别人买的，我试着吃了两颗，酸得眼睛都眯到了一块，跟小时候吃的酸枣一样酸。这以后很长一段时间，我对杨梅都没有什么好印象。我家的酸枣树在我读大学的时候就砍掉了，吃生酸枣的记忆永远留在了二十岁前。当然，到了现在，就是有，我也不敢多吃了，年纪大了，我越来越不喜吃酸。

真正吃杨梅是近几年，不知是杨梅的品种发生了变化，还是我以前本就没有吃到好杨梅。杨梅的味道比以前好了很多。杨梅树的种植也越来越广泛，房前屋后的三五株，已不能满足众多爱梅之人的胃腹，许多地方开始成片成片地种植。种梅者租一片荒山，少则200亩，多则上千亩，披荆斩棘，培土施肥，种上杨梅的幼苗，三五年，就能出果。在杨梅园里，老板边走边跟我讲，种杨梅其实是蛮辛苦的事。每年，除草、施肥、嫁接、剪枝、疏果，一年四季离不了人；树挂果的时候，还得防鸟偷，防虫吃，防蚊叮，防贼惦记。时间久，见效慢，少则三五年，多则七八年，才能有所收益，急功近利者根本做不了这事。果子慢慢熟了，采摘必须人工，每棵树上的果子成熟期都有差别，有的果子熟成紫色，有的还小小的黄黄的，就是在一根枝上，成熟也有先有后。所以，种杨梅的人须耐得住寂寞，要把它作为一项事业和爱好来做，才不会觉得辛苦。

人们常说，春种秋收，其实，很多果实的成熟不用等到秋天，例如黄瓜、苦瓜、丝瓜、枇杷、李子、杨梅，老早就在树上摇头晃脑，吊着人们的胃口。成熟了的好杨梅，果肉饱满，柔软，汁多，味道甘甜，回味浓郁。我在杨梅园里不时弯腰穿行，偶尔摘下一颗紫亮的杨梅，放进嘴里，轻轻一咬，甜甜的，微微带一点酸。这是我能承受的范围，我咂摸咂摸嘴，还蛮心满意足。

杨梅原产中国，据说已有7000多年的历史，但有记载却只有1000多年。南朝梁的文学家江淹第一个将梅入诗：“宝跨荔枝，芳轶木兰；怀蕊挺实，涵黄糅丹；镜日绣壑，照霞绮峦；为我羽翼，委君玉盘。”看着树树星星点点，或红或紫或黄，可赏可食，难怪江淹将杨梅与荔枝、木兰相提并论，极尽赞美。又觉得苏东坡到岭南吃荔枝，那诗写得真是贴切。

杨梅园老板指着其中一棵杨梅树告诉我，这是东魁杨梅。我抬眼一看，树长势强健，叶片肥大，呈波浪形，果实因还没有完全成熟，个头不够大。老板说，成熟的果子大而红，属红梅系。2004年，基地特地从浙江仙居县引进东魁、荸荠等优良种苗，加上西山土质肥沃，海拔达500米，这才有了目前的斑斓似锦。

回家后，回想此次杨梅之行，写就一首《行香子·杨梅》：“两岭苍茫，绕过山冈。一车车，乘兴农庄。圃园倚望，惊是春光。有千梅红，万梅紫，数梅黄。敛敛衣裳，点点珠藏。满天星，终日流芳。山肤水豢，不独人尝。道云儿窥，鸟儿美，蝶儿忙。”隔了一天，立新老师将此词写到了他的《西岭游日记》里，其中这样点评：“着墨不多且线条粗淡，却给你营造了漫无边际的想象空间，在这样的空间里，有漫山遍野的杨梅树林，有红紫鹅黄杂陈的累累硕果，有悠悠飘忽的杨梅果清香，有蜂飞蝶舞，有鸟儿啁啾撒欢，有采梅品梅的游客……这是一幅无须浓墨重彩的画，在有限的几行文字之外，它色形香味具陈却是虚而无形，它有形而形而无定，随个人的品读与想象而穷尽变化，千姿万态，无穷无尽。”

他的文字饱蘸欢快想象的墨水，却让我汗颜。我只是认为，诗歌需要真情实感，文笔和想象是它的两个翅膀，有了这两个翅膀，诗歌才可以飞。

这跟杨梅的成熟，跟任何果实的丰稔，是一样的道理。

且缓行，莫急去

海潭，一个很小的村庄，位于茶陵枣市镇，一个在地图上也无法标记的名不见经传之地。我们去的地方位于海潭村的一座山，叫采莲坳。从山脚往上看，山势不高，与远山相接，像一首歌从高亢到低沉，越来越渺茫。近处，杂树丛生，高高低低，错落不齐。

所经之处，茅草疯长。沿着被茅草落叶覆盖的山路往上走，青石板时不时地冒出来。听人说这条路，名潭源古道，又叫茶盐古道。以前的人就是靠这条路肩挑手扛，将广东等地的食盐运到此处来，又将此地的茶叶、鸡蛋等贩过去。茶陵产茶不产盐，潭源古道只是茶盐古道的一段，我们走过的地方，还能看到古道曾经的模样。

古道无比荒疏，齐腰深的茅草肆无忌惮地站在路边，像个调皮的孩子，不时伸出手来挠你一下，粗壮高挑的树上爬满了藤蔓。山上无人，鸟儿也打着慵懒的盹。除了我们的脚步声和说话声，整座山都像在时间里默默打坐。路边，有些人为的痕迹，譬如，杂草丛生的洞口被砖垒砌过，完整的旧窑址，无名洞口留下的大字，右边一个“好”，左边一个“洞”，连起来是“好洞”。洞大约真是好洞，洞边，小蜻蜓似的蚊子飞过来飞过去。里面湿漉漉，看不见底，不知有多深，我们不敢进去，在洞口观望了一下，便遗憾地各自离开。

转到山的另一边，一群羊从另一条道涌上来，一个皮肤黝黑的年轻人戴着耳麦拿着一根放羊棍旁若无人地往上走。经过我们身边的时候，问他话，他像没听见，不理不睬。有人轻声说，可能是哑巴，脑子有问题，要不然也不会年纪轻轻来放羊。羊群也好像没见过我们这么多人，细气嘶嘶挤挤挨挨慌乱往上走。山上到处都是它们留下的粪蛋蛋和羊膻味。

若不是山腰上出现清澈碧绿的水库，我的心几乎如这儿的茅草一样荒凉。水库有个好听的名字“明庵水库”，或者叫“明月水库”。水库有两座，上水库约呈三角形，占地四五亩，水波微荡，勃发这片山林的灵气。下水库在上水库塘基下方不远，是一个半月形的水库。旁边有一个“明月庵”，据说，当年茶陵的榜眼曹诒孙在此读过书。可惜，因年代久远，明月庵已无迹可寻。我们只见到了一栋极为简陋破旧的房屋，三间，里面空空荡荡，残砖瓦砾铺了一地。敞开的大门前，茅草疯长。房子的左前方，有一棵高大的银杏树，枝上新发了嫩叶，相传已有几百年，像一位老人，不声不响目睹着这里的沧海桑田。

一座山，有着它素朴的样子，这个样子能对抗浩瀚的时空。在这里，所有的东西都放慢了脚步，很慢很慢。但是，时光还是将它改变了一些，有的地方漂亮了一点，有的地方则面目全非。

天气晴朗，太阳晒红了我们的脸。嘴里吃着茶耳，脸上淌着汗水，开心地笑。忽然歌声传来，是放羊小子！略带尖吼的声音，放开了喉咙，放肆无拘束，声音传得很远，仿佛要将这片沉睡的山林喊醒来。原来，他不是哑巴！只是与人比起来，大约他更愿意将目光投向他的羊群，将心扉向这片寂静的山林敞开。每个人在心里设下一道屏障，只会在自己喜欢的人和物面前才会打开。

下山的时候，我们换了另一条道。同样是古道，青石板的痕迹更为明显，残缺的板面呈现青黑色，有的地方打磨得十分光滑。就在这条路上，我们见到了那座让我眼睛为之一亮的“石屋亭”。

在石屋亭边竖了一块石碑，碑上写着：“石屋亭坐落在采莲坳山顶，青石条浆砌而成，潭源古道穿亭而过。古亭始建于清道光二年，长、宽各4.8米，高3.8米。南门门额石刻‘且缓行’，北门门额石刻‘莫急去’……”后面是建亭原因和捐建名录，有“既多盐商之往来，兼有樵夫荷重，半途倦息无松竹可依”和“通道攸邑”之语。

抬头，在石屋亭上方细细辨别，果有“莫急去”“且缓行”字样。这样一个荒僻之地，出现如此哲智之语，颇让我意外。写此语的人是不是一个饱经沧桑的智者？或者，站在一个智者的高度向我们做着喻示：山上下来，莫急去，这段路走完了，下一段路又将重新开始；山下上来，坡陡路窄，且缓行，前方的路还很长。

“人生如逆旅，百代之过客也。”有什么事，非要我们逼着自己急急赶路？生命是有距离的，走得越快，忽视的东西就会越多。如同走过这段古道，我们也是过客，又何必匆匆。“莫听穿林打叶声，何妨吟啸且徐行。”不急着前行，一朵花是生命，一滴雨是赐予，都好好珍惜。不管花开，还是风吹，都是风景。

忽然想起那个放羊小子，慢慢地赶着羊群，想不说就不说，想唱就唱，不急着上山，也不急着下山，呼吸着自由的空气，以一种悠闲的方式诠释着另一种生命的饱满。

也好。

大山深处的“红军寨”

仿佛置身于一个荒无人烟的大山深处，眼前除了树木，还是树木，枝叶参天，浓阴匝地。一条凹凸不平曲折蛇伏的小路沿着陡坡伸进目力不及的地方，弯腰可触。下过雨的地面，浸润着湿气，却刚好抓紧了地面。或黄或绿的落叶，因了雨水，拥抱了泥泞，踏在上面扑哧扑哧作响。回头看，碧波荡漾的东阳湖和青黛如螺的群山消失在密翳的丛林中，完全看不到了。

应井冈山脚下的洮水村村委会的邀请，茶陵县作协一行经中洲、滋坑进入洮水，坐上简易的木船，驶入深邃清澈的东阳湖。微风轻扬，波光粼粼。东阳湖尚未完全开放，湖面上船只很少，偌大的湖面就我们一只小船，真有了苏子“纵一苇之所如，凌万顷之茫然”冯虚御风之味。舟行处，碧水分流，衔山倒映，如诗如画。

弃了船只，上得山来，宽阔的视野顿觉被一道绿色的屏障严严实实地遮住。进山不久，迎面一个简易的门坊，用手臂粗的木头撑起，中间一块杉木板，写着“红军寨”。我四面一望，哪里有寨呢？头顶上，偶尔会露出一角含了水分略显沉重的云朵。不过有了这个牌子，和这条斗折蛇行的小道，好歹沾了人间的烟火，正如当年红军路上的火把，指引着前进的方向。我们边走边说，沿着泥坡向上。

上得山来，眼前豁然开朗。像从平整的土地上猛然冒出的两栋房子，呈丁字形站立。淡黄色夯筑起来的墙壁，当地人又叫“抖墙”。墙壁上的裂痕张牙舞爪，从墙壁和房屋的破旧程度来看，房子的年代颇有些久远了。右边一栋稍好些的门楣上写着“廖氏宗祠”的字样，左前突出来的墙角边竖着一块牌子，上面写着“中共湘赣边茶陵游击队、国民党第四十四军抗日前线联合指挥部”。另一栋房子的左门边也竖着一块牌子，上面写着“湖口挽澜事件红军居所”。我想，我们要找的“红军寨”，这就是了。

走进左栋房屋中的堂屋，家具简陋随意摆放着，墙壁因时间久了而显得阴暗，地面是泥土，不平整。一个八旬老者，矮小、清瘦，大热天穿着裤衩，一件白色的衣服长至近膝，遮住了裤子，露出两条干瘦的腿。现在他一个人住在里面，他跟我们说起以前红军在这里发生的故事。老人今年八十六岁，在这里住了八十年了，按年龄算他约是一九三一年生，“湖口挽澜”是在一九二七年，那时他还未出生，只能是听人说。

房子的前坪荒草蔓延，厚厚的草皮上长可及尺的草茎在风中旁若无人地摇摆。靠近树林边的草地上，一口大水缸静静地矗着，里面的水浑浊发黄，几片落叶和一些白色的泡沫浮在水面。据说这口水缸就是当年红军在这里用过的水缸。以前很多人家都喜欢在庭院里放一口大水缸，像沈从文故居，乃至故宫，都是如此。一为防火，二为取水方便。

我事先了解，红军寨保存完好的房屋有30余间，红军井有2处，古树哨所有3处，有联合抗战战壕数段。这里曾是国共两党在茶陵联合抗击日寇的一个抗战指挥部，也是抗日联军在洮水设置的第二道防线（第一道防线位于东阳湖景区大坝附近“八脚寨”所在位置）。红军南方抗日游击队和国民革命军44军在此联合抗击日寇5天5夜，战斗很惨烈，死了不少的战士。

但我在这里只发现了一口红军井，在房子背面的低洼处。坪前的两棵高大壮硕的树干上各挂了一块牌子，写着谭家述、谭余保的简历。除此，似乎找不到更多当年的痕迹。可是，这里的人们又怎会忘记那些曾经浴血奋战保卫一方平安的英雄战士们？时间可以流逝，流不走的是人们对英雄的敬仰和怀念。

儒学之风扑面来

在湖南，很少有人不知道中国古代四大书院之一的位于湘江畔岳麓山下的岳麓书院，但在湖南茶陵，还有一座相当有规模的书院——洣江书院，可能知道的人就不是很多了。

洣江书院位于茶陵狮子山，现湖南省茶陵县第一中学校园内，靠近洣水之滨，是茶陵历时最长、规模最大、影响最为深远的官办书院。

洣江书院500年来，兴兴废废，搬迁改造，变动拆除，已数度消失在历史的尘埃中，至1982年，洣江书院彻底换成了一栋栋教学楼，只有名字在老一辈文化人的口中不时提起。直至2010年重建，洣江书院才得以重新挂牌，重见天日。经过两年的修复，洣江书院于2012年5月竣工，于5月底正式对外开放。

大家不妨跟着我去新修复的洣江书院走一走。

走近书院大门，抬头，门上方悬挂着株洲籍书法家李铎题写的“洣江书院”四个大字。推开厚重的木门，一股儒学之风扑面而来。在大讲堂前院的墙壁上，印刻着“忠、信、笃、敬”四个字。走进大讲堂，茶陵知州林廷玉的《洣江书院记》洋洋洒洒，赫然在目。看着上方密密麻麻的文字，“民风之不淳，士习之不振者何？居道之不明不行故也……”，置身在这样一个古色古香的书院氛围中，你会有一种错觉，由林廷玉主持倡建的这座书院就从来没有走远过，500年来就一直在这里，历经风雨而文采斐然，风华依旧。儒雅博学、深藏若虚的林先生正展纸走笔，一股清淡的墨宝书香杳杳传来。

讲堂上的太师椅仍在，可那个讲学的人已不在了。静静地聆听楼内的风声，将耳朵和身体尽量贴近墙壁，似乎可以听到来自青灯黄卷的读书声……凝神静默间，林廷玉捧着圣贤书，坐到了太师椅上，下面的我们正看着他，仿佛就是一双双渴望功名的童生眼睛。他正在强调反对章寻句摘，倡行经世致用："后世科举之学兴，为士者章寻句摘，以应一时之求，故其辞藻虽富，大旨或略；雕琢虽工，而所谓向上一着罔或深究……"

大讲堂前后两旁是主敬、行恕、修德、凝道四排斋房。穿越主敬斋、行恕斋、修德斋，细看御书楼、宗道祠，走过大成殿，品观山长宅，小坐吸秀亭，想象着学子埋头苦读的情景，揣摩着几百年前这里书声琅琅的意境。真想掘地三尺，去看看这块热土内层的文化秘密，看看那些历朝历代的文人士子是怎样坚强地撑住一片天空，让文化安居其所。静静地看，静静地思考，淡了时光，没了喧哗。仿佛面对的是一部智慧的大书，静静倾听先哲辩论治乱的声音，享受思想的饕餮盛宴。

书院，顾名思义，是读书的地方。但凡学子，有读书的愿望，便可进来。想当初，状元萧锦忠身无长物，衣衫不整，因有一颗读书的恒心，废寝忘食，终一举成名，何其有幸？没有了门槛，没有了世俗的目光，有的是我要读书的思想，不管这思想是为了自我，还是为了国家，我们都只能对他们投以敬佩的眼光。毕竟，书院成就了一批人，熏陶出了一批又一批的华夏精英，他们何尝不是德才兼备，抱璞怀玉："茶陵诗派"领袖李东阳、官至国民政府主席的谭延闿……茶陵书院800多年历史，孕育出了无数卓越的山长、师儒和士子，不论是方巾长衫的明朝秀才，还是梳着长辫子的清朝学子，抑或是戴着眼镜穿着中山装的五四青年，他们在这里钻研程朱的孔孟之道，苦读诗书，"穷则独善其身，达则兼济天下"，正因为有了他们，我们的文化内蕴才会如此精彩。

走出书院，回头一望，白墙灰瓦，亭台翠木，楼阁飞檐，高低错落，像一位优雅深致的智者蛰伏如此，静静地守望，大方、高贵、洒脱。与它一步之遥的茶陵一中是从湖南省官立南路师范学堂、省立三师、省立五中以及湘南最高学府省立二中演衍而来，以"南学津梁"为教育思想。所谓"南学"，即历代先贤的先进思想及学术，"津梁"一词最早出现在《国语》，意思是接引先进学术及思想的桥梁。其目的很明确，希望茶陵一中能秉承书院文化的厚重底蕴，致力于正学风，明教化，启文明，弘古韵。

书院的兴盛，对于茶陵“农勤于耕，士勤于学”文化的形成和发展，是有着突出的贡献的。如今，县政府有意要把洣江书院建成一个展示茶陵县古文化的场所，也是打造魅力茶陵的又一文化景点，这个愿望正在逐步实现。

书院，一种文化的载体，总是与对联、匾额、典籍、石碑和古建筑群紧密相连的，它深厚的人文积淀，卓越的文脉精神无形中拉近了遥远的历史，促使着我们带着一双眼，捧着一颗心，去看，去听，去体悟。无论这段历史你忘怀了多久，疏远了多久，总有一天，你会重新将它拾回来。

李东阳故乡行

公元1472年仲夏，一个细雨霏霏的上午。三人穿过细细的泥土路，爬上杂草丛生荷木高长的山坡，在一处坟茔前停了下来。将香烛点燃，将果品一一摆好，然后跪下，虔诚地磕起头来。

这个地方便是茶陵高陇镇芳市村荷木坪。这三个人是时任翰林院编修二十六岁的李东阳、他的父亲李淳和三弟李东川。这次南行省墓祭祖，是李东阳第一次离开北京远行，也是一生中唯一的一次茶陵之行。

这一次，他们在茶陵住了十八天。他们去了荷木坪祭祖，去了离茶陵地界三十里的雷公峡，祭奠了长眠在那里的族高祖李祁。李东阳特意为李祁描了一幅画像，放在了李祁的墓前。

在茶陵，李东阳迎来了他二十六岁的生日。他兴致很高，将一路上写下的诗文给族人长辈校阅。著名的有《茶陵竹枝歌》十首，《荷木坪十二韵》等。

他的诗极有生活的画面感。他写茶乡人清明节前祭礼土地神的热闹场面："杨柳深深桑叶新，田家儿女乐芳春。刲羊击豕禳瘟鬼，击鼓焚香赛土神。"春天里，杨柳新枝，桑叶冒绿，祭祀里锣鼓震天，香雾缭绕，田家儿女的欢乐，春天的明媚，祭祀的热闹，写得极为真实，有如再现。他写家乡劳动的繁忙："春尽田家郎未归，小池凉雨试絺衣。园桑绿罢蚕初熟，野麦青时雉始飞。"我们仿佛看到了农村妇女春末夏初正葛布缝衣，摘桑养蚕一派生机勃勃的景象。

在李东阳的诗文中多次提到茶陵及与之相关的湘江、湘南。他以湖湘人自居，“我家住在湘江东，十年只住京尘中。”“我家旧在湘南住，犹记曾闻鹧鸪处。”茶陵，在李东阳眼里，既是他先人的起家之地，也是他意念中的故乡。

李东阳是明朝中叶重臣，既是著名诗人、散文大家，又是书法家，还是茶陵诗派的核心人物。祖籍茶陵，随父住在京师（今北京）。据说他小时候极为聪明，四岁时被举荐为神童。有一次，父亲带他进宫朝见皇帝，因人小脚短，跨不过门槛。皇帝见此情景，便脱口出了上联：“神童脚短。”东阳应声对下联：“天子门高。”皇帝高兴地将他抱坐膝盖上，见他的父亲还站立在一旁，又出了一上联：“子坐父立，礼乎？”李东阳答道：“嫂溺叔援，权也。”意思是说，嫂嫂溺水，小叔子去救援，是权宜之计。现在，父亲站着，我坐在皇上的膝盖上，也是一时之事啊。还有一次，李东阳和当时的学者程敏政同时作为神童，被景帝召见。景帝正在吃螃蟹，便以此出上联：“螃蟹浑身甲胄。”程敏政应声对道：“凤凰遍体文章。”李东阳也从容答道：“蜘蛛满腹经纶。”景帝高兴地说：“这个孩子将来会当宰相。”后来，李东阳做到大学士，入内阁十八年，参与朝政，权倾一时，真的跟宰相差不多了。

作为大明王朝内阁首辅大臣、一代文豪，李东阳无疑是茶陵人的骄傲。茶陵，这个坐落在湘水东岸的不起眼的小城，因为李东阳，从十五世纪下半叶以来，它一度名声大振，蜚声海内外。

李东阳虽然没有生养在茶陵，可他的根在。从宋代开始，李东阳的先祖就在茶陵这片土地上创业、起家、繁衍生息。茶陵李氏的第一位先祖李佘，在宋代担任过茶陵州同知一职。随后在茶陵一个叫中洲的小地方（现茶陵县高陇镇龙溪村）定居下来。以后，湖湘文化代表人物，元末学者、李东阳族高祖李祁以及和他的儿子李自立和同族兄弟李一源、李高清、李尚宾、李文祥都曾在茶陵定居过。直到曾祖李文祥，茶陵李氏家族才有一部分人陆续离开了世代生活的茶陵老家，迁徙到北平，从此在北平安了家。

如今，在有着500多年历史的洣江书院南墙，洣水之畔，有一条进士长廊。这里，状元的答卷，进士的著文，爷孙的题跋……一道道视觉的文化盛宴，让人目不暇接。据统计，自唐中到清末，共有状元、榜眼、会元各两名，127人高中进士。宋元两朝历届全国科考均有茶陵学子名登金榜，其间，兄弟同榜、父子蝉联、叔侄比肩者屡见不鲜。

一个近乎“化外”的偏僻小县，何以能成为人才辈出的“进士之乡”呢？“农勤于耕，士勤于学”的优良传统，使得这里民风淳朴、学风鼎盛。从唐至清末，茶陵建书院达38所，至清朝居湖南各郡县之首。并诞生了刘三吾、李东阳、张治、彭维新“四大学士”，享有“四相文章冠两朝”之誉。李祁在他所撰写的《茶陵学校记》中，就曾骄傲地宣称：“茶陵学校，湖南为盛。”

天道酬勤。李东阳的诗文，让茶陵的历史得以仰望。进士长廊、书院文化，让茶陵的历史得以厚重。而在诸多文化中，李东阳无疑是众多风景中那一座让人仰止的高峰。作为茶陵诗派的开创者，他的诗文理论在明代就已出色，转益多师，自铸一格；诗歌声律，言情而不失雅正；其艺术精神、人格魅力与文体特征互相融合，形成了茶陵诗派的独特风格。

“溪南溪北树萦回，洞口桃花几度开。枫子鬼来天作雨，云阳仙去水鸣雷。”在无风的寂静午后，我读着李东阳的诗，时间在他的诗里静默流过。一束阳光，穿过云阴，照射过来。

苍凉南宋古城墙

沿着绍定元年那条并不宽阔的路，曲曲折折穿过明清的隧道，像战马一样奔腾在我耳边的鼓声，终于慢慢停息。细碎的脚步因内心远远近近的声音变得有些杂乱。远处，轻薄的乳白色的雾慢慢爬上云阳山顶部，开始呈放射状下滑，像演出的幕慢慢落下，慢慢淹没天堂山、杨柳山、鹰嘴岩几座主峰。脚下，几株不知名的小草顽强地挣脱砖与泥土的束缚，从极小的缝隙中摇摇摆摆钻出来，站稳脚跟，又调皮地伸出触角，挠着我的脚面。

我像一位没有过足瘾的游客，第二次站在了洣水岸边、有着跟它年龄一样苍老如今又重获新生的城墙上，不放过任何一点当年的蛛丝马迹。所有的寻寻觅觅，都是有根的。这个根来源于内心对那段布满苔藓的长长短短历史的渴慕，那种因战争带来的血与肉洗礼的厚重感，那些明明灭灭有考难证的传说。作为不生于斯却长于斯的我，常常在它的边上像一位陌生客，来也匆匆，去也匆匆。每次经过，远远地望着，都似乎能看见城墙下那跪伏的铁犀，睁着一双硕大的眼睛与我对视。仿佛有一种声音在对我说：来吧，在我布满疮孔的身子里，在我身边风蚀的城墙上，披开苍凉的外衣，你能找到属于你的那一片绿地。

踏上沾着些微苔痕的阶梯上去，我的思绪随着一级级的台阶，慢慢步入七百多年前南宋那段纷乱而令人振作的日子。湘南爆发大规模农民起义，为了防守，知县兼军使刘子迈像一位运筹帷幄的指挥家，率领他的子民，发扬蚂蚁搬家的精神，发扬愚公移山的精神，砍倒松木，运来巨石，将一面三千多米长的城墙赫然呈现在古城人面前。

站在修葺一新的平整城墙上四顾，女墙、箭垛、戍楼、更楼，楼亭相望，垛堞相连。城墙边，新旧民居高高低低，错落相杂。电影《第一军旗》的拍摄现场，当时的人山人海和猛烈的枪炮声似乎还在耳边，但现在，这个地方很安静。一只画眉鸟站在一棵并不高大的树枝上，悠闲地唱着歌。城门毁掉了好几座，清朝顺治年间重新修好了城门，取了名字：聚星门、紫薇门、迎湘门、迎薰门、朝天门。这些门的名字仿佛从诗文里浸泡过，从屈原的香草里洗濯过，从星座里穿行过，接着地气氤氲缭绕。

移步来到城墙下，两重檐深灰色亭中，一条全身黑色的牛昂首跪伏。这是条重约3.5吨、用亚共晶白口生铁浇铸而成的像牛而不是牛的犀怪。我站在它的身边，抚摸着它冰冷的脊背，看着它昂首前方，张开的嘴像在对天发问，又像是对外来所有入侵者的警告。油然而生的敬畏从手上慢慢浸透上去，一直到达我的神经末梢。悠长的七百多年，像当年的洪水一样，席卷而来，在沉重的不锈不斑的铁犀面前像个乖巧的孩子，躬身而退。

“唯金克木蛟龙藏，唯土制水龟蛇降。”刘县令要抗洪抗涝，日有所思，夜便成梦。他梦见河妖兴风作浪，一头铁犀冲入水中，斗败了河妖。为此，他“括铁数千斤，铸为犀，置江岸，以杀水势”。刘子迈为了阻挡洪水，为了安抚一方百姓，熬过了多少个不眠之夜，至今已无人知晓。有关他的传说却在这样一个偏僻的弹丸之地，一传再传，乃至以讹传讹，渐渐完整。熔针铸犀之说、神犀斗河妖之说、铁牛偷吃萝卜被瑶里人捅了一个大窟窿之说，在当地传得活灵活现。为了让人相信传说是真的，当地人还会将铁犀颈脖下的大窟窿指给我们看，说：“你看，这个窟窿就是当时的人戳的。”在犀牛的脖子处，一个深邃的洞确乎像开的天眼，除了传说，没有人能说清它的来历。

所谓的河妖，只不过是面朝黄土背朝天的村民在知识的贫瘠和荒芜面前，面对强大的自然，对肆虐的洪水束手无策时一种无可奈何的解读。干裂的精神断层，更需要外在的心灵安慰和实物寄托，铁犀因此应运而生。

敞开的亭子又多了几个游客。他们用眼和手在这头与众不同的牛身上抚摸，嘴里不时发出一声赞叹、一句疑问甚或一声尖叫。风渐起，亭子边上的茅草摇头摆尾。风将我们的头发掀起来，像新娘的盖头被揭开一样，还有点儿害羞。犀牛紧盯着前方，不言不语，风在它面前诺诺而退。“风化”二字在旁边苍凉的城墙上，用了几百年的时间艰难刻笔。

湖南有句俗语：“茶陵的城墙，安仁的城隍。”如今，城隍早已消失在历史的风尘中，但这座城墙还是坚定不移，执着坚定地守在这里。爬山虎牵牵绊绊，最喜欢沿城墙而上，很像当年的战士。战士冒着生命危险往上爬，爬山虎却像个游客，一边爬还少不得一边观光，左攀一叶，右折一枝，四处伸展而不直上。在风化严重的地方，还会用浓密的叶子遮掩起来。我想，在敌人兵临城下的时候，它还会如此肆意吗？恐怕只有在和平年代，城墙弃用之时，这些张扬的绿色植物才敢如此放肆和夸张地舞蹈吧？

铁犀的正前方潺潺流淌的河，就是本地最有名的洣水。从罗霄山脉中顺着山势蜿蜒而来，像任何一位养在深闺的女子一样，窈窕舒逸，含蓄内敛。它紧紧依偎着古城，像一位游子不愿意去远方。

河的对面，七层的粉红色笔支塔像一支巨大的笔倒立，尾部深深插进长满刺蓬的山里。底层门额上“云州一柱”四个大字刚健雄浑，像一个跋涉归来的道人，布衣灰衫，风尘扑面。与笔支塔百米之遥，由当地一位许姓七旬老者提议，一座近年修建、纪念在侵华日寇大屠杀中被杀害同胞的“遇难同胞纪念碑”，在荒岭和杂草中拔地而起，用它有些孤独的方式诉说曾经的血腥和辛酸。

云阳山的雾霭不知什么时候已散去，青黛色绵延起伏的山像一座修筑在外围的古城墙，包容着这座烟火古城。走远回头，古城墙、铁犀牛、洣水、笔支塔……渐渐迷失在重重的屋檐和高大的现代化建筑中。

听到花开

暗青条纹底色凹凸不平的瓷砖墙面，墙面上的蒙娜丽莎正斜着身子淡淡地微笑看你，框架式的天花板上绿色的常春藤叶斗折伸展。这是一家融合了古典和现代风格的中西式餐厅，名字带着诱惑的元素：不约而来。

窗户边，两人和四人餐桌位已坐满了人，没有人大声喧哗，穿着蓝色制服的服务生来来去去，温和而礼貌。当服务员过来问我们点什么的时候，我把眼光投向了女儿。女儿是这里的常客，她熟门熟路，手上点着口里报着：状元及第粥、韭黄鲜虾肠、松茸山菌炖竹笙、鲴鱼翅蒸燕饺、生炸脆皮乳鸽……

时光里，还留存着儿时的记忆：米粥、红薯、南瓜、青菜，我有些兴奋又有些不知所措。十年那年，我抓住了一只青蛙，我以为抓住了整个夏天。生活不知从什么时候起，悄悄发生了变化，手机由大变小，又由小变大，微信、支付宝、淘宝，Wi-Fi，打开网，网上便是一个世界。吃的用的花样百出，叫得出名字叫不出名字的蜂拥而来，就像今天，女儿点的满桌菜品有些我听也没听过。

女儿笑：妈妈，你得多出来，这世界变化快着哩。再不吃新，你的肚子就要跟不上时代了。

我知道，在吃的方面，我就像陈奂生进城。很多时候，只愿待在家中，粗茶淡饭简单打发。而到女儿这里，女儿常会带着我们出门，七荤八素琳琅一桌，吃得文雅而精细。末了，用纸巾轻轻揩去嘴上的油，哪里好看去哪里。

前阵子去看“茶乡花海”。路边新种的山茶，有的花开了，有的正含苞待放。树下写着名字：烈香、茶睡莲、黑珍珠、牧童之神、耐冬，不一而足。左边是万亩花海，游人如织；右边的布景排列着国内外名茶花品种：状元红、十八学士、春秋战国、叠红玫瑰等，名字跟那个特色餐厅一样挑逗我们的目光。描写山茶花的诗很醒目：“叶乱裁笺绿，花宜插鬓红。”“弱植不盈尺，远意驻蓬瀛。”念不胜念。兴之所至，我也忝赋一首：“二月春光似水来，含苞朵朵向阳开。游人初见不相识，笑问何时此树栽。”走着、看着、听着，慢慢地这日子就像山茶一样开出美丽的花来。

去年，女儿去了清迈，我坐着高铁去了北京。看外面人来人往，车来车去，其实自己也是其中的一个。久了，再回头，已是密树浓阴，远山含翠，季节飘香。

我想，过几天再去一次“茶乡花海”，上次含苞的山茶花应该开了。

注：此文为株洲市2018年“3·15”“品质消费·美好生活”作文大赛一等奖。

高铁上

提着大包小包，走过高高的天桥，循着指示牌找到13厢的位置，站定。心内如刚刚吃过甜瓜，味儿还浓郁在口腔里，小小的兴奋和期待在眼睛里顾盼生辉。鳝鱼头一样的庞然大物伴着隆隆的声音朝我驶来，渐行渐慢，终于停了下来。

此趟车是从广州南去往北京西的G68动车，我们的座位，06车01B号与01C号，网上订好的座。如今，网上手指轻点，订票完成不过分分钟的事，取票时拿身份证即可。01A座位上，是一个穿着大红长裙的青年女子，她旁若无人地打着电话，语音叽里咕噜，听不清说啥。车厢里人熙动着，有的将行李箱放到左上方的半透明钢化玻璃物架上。刚坐下，车启动了。

早听人说过，中国分高铁、快铁和普铁，高铁优于快铁和普铁，时速达每小时250公里以上客专性。但这还不是最快的，除了天上飞的，地上跑得最快的目前应属日本的超导磁悬浮列车，时速可达每小时590公里。我们坐在整个车厢的第一排，我望向窗外。

此时是八月一日下午一点五十分，天气阴沉，天上灰蒙蒙像蒙了一层雾，黑色的云在空中飘。车边的景物一晃而过。远处，房屋、草木、青山看不分明，雾气越来越浓，但依稀可辨，它们像得到了统一指令似的，没有告别便已渐行渐远。电子屏上显示，时速为302公里每小时。车内，没有人大声喧哗，一个刚学会走路的孩子摇摇晃晃地跑动，另一个两三岁的孩子在追他，两个小不点旁若无人追着笑着。红衣女子还在打电话，在我的右边，是一对年轻的夫妇，带着个不满周岁的孩子，孩子拿着本小人书咿咿呀呀，母亲指着翻开的一页说着什么。靠近卫生间空出的一块地，一个肥胖的美国人坐在地上，不发一语。

广播隔不多久播着：长沙站到了，岳阳站到了。千山万水，顷刻之间，较之普通火车，高铁更为平稳。普通火车上哐当哐当，坐久了，人被摇得快要散架。高铁，我几乎感觉不到车的颠簸。没多久，广播里传来："武汉站即将到站，请下车的旅客提前做好准备。"此时离从株洲发车仅过去一个小时四十分钟。显示牌上同时显示：武汉到了。后面是英文：Wuhan station arrival！接着是温度显示：外温26℃。武汉停留的时间大约10分钟，这大约是停留时间最长的一站，小站一般两分钟左右。

动车上准备了免费的纸杯、开水和清洁袋，白色纸杯上印着"北京客运段"，白色清洁袋上印着高铁图案。每次启动发车，广播里都会播放禁烟的话：请不要在车内的任何部位吸烟，吸烟会引发烟雾报警，致使高速行进的动车紧急制动停车，危及行车安全。请旅客们理解和配合。高铁上不准吸烟，也没有人吸烟。

到武汉后，云气像暮霭一样，层层包围，猛然来了一阵雨，远处的山淹没在茫茫的云雾之中。雨来得快，去得也快，仿佛一个人打着飞脚过来，又打着飞脚跑远，是来看高铁的吗？几分钟后，雨停云消，天空一片灰白色。动车在大山里穿行，隧道增多，声音也沉闷了许多。

旁边的女子终于打完了电话，她是耒阳的，老家双峰，是第二次去北京。她说有个姐妹买了下午四点的动车票，却看成了六点，结果耽误了，钱不能退，看能不能改签。她一边说一边骂一边笑，一会儿，她又开始打电话。前头的显示屏上正在播放广告：阿诗丹顿、科沃斯、天格地热、莫干山、恋晴、维罗、沁宝、地宝、窗宝、都韵毛尖、临猗苹果……都是些热水器、机器人、地板，还有晾衣架、地砖之类，循环播放，不厌其烦。也有表演类广告，例如精品喜剧表演《乌龙山伯爵》，国家大剧院中国歌剧《运河谣》。中间上面的显示屏此时打出的是标语："新时期铁路精神：安全优质，兴路强国。"显示屏字幕移动，又是一则标语："高铁动卧，夕发朝至，风雨无阻，省时省钱，夜行两千公里，票价不足千元。"

过了信阳，猛然又下起了大雨，几分钟又停了。雨线是横着来的，窗玻璃上热闹得很。小雨滴像一只只蝌蚪，拖着长长的尾巴，像鱼一样活泼地摇头摆尾地游过去，一律由东往西横着游过去，就跟在水里游一样的自在。进入平原地区，山悄悄消失，树木还在，在房前屋后环绕。一望无际的田野，长得高一些的是高粱，矮一些的是小麦，接连不断，土地方正，作物成垄。房子一层居多，在辽阔的平原上掩映在树木中，十分矮小。

车到漯河，太阳从窗外进得车来观望了一会儿，又怯怯地退出去了，云层遮住了它的大半边脸，天空亮了些，云层薄了，阳光透过云层，洒下一些娇柔的光来。

每到一地，有人下了车，有人上了车，去一拨，又来一拨，都不认识。他的生活无关你的哀伤，你的爱情无关他的风月。没有交道，那么多的人，只是匆匆擦肩而过，也许这一相逢便是今生，离去便成永远。但每个人心里都有公序良俗，都藏着喜怒哀乐，一人，一个世界，如果无意碰撞了一下，打声招呼："抱歉！"对方便轻轻一笑："没关系。"然后各自离去，天南海北，再无交集，来来往往，秩序井然。

北方的树紧凑，难得旁逸斜出。直而密，不高，挤在一块，像一队队士兵。树失去了山的依靠，不得不转移阵地。河边，田边，路边，屋边，就是田里，间或也能见三五株，一株，像我们南方守护田野的稻草人，给平原增添了蓬勃生气。在动车上，风景和云朵一样瞬息万变，而车上，却是风平浪静，波澜不惊。

"坐地日行八万里"，古人的一日千里，如今变成了现实。想想以前，周时王族用的考究豪华的"路车"，秦时贵族坐的"田车""辒车"，那时候等级森严，不同的身份坐的车子都不同，侯、卿、大夫、士、庶人乘坐的车子，分别叫夏篆、夏缦、墨车、栈车、役车。秦汉时及以后的牛车、马车、驴车，隋唐时的"步辇"和"肩舆"，那时大多是身份高贵之人才可以坐车，虽然豪华，却行动迟缓，远不及今天的高速与普及。庄子曾喻鲲鹏万里，说"列子御风而行"，不过是庄子的愿望罢了。如今坐上高铁，才真正感受到科学技术的日新月异，其发展速度也如同高铁一样一日千里啊。

北方的城市与南方一样的高楼林立，太阳落山，灯光渐渐多了起来，苍茫的暮色里闪烁着人世的烟火和家的温暖。一个大半天七个多小时的行程，北京西到了！

高铁，将世界地图的宽阔无边，浓缩在我们小小的眼球中，并将那些虚虚实实曾经可望而不可即的地方变成我们脚下真真切切的土地。

第六辑

那些岁月的石头

纵使老了，也要给自己一片安静的天空，由着自己去涂抹。不到万不得已，不要把自己变成别人的包袱，儿女再有空，也不可能天天守着你。

——《做时间一生的敌人》

一只有温度的麻雀

小时候，对麻雀的印象比对任何其他鸟类都深刻。阳光带着露水的气息刚刚照到屋角，屋檐里就传出细小而尖的声音，接着，便看见一只只麻雀从它们的窝里飞出来，飞进太阳带着羞红的光里。它们旁若无人，自由自在，出出进进从不担心危险。它们是我见过的最多的能与人类和平相处的小东西了。我有时候，便会追着去看它们，甚至爬上楼梯，去掏它们的老窝。

谍战片《麻雀》里的麻雀，也呼啦啦飞，却是心机重重，集多重身份于一身，深藏不露，让特工总部绞尽脑汁，头痛不已。小说里，麻雀是以三流演员身份做掩护的李小男。片中第一主角，是毕忠良手下一分队队长的陈深，一名隐藏了多年一直按兵不动的地下党员。而麻雀，却始终藏在暗处，让人雾里看花，直到最后，才揭开谜底。所谓的麻雀，其实只是一个代号，你可以把它看作是宰相、李小男、陈深，看作任何一个为革命不惜牺牲生命的共产党员；也可以将麻雀看作是一种精神，成群结队，精神焕发，生生不息。

剧中的陈深年轻俊秀，长着一副人见人爱的帅气的脸，行事却放浪不羁，吊儿郎当。他的眼睛看你的时候，哪怕你是他的敌人，他也是温和的，常常带着迷人的微笑。从他的话语里、表情里，你永远也无法判断哪句话是真的。他抽烟、赌博，经常会去他的处座兄长毕忠良那里要钱，一副玩世不恭、无所事事的混蛋模样。但他头脑清醒，反应敏捷，不喝酒，只喝浓度极低的格瓦斯。他很少开枪，他也是打过仗的，在战场上救了他现在的顶头上司毕忠良，因杀过一个日本娃娃兵，有了开枪障碍。他以理发师自称，动不动就给人理发，平日里招摇过市。与徐碧城旧爱难舍，与李小男若即若离。高超的演技加上毕忠良对他的有意无意地偏袒，让他在特工总部，总能化险为夷。

因为陈深是毕忠良的救命恩人，毕忠良一直将他当作自己的兄弟，可是特工总部处座的身份又使他敏感而多疑。他总是陷于一种信与不信的猜忌当中，对陈深如此，对唐山海如此，对叛变过来的苏三省也是如此。也许，真的不能怪他，事实上，风度翩翩的唐山海是打入汪伪特工总部的一名军统特务，和唐山海假扮夫妻的李默群的外甥女，穿着永远那么优雅得体的徐碧诚自然也是特务；陈深则是共产党的一名长年卧底，他与毕忠良，亦友亦敌。两个美男子，将特工总部搅得天翻地覆。

我看《麻雀》，比小时候看麻雀要积极多了。吸引我的，除了环环相扣的剧情，烟波流转花明柳暗的爱情，还有作者海飞精细文采飞扬的描述。

就说爱情吧，唐山海为拿到档案室的钥匙，有意接近档案室的柳美娜。柳美娜对俊男的抵抗力几乎为零。她爱上了唐山海，还被所谓的爱冲昏了头脑，飞蛾扑火般偷出归零计划给唐山海欲与之私奔。她本来很聪明，可是在爱情面前，她的智商也几乎为零。她也不想想，唐山海会跟她私奔吗？结果不言自明，她最终死在追来的特工及唐山海的枪口下。

惊心动魄的谍战间隙，爱情如火如荼地上演。陈深潜伏多年，早已练就了他的敏捷与沉着，不露声色，虚与委蛇。毕忠良的妻子，陈深叫她嫂子，她一直把陈深当阿弟看，操心着他的婚事。还说，毕忠良的命三十岁以前是父母给的，三十岁后是陈深给的。徐碧城是陈深黄辅三期的学员，与陈深曾有过一段似有若无的爱情，此番相见相处，爱情的种子当灭未灭。只是，碍于中间有个唐山海，不能明目张胆。李小男深爱着陈深，像一碗刚煮的咖啡，总希望将自己热腾腾地端到陈深面前。陈深对她，有时如兄弟，如妹妹，有时也暧昧着，说不清道不明。其实，李小男的真实身份是一名共产党员，是陈深的上司，代号医生。表面上，她单纯善良，胸无城府，毫无心计，而内心却十分强大，忠诚坚定，暗地里一次又一次帮助陈深，却从不显山露水。李小男的扮演者阚清子将这个人物拿捏得极具个性，十分丰满，越到后来，形象越高大，让人越不舍。

这里面的每一个人似乎都是极其聪明的，尤其精于算计。每次出现的漏洞，都有人分析得头头是道，案子看似马上能破，就在你崩足神经替他着急时，转机来了，危险解除了。你说，演戏嘛，替人家着什么急？真是皇帝不急太监急。唐山海死的时候，李小男死的时候，我真的是那么心疼了一下下的。

想想，那个年代的大上海，真应该是属于陈深、唐山海、徐碧城之流的。精致的呢子大衣，妩媚的旗袍，旋转的舞厅，高档的咖啡馆，生死跟着，爱情跟着，肝肠寸断的人物陪着，每天的太阳都不一样。遥远的往事，放在眼前，历历在目。

我看过一些谍战片，如《伪装者》，片中有个重要的称为“死间”的计划，军统特工王天风，外号“毒蜂”，诈降汪伪政府情报处处长汪曼春，有意让假的第二战区军事部署计划落入76号手中，为戏逼真上演，亲手杀了明台的助手——忠心耿耿的郭骑云，将明台的生死搭档于曼丽置于汪曼春的火力之下，白白送死，明台死里逃生。后来，一手导演这个计划的王天风在明台的误解中被明台亲手杀死。通过行动小组的自杀式行动，在四死三之后，计划成功。直叹可惜，为什么要实施死间计划呢？为什么人人要死呢？网上不少的评论，说许多的战争片就是雷剧、神剧。其实，谍战也好，浴血奋战也罢，最好的是既能保全自己，又能打击敌人。一个剧本，不单是创作者的事，还是读者的事。读者的认可，才是对剧本的最大肯定。

《麻雀》的作者，中国作协会员，一级作家海飞已有二十多年的创作历史，获奖无数，有着丰富的创作经验。《麻雀》仅是他创作的诸多作品中的一部而已，小说与剧本在情节上有着较大的出入，剧本在情节的紧凑上下了足功夫。一部中篇小说演成一部六七十集的长篇电视剧，该有多少“料”？

在谈到为什么要创作《麻雀》时，海飞说，他初中毕业的时候，热气腾腾的冬天，他手持一杆气枪，穿着一套买来的旧军装，像侦察兵一样出现在一棵棵掉光了树叶的树边。成群的麻雀装出不怕冷的样子，在天空中像一粒粒横飞的子弹，最后落在颤悠悠的树枝上。他举起气枪瞄准，铅弹无力地穿透寒冷的空气，击落麻雀。一只麻雀落地的同时，总会有一群麻雀惊惶地逃离一棵萧瑟的树。

海飞当过兵，看到麻雀，也能想到侦察兵、子弹、击落等与战争有关的词，一段多么让人留恋和引人遐想的画面。他还说，那时候的人们，每个人的故事都是一场电影。那时候的麻雀也是，它栖在屋檐上的时候，一定望着这座沧桑而繁华的城市百感交集。于是他虚构了《麻雀》这部中篇小说，他还说，他也愿意是一只麻雀，一只有温度的麻雀，和所有热血沸腾的年轻麻雀一样，组成成群结队的青春。

只是我小时候看到成群结队的麻雀，从没有想到它们飞出去的时候，是会像子弹一样的；它们看着那片原始的田野和村庄的时候，也没有沧桑，只有娴静与美好。

大约，剧中的陈深，作者设计出他的时候，就把他设计成与作者自己一样，是一只有温度的麻雀。撑着一把黑色的雨伞，站在白渡桥上，看着被雨淋湿的黄浦江，一转头，就是苏州河。

那些岁月的石头

把自己变成希望的模样

在英格兰德比郡有一大片农田，种着许多的柳树、橡树、白蜡树、无花果树，可是那里的树都很特别，造型极其别致而独特，看起来全是椅子和灯罩。这是英国设计师加文·蒙罗的杰作，是他经过长时间的嫁接和修剪才换来如今这赏心悦目的景致。

那些漂亮的藤蔓相缠的树椅，得花多少时间和精力才能变成现在的模样？不管花多少时间，多少精力，椅子在那里，成果在那里，天天看着这些自己亲手成就的作品，心情会有多么愉快。

高中课本里有一篇龚自珍的《病梅馆记》，文中说："梅以曲为美，直则无姿；以欹为美，正则无景；以疏为美，密则无态。"梅是供人欣赏的，放纵让其自然生长，随意旁斜，呈现一种野生的姿态，不是不可，但还有一种姿态，是人工培育的，必要"斫其正，养其旁条，删其密，夭其稚枝，锄其直，遏其生气"，文人画士最爱这种按自己的心愿养育的梅。我们也是爱的，岂止是梅，园林花卉，路旁所有供人欣赏的树木，无一不带有人工雕琢的痕迹。它们不好看吗？不，恰是因为刻意，因为努力打造成我们想要的模样，才让我们百看不厌，流连忘返。

加文·蒙罗说："我觉得这么干很有趣，就像3D打印，只不过用的是空气、泥土和阳光。"经过打磨后，很多事情就是这样有趣和漂亮。人也是如此，只有经过长期的打磨、修炼，才能长成自己希望的模样。

只要挥挥手

在一个偏远的农村，有一天突然通了火车。许多村民都跑过去看火车，看着它疾驰而去啧啧连声。有一个孩子却是例外，每当火车来的时候，他都要站到高处朝火车上的旅客拼命挥手，可是，没有一个乘客注意到他。这样过了很多天，孩子见没人理他，心里想：是我站的位置不对？是我的手势让人看不懂？是我的村庄太丑陋了？还是我长得太难看了？从此，开朗的孩子郁郁寡欢，并因此生了病。生了病的孩子仍然每天在火车来的时候跑到高处朝火车挥手。孩子的父亲非常担心，他跑了很远的路去求医问药，但所有的医生在了解孩子的病情后都摇头。晚上，父亲夜宿小旅馆，想到孩子的病长吁短叹起来。同室的一位旅客知道情由后，呵呵一笑，重新睡去了。

第二天醒来时，同室的旅客已经不在了，无奈的父亲决定回村，刚到村口，妻子便兴高采烈地迎上来告诉他，说孩子的病好了。今天早上第一班火车经过时，有一个旅客将半个身子伸出窗外，朝着孩子拼命挥手。孩子追着火车跑了一程，回来时病已痊愈。

这位陌生的旅客，一句话没说，却治好了孩子的病。我想，这是一个多么有心的人！晚上他对小孩的父亲呵呵一笑，什么也不说，心中却已打定主意，起了个大早，只为赶上入村庄的早班火车，然后在恰当的时候朝着孩子挥手，一切不言而喻。

心病心医，走进一个人的心里，胜过所谓的灵丹妙药，胜过千言万语。有时候，真的不需要讲什么大道理，正如那个孩子，他所需要的，只要朝他挥挥手，就够了。

磨镜台

宋美龄曾在美国国会发表了一次反响强烈的著名演讲，其中讲到一个关于磨镜台的故事。

有一次，他们从汉口撤退，转入大后方，途经一处前线。上衡山时，发现山上一处有名的遗迹“磨镜台”。说的是两千年前，这山上有一座古老的佛寺。寺里有一名年轻的和尚，整天盘腿坐禅，双手合十，口中喃喃念着：“阿弥陀佛！阿弥陀佛！”每天如此，因为他希望成佛。

寺里的住持不说他，只是拿着一块砖去磨一块石头，一天一天地磨，一周一周地磨。小和尚终于忍不住了，便问住持在做什么。住持答道：“我要用这块砖做镜子。”小和尚说：“可砖块是做不成镜子的啊。”住持说：“没错，就像你这样，成天光念阿弥陀佛，是成不了佛的。”

宋美龄的用意是希望借这个故事来说明要用实际行动去实现自己的理想。我想，这个故事还有另一层含义，那就是：要说服对方，换种方式也许比苦口婆心地劝说，来得更有用。

努力暗藏的幸福

新东方教育集团创始人俞敏洪讲过一个这样的故事：

俞敏洪从小热爱劳动，在北大上学的时候，成绩一般，于是他希望通过勤奋的劳动来引起老师和同学的的注意。他从小学一年级就一直打扫教室卫生。到了北大以后，又每天为宿舍打扫卫生，这一打扫就是四年。因此，宿舍从来没排过卫生值日表。不止如此，他每天都拎着宿舍的水壶给同学打水，把它当作一种体育锻炼。后来，俞敏洪打水形成了习惯，同学也已习惯他去打水。有的时候他忘了打水，同学就说：“俞敏洪怎么还不去打水？”

俞敏洪并不觉得打水是一件多么吃亏的事情。他一直认为大家都是同学，互相帮助是理所当然的。

十年后，到了1995年年底的时候，新东方做到了一定规模。俞敏洪希望找合作者，于是跑到美国和加拿大去寻找他的那些同学，他们在大学的时候都是他生命的榜样。为了诱惑他们回来，俞敏洪还带了一大把美元，每天在美国非常大方地花钱，想让他们知道在中国也能赚钱。

后来他们就回来了，却给了俞敏洪一个十分意外的理由。他们说：“俞敏洪，我们回去是冲着你过去为我们打了四年水。我们知道，你有这样的一种精神，所以你有饭吃肯定不会给我们粥喝，所以让我们一起回中国，共同干新东方吧。”由此，才有了新东方的今天。

帮助他人，只不过是举手之劳，在当时看来，没有任何价值。可是，这种帮助却被他人看在眼里，记在心里，等到一定的时候，反过来会成为你前进的助力、成功的资本。

所有的艰辛都暗藏幸福

有一个年轻的女孩，好不容易找到一份工作，她不想放弃。可是，她工作的地方在离家十多公里的地方，由于家里穷，买不起自行车，更不用说摩托车、汽车了。为了按时赶到，她每天天不亮就起床，徒步去上班。晚上下了班又徒步回家。回家的时候，有时累得连话也不愿多说一句。可是第二天，天刚亮，她又照样起床，走着去上班。

这一走就走了十多年，直到后来，工作调动，情况才有所好转。

每当想起这段往事，她都用“不堪回首”这几个字来形容。平静的日子过得很快，女孩变成少妇，变成母亲，变成了祖母。唯一不变的是她走路照样很快，脚步坚实有力，照顾家庭孩子风风火火，并不觉得有多么吃力。而一位曾经她非常羡慕的一个家境较好的同事，那时上班就是骑摩托，后来又买了汽车。如今，因高血压、关节炎、骨质增生什么重活也不能干，动一动就这痛那痛。那同事现在非常羡慕她，有一个好身体，啥都能干。她说：“小时候，家里穷，什么都没有，什么都要自己亲力亲为，也许是这样才练就了自己一副好身板，年老的时候大事小事还都能扛下来。”

所有的艰辛都暗藏幸福，那些岁月的石头，也许走过的时候会很不顺畅，甚至硌脚。然而，走过去了，你会发现，原来，这些经过的石头，其实是用来锻炼你意志，积累人生经验的财富。勇敢地迈过去了，幸福就在前头。

谁的生命会是一场负担

十月，国庆节一过，秋天的凉意一天比一天深。

树上的叶子落在地上，铺了厚厚的一层。抬头，树色仍是绿色的，很娇柔，风中一摇，仪态万方。叶子原是绿色的啊，它是带了绿色的诗篇来的。你可以翻山越岭地去读，可以坐在岁月的长椅上静静地去读。你走，它也走，始终在你身边，不负你。

鸟儿是呼朋引伴来的，秋蝉是唱着歌来的，枫叶，是踏着落霞来的。那满山的红，是它在画秋天呢。画着画着，秋天便来到了。树色渐渐深沉，叶慢慢地就黄了，就落了。

妹夫的微信上忽然发了一段这样的文字：

“妈妈，中秋快到了，您记得来我这里吃饭。记住端午、月半、中秋、过年，还有您的生日，儿都会接您回来吃饭，给钱给您。不是节日，儿子隔三岔五也会接您回家吃饭。儿子现在日子好过了，唯一的遗憾是您离开了我，使我痛苦。我多么希望您的离开只是一场虚梦，您能重新回到我的身边……”

不善言辞的妹夫想母亲的时候，像个孩子；母亲在他心目中的分量该有多重。他的母亲，一个年过八十白发苍苍的慈祥老者，一个因病失忆，常常出走，不知归家的耄耋病人。妹夫在韶山租了一个房子，开了家药敷馆，工作很忙。可是，母亲一出走，他马上放下所有的工作，带着他的家人出去寻找，一次，一次，又一次……

妹夫跟我说起他母亲的时候，他是笑着的。母亲在的时候，有人劝他，将母亲送到养老院，免得她到处乱跑，误了生意不说，还添了着急和麻烦。他笑着说，不麻烦，照顾母亲也是我的工作。

后来，母亲终于去了再也回不来的地方。年过半百的妹夫非常悲伤，在微信上不断发着思念母亲的文字。树欲静而风不止，子欲养而亲不待。看上去很富余的日子是多么屈指可数。忽然一日，风轻轻一吹，便如露珠，便如落叶，掉下去了。

女儿的爷爷也是这样，面色蜡黄，手指枯瘦，如同一片黄叶子。仅仅摔了一跤，就住进了医院。一周后，他出了院，从此，床便成了他最后的依赖。一日三餐，得有人管着，大小便失禁，得有人侍候着。一年后，他便如落叶一般飘逝了。仿佛有人悄悄抽走了他身体里的时光，一点一点，谁也不等，匆匆远去，再不回头。

人，过着过着，就老了。

老得走不动了，病得起不了床了，得有人伺候了，渐渐成为后人的负担。谁的生命会成为一种负担？谁知道呢？今天是她，明天也许是你，也许是我。

当叶成为树的负担，树叶就变成了落叶。落叶，凤凰涅槃，舞蹈最后的辉煌。落叶的涅槃是为了重生，为树，也为了将来的自己。生命却伏尼契手稿一般，灿烂地开，委顿地谢，难以破译。

生命的负担一场接一场，后来的人无法逃避，需要的是一双能承担责任和负担的肩膀。

早也好，晚也罢，生命终归远去，拦也拦不住。如一条河，宽阔后是细流，一览平川后是拐角。落叶有落叶曾经的舞蹈，人有人曾经的繁华，爱过，恨过，痛过，累了，走不动了，便停下来了。

树倦了，叶就飘了。

落叶如秋霖，目光渐渐远去的痛，在时光里结成了茧，它告诉我，惜取眼前人。

做时间一生的敌人

赵慕鹤，从不把老当一回事，他所做的事很多年轻人都不敢做，自愧不如。66岁退休后，他的心却怎么也安不下来。

75岁那年，赵慕鹤决定出去走走。朋友们都不相信：年龄大得吓人，存款少得可怜，外语只会Yes和No。可他呵呵一笑，说：如果出国一趟要准备很久，要懂外语要有钱，那我就三辈子也别想出国了。别人劝他报个旅行团，他摇头：那样不好玩。结果，他真的就去了，用了6个月的时间游玩了英国、德国和法国的很多地方，当他神采奕奕回到中国台湾，朋友们都傻了眼，他说：怕什么？大不了死在外头。

1998年，赵慕鹤的孙子要考大学了，成绩不够好，急得哭。为鼓励孙子，86岁的赵慕鹤决定和孙子一起报考大学。双双落选后，他不气馁，马上开始了第二轮备考，结果，他考上了空中大学文化艺术系，他孙子考上了中华大学。从此，赵慕鹤开启了老年学霸模式，每天骑着自行车去学校，从不缺课。他说：决定做什么事，就要狠一点，否则做不成。事实证明就是如此。他用了四年，在他91岁那年，他成了全班第一个顺利毕业的学生。93岁时，他去做义工。96岁的时候，他又考上了南华大学哲学研究所，两年后获得硕士学位。98岁，他不仅是南华大学史上最老的研究生，也是世界上年龄最大的研究生。如今，105岁的他独居在一幢老旧公寓的四层，从不倚老卖老，依然坚持生活自理，每天自己买菜、做饭、洗衣，拒绝别人的搀扶。

赵慕鹤写得一手鸟虫体书法，几十年来，他将书法义卖募得的千万元巨款，无数次捐给需要的人们。他从不去想怎样才能延年益寿，只想活得愉快，活得久一点，对他来说，人生中唯一的幸福，就是不断前进。

2014年奥斯卡最佳纪录短片《6号女士》的人物原型，世界最年长钢琴家爱丽丝·赫茨·佐默，纳粹大屠杀的幸存者，历经沧桑不改天真，追求单纯的音乐生活。83岁时患乳腺癌，她谈笑自如。98岁时，儿子拉斐去世，她依然保持自己的生活习惯，每天练琴三小时，坚持锻炼，吃健康食物。晚年，她独自住在伦敦白赛兹公园附近的公寓，依然很潮，会穿匡威鞋，会认真搭配衣饰。她说：“即使很老很老，也要对这个世界保持好奇，学会感恩，要相信所有的经历都是生命的馈赠。”2014年，她病逝于家中，享年110岁。

1999年9月18日，国家授予23位科学家“两弹一星”功勋奖章，中科院力学所原副所长郭永怀是其中唯一的烈士。他的妻子李佩在4年后，将颁给郭永怀的重达515克纯金打造的奖章捐给了中国科学技术大学。

李佩与丈夫同时从美国康奈尔大学被钱学森邀请回国，1968年郭永怀因飞机失事身亡，得知噩耗，李佩当时极为镇静，没说一句话。20世纪90年代，唯一的女儿病逝，她也没流泪，几天后，她像往常一样，拎着收音机给中科院研究生院的博士生上英语课去了。

70多岁，李佩开始学电脑，近80岁在给博士生上课，后来，创办了“中关村大讲坛”。中科大党委副书记马石庄说，李佩是真正的大家闺秀。

就是到老，她也要把自己打扮得精致。一周穿衣服绝不重样，出门一定要把头发梳得一丝不乱还别上卡子。

有一句话是对她最好的评价：内心强大，能容得下任何湍流。

有媒体曾用一个网络流行词来形容黄永玉：酷炫狂霸跩。

黄永玉是顽皮的，野性的，还幽默。他爱戴贝雷帽，爱咧嘴大笑，充满童心。

他住在他自己设计的艺术作品，北京东部占地六亩的“万荷塘”，这里，既是他的住室，又是他的画室，一到夏天，万荷齐发，不知有多美。

90多岁的他，从无迟暮之感，他忙，不但要画画，还要写自传。《无愁河的浪荡汉子》第二部也已出版，还在写。

年过90的他，照样喜欢着红装，嗜烟如命。有人问他养生秘诀，他说他从不养生，爱睡觉，不爱运动，不吃水果。别人说的养生办法他全不在乎，他也没时间在乎，早上起来他写文章，下午画画，偶尔看看电影、电视连续剧，周末还看婚恋交友节目。

他是一个老顽童，只是，成年人的童心不是天真，而是看透世界后的宽容和坦率。

日本佛学大师松原泰道说，他的人生是50岁以后才开始的。50岁前，为别人活，50岁后，才到了实现自我创造自我最有价值的阶段。是的，如果你觉得自己老了，那么30岁就已老气横秋，如果你没觉得自己老，80岁照样洋溢着青春的朝气。无论是赵慕鹤、佐默，还是李佩、黄永玉，都有个共同的特点：忙。每天有忙不完的事，忙得没时间去老，去想老。

罗曼·罗兰说：生活最沉重的负担不是工作，而是无聊。一天到晚无所事事想着如何指靠别人的时候，在别人眼里，你生命的价值已经丧失了。一靠别人，你就真老了。所以纵使老了，也要尽量生活自理，少麻烦别人。纵使老了，也要给自己一片安静的天空，由着自己去涂抹。不到万不得已，不要把自己变成别人的包袱，儿女再有空，也不可能天天守着你。

唯一让自己活得开心的办法是，找到自己会做的事，不放弃，做时间一生的敌人。

当生命流放

春天是什么样子的？是百花争艳，灿烂地开，而后静静地悄悄地一一谢去。一条河是什么样子的？汹涌之后是微波，直流之后是弯道。生命大约也是如此。爱过，恨过，痛过，累了，走不动了，便不得不停下来了。

老父亲（健民的父亲）仅仅摔了一跤，便爬不起来了，送到医院，医生说是脑出血，要住院。在医院里，他气色还好，穿着健民给他买的新棉衣裤，半躺着，眼睛却到处转。旁边的桌子上放着一台测心率的仪器，上面的生命线，波浪一般跳动。他的左手有些僵硬，右手还好，能四处摆动。刚刚吊过水，见到我来，忽然说要跟我父亲通电话。我翻着手机，找到了我父亲的名字，我拨了过去，却无法接通，连拨了几次都是。他“哦”了一声，神情失落。我以为我父亲的手机不在身边，后来，又打了好几次，直到问我哥哥才知，我父亲的电话换了，设置的名字也换了，刚换不久，没来得及告诉我。

躺久了，老父亲一会儿叫将头垫高一点，一会儿说再垫高一点。他将手缩在新买的棉衣袖里。我让他活动活动右臂，他听话地将手伸出，五个手指不停地动，还将手臂摆动起来。他精神很好，护士来了，他就跟护士说话，叫护士的名字；同病房的病友经过，他就跟他们打招呼。他能叫出负责本病房的每一个护士的名字，能背出四个儿子的电话号码。没人跟他说话，他便喃喃自语。

老父亲的耳朵几年前就不大灵光了，跟他说话必须很大声。一周后，医生建议回家做保守治疗。回家后，平时都是婆婆照顾着。儿子们各归各家，各干各事，有空的时候过去看他。因他耳朵不好使，陪他聊天的人少了许多。

婆婆脾气不小，年轻的时候，更火暴脾气的老父亲常会跟婆婆动粗。婆婆说，有一次，她怀着孕，为了一点小事两人吵了起来。他一怒之下，拿着一根木棒就朝婆婆挥去，吓得婆婆衣服来不及穿，就跑了出去。现在老了，婆婆说起这些事来，心里疙疙瘩瘩的，加上自己身体也不是很好，服侍起来力不从心。于是让四个儿子轮流守夜。一般情况下，他晚上是安静的，小便偶尔溺到床上，清醒时会叫儿子们帮忙。儿子们守了几天，婆婆觉得自己身体好些了，又自己来。可是，不出十天半月，又会叫来儿子们轮值。这样的情况反复多次。

医生说，对脑出血病人来说，老父亲算恢复得好的。老父亲躺在床上，能坐起，一边手能动，可以自己吃饭。自己会用便器，但有时会故意大声喊人帮忙，如果不来或来迟了会将小便溺到床上，有时便哭，任性得像个受了委屈的孩子。我后来想，一定是他回到家后围在他身边的人少了，冷落与失落像刀子一样刺伤了他。

终日躺在床上的他，性情一下子变了。那天，我去看他，刚喊了声“爸爸”，他便吸溜着哭了起来，哭得很大声，是一个老男人的粗哑的哭声。我问他怎么了，他只是哭，却不回答。我们劝他，没事的时候，可以坐上轮椅出去晒晒太阳，看看电视，整天躺在床上，对恢复不利。多想些快乐的事情，年纪大了，得病是正常的，心情放松些，坚强些。可是，也许是没听见，他一句话也不说，躺在床上也几乎不起来，特意为他买的轮椅在房间里孤独地空落落地看着他。

刚回家的时候，每每一提起他的病，他就哭。几个月后，不大声哭了。去看他时，他也不说话，喊他的时候，他“嗯”一声算作回答，除此，就是昏昏而睡。

我们最后一次去看老父亲，是他临终前两天。他身子向里侧着，手抓着靠里边的木床杆。我看着他，脸色青黑，手指枯瘦。婆婆说他二十多天来只能喝点粥，我预感他来日无多，大声地叫他，他没有任何反应，既不翻身，也不应答，只有很重的呼吸声传来。一个人老去的步伐如此匆匆！我忽然哽咽得说不出话来。

两天后，老父亲一声不吭地离去了。

以前，我一直在想，如果老父亲坚强些，快乐些，也许他不至于走得这样匆忙。后来，我看到一篇阿尔诺·盖格尔的小说《流放的老国王》，忽然觉得自己的想法有多么自私而苛刻，我们的父亲老了的时候有多么相似。

盖格尔写的是他的父亲，一个逐渐老去的父亲，一个患老年痴呆的父亲，他就像一位流放的老国王，一心想要回到自己的故乡。其实，他一直都在自己的故乡，哪里都没有去。可是，他不知道，他要回家的渴望无时不在，他常常不知所措地到处乱窜……这篇文章，站在一位患病的老父亲的视角来观察世界。在他们的眼里，世界是不同的，他们的思维是一个老人的思维，是一个病人的思维。但这并不妨碍儿子跟老人的深情交谈，儿子一点点观察着父亲的细微变化。盖格尔说："我如同在慢动作电影中看着父亲慢慢滴着血，生命一点点从他身上渗漏出去，整个人的品质和个性一滴一滴从这个人的身上渗漏掉。"就像看落山的太阳，一点点地将最后的一抹余晖收尽，黑夜即将来临。

我们的父母老了啊！

年近八十的老父亲先是耳朵背，越来越听不清我们的话，后是腿不好，走路须拄杖前行，再后来是摔一跤，将自己直接摔成瘫痪。当自己年轻不再，身体每况愈下的时候，那种对老去的不安，不能言说的孤独，对死亡越来越逼近的恐惧，像一根厚厚的棒槌日日夜夜地敲打着一颗本来脆弱的心。生病的时候，站不起来，急切需要人来照顾。作为病人谁都渴望亲情，渴望重视，渴望生存，越是病重越强烈。如果做不到健康，对自己束手无策，弱势、卑微、无奈、无助到只能听任上苍的安排，也许，唯有哭，放肆地哭，才能表达一个垂暮之人对爱、对生命的最大渴求。

《挑战不可能》节目里播出了这样一个故事：来自海南岛的七十五岁的吴光仁老人，能用数字来记忆他的一生，将圆周率记到六千位。2005年的时候，他小脑开始萎缩，记忆力逐渐下降，话也说得不流畅。为了不让自己的记忆力衰退，在家人的帮助下，他努力学习记忆方法，终于走上了中央电视台的节目现场，将100个关键词中随机抽出的三个词语相对应的像电话一样的数字全部准确地回忆出来。他的成功，除了他自身的努力，更重要的是缘于家人的关爱理解和真心付出。

米兰·昆德拉说："面对生命那无可挽回的溃败，我们唯一能做的事情就是理解它。"生命的溃败无可挽回，在生命规律面前，我们谁都无法调皮任性，只能乖乖遵守。

一个人到老的时候，面对孤独与疾病，死亡与恐惧，老得像个孩子似的不懂事，是一件再正常不过的事。父母老了，如果我们还老是想去规劝一个步入膏肓的老人要表现得够坚强、够乐观、够理解，是多么不合时宜！我们最需要做的是，抛开那些自以为是的规劝，设身处地为他们着想，理解他们所做的一切。像吴光仁老人的儿女一样，尽可能地帮助他们，去实现他们凭借自身已无法实现的愿望，安慰他们的孤独，好好照顾他们！

笑面人与斯巴达克思

笑面人，顾名思义，是面上总是挂着笑容的人。法国作家维克多·雨果（1802—1885）的长篇小说《笑面人》中的笑面人却不是这样的。

笑面人有个好听的名字，叫作格温普兰。他的脸由于国王的阴谋，被残忍地做过毁容手术，他的嘴角一直咧到了耳根，好像时时在笑，但样子又十分滑稽可憎。由于他独特的相貌，名字反倒被人们忘记了，而代之以“笑面人”。他本来出身高贵，可命运却让他遭受到了许多的不幸。十岁时他就被人抛弃在一个风雪弥漫的海滩，可他的生命力十分顽强，他并没有冻饿而死。他不但没有冻饿而死，而且还收下了一个瞎女婴，由一个卖艺的老艺人收留了他们，三人从此相依为命。在所有外人的眼中他仅仅是一个卖艺糊口的丑陋的下等人。幸运的是，当初遗弃他的那个儿童贩子在一次出海时遭遇到了风暴，在他濒临死亡时，在一只漂流瓶中写下了笑面人的身世。十五年后的某一天，漂流瓶被人发现并打开了，从此揭开了笑面人的身世之谜。笑面人时来运转变成了贵族，不久又当上了英国上议院议员。可他没有忘记自己的经历，也没有忘记那些跟他原先一样不幸目前仍在遭受苦难的人们，他庄严地陈述着人民的不幸，希望能救他们出苦海。可是他的提议不但没有得到那些贵族们的认可，反而招来了他们的侮辱、轻蔑和嘲笑。笑面人觉得自己不能再待在这些人中间了，于是他重新回到了女神身边。然而不幸的是，“女神”——当年的瞎女婴由于笑面人的突然离去悲伤过度，见到他后又极度兴奋，她终于经受不起这种大悲大喜而撒手人寰。笑面人随后也跳海自杀了。

公元前一世纪的罗马，正值罗马共和时代的末期。

意大利作家乔万尼奥里（1838—1915）的长篇小说《斯巴达克思》中的主人公斯巴达克思就出生在这个时代，他英俊而威武，强壮而勇敢，不甘受奴役。他在与入侵祖国的罗马人作战时成了俘虏，逃走后又再一次被俘，成了罗马竞技场上的一名供罗马贵族们欣赏玩乐的下贱的角斗士。当一个角斗士被另一名角斗士杀死，那些贵族们大声喝彩和鼓掌时，斯巴达克思愤怒了，他决定用自己的生命和努力来换取角斗士们的自由和光明。于是他组织了一支队伍，与统治者抗衡，但最终失败了。角斗士们被全部杀死，斯巴达克思也被乱枪射死。

笑面人和斯巴达克思，一个弱小、丑陋，一个威猛、勇武。一个善良却孤独死去，一个勇敢成了领袖，血战沙场，马革裹尸。一个成了国王阴谋的牺牲品，一个成了角斗士心中的偶像。他们性格不同，所做的事也迥然有别。但他们都处于社会的最底层，都有一颗善良不畏强暴的心，他们的结局都令人扼腕同情。

笑面人和斯巴达克思虽然都不幸，但都成了人们心目中受人尊敬的对象！我想起了雨果笔下的另外两个人物。一个是《巴黎圣母院》里长相奇特的人加西莫多，他有着一个四面体的鼻子，一张马蹄形的嘴，独眼，驼背，腿跛。可在他奇丑无比的畸形外表下，却藏着善良、严肃和勇敢。另一个是美丽的爱斯梅拉达，她在面对落入乞丐堆中的穷诗人即将被处死的时候，出乎意料地站出来答应嫁给他，以此来拯救他的生命。人物美丑在文中得到了充分的体现。

在中国古代，也有类似的例子。三国时诸葛亮的夫人黄月英，据说就是一个公认的丑女。她身体壮硕，发黄，肤黑，还有一些鸡皮疙瘩，是河南名士黄承彦的女儿。但她非常能干，做事干净利落且言语不俗，堪称诸葛亮的贤内助。轩辕黄帝的妻子嫫母，长得像母夜叉，丑陋无比。但她智慧超群，发明了缫丝织布，被尊称为“先织娘娘”，而且帮助黄帝打败了炎帝，杀死了蚩尤。齐宣王的王后钟离春额头、双眼下凹，鼻孔向上翻，还长着比男人还大的喉结。但她志向远大，为拯救国民，甘冒杀头的危险劝谏宣王，成了宣王的一面镜子。东汉时期的孟光，又黑又胖，模样粗俗。

后来嫁给了当时的才子兼美男梁鸿，于是有了“举案齐眉”的佳话。

历史上也有一些人，她们外表很美，可是却成了人们口诛笔伐的人物。例如纣王的宠妃妲己，她妖艳妩媚，参与朝政，最终断送了成汤江山。汉成帝的第二任妻子赵飞燕，她妖冶冷艳，舞姿曼妙，却心如蛇蝎。她和她的妹妹设计陷害了许皇后，逼死宫女之子，赐死许美人母子。当时民间流传“燕飞来，啄皇孙”的童谣，红颜祸水、美人误国实不虚传。当然，并不是所有的美人都误国误事，东汉明帝马皇后不计名誉，倡导节俭；唐时长孙皇后法治后宫，提倡俭朴。此外昭君出塞，木兰从军，杨门女将，披甲挂帅，威风胜过七尺男儿。她们不仅美传于当世，而且为后人树立了很好的榜样。

美与丑，价值观摆在这，心中的模样就变了。

演讲词

一个老师的梦

小时候，数着天上的星星，我幻想有一双长臂，将星星摘在手里，像萤火虫一样把玩；长大了些，我幻想有一双灵动的手，写尽天下美文。可是，最终，这些梦没能实现。大学毕业后，我来到了株洲，当了一名老师。

握着白色的粉笔，我幻想有一张如簧的巧嘴，将华词妙语像流水一样从口中汩汩而出。我有一个梦想，希望自己能成为一个能写能说受学生欢迎的好老师！

株洲，一个日新月异的城市，她脱胎换骨的美丽让我目不暇接。株洲，既有着自然的独特风光，又有着人造的不二美丽。这里，誉为“天下第一洞”的桃源洞古木参天，遮天蔽日；这里，誉为东方莱茵河的湘江白沙如雪，垂柳如丝；这里，方特欢乐世界极限探险，动漫迷幻；这里，神龙城以神农文化为主题，深化现有城市森林带内涵，构建了新型城市开放空间。在株洲的近一年的时间里，我见证了她的卓越变化，我为她欣慰。

尽管课业多，任务重，我也不敢懈怠，我以上好每一堂课为自己的必须要求。努力以一个学生心目中的好老师来要求着自己，勉励着自己。也许我所做的微不足道，也许我的梦想不过是广漠微尘，但一个人只要有梦想，就如同树叶有阳光，就能滋润充实，就能绿荫婆娑。

在忙忙碌碌的日子里，在平平淡淡的小事中，我明白了当老师的辛苦与不易，也理解了老师为国育才的一手晨曦、两肩星月。桃李不言，下自成蹊。不管怎样，我都希望能通过自己的言传身教，潜移默化，将自己站成三尺讲台前一棵挺拔的青松。

著名的诺贝尔和平奖获得者南丁格尔，她的梦是成为一名生命的守护者——白衣天使；《哈利·波特》的作者J.K.罗琳大学毕业时的梦是做一名老师；王顺友的梦是当一名出色的邮递员；舟曲小朋友韩璇的梦想是做一名老师，但她的梦想再也无法实现了。

可是还有我，还有我们！

“墙角数枝梅，凌寒独自开。遥知不是雪，为有暗香来。”我愿意像梅花，不畏风霜，凌寒而开。为学生、为茶陵、为株洲、为祖国尽献自己的绵薄之力。

踏春，不必等到花开烂漫；观海，不必等到潮起潮落；出征，不必等到万马横枪；实现自己的梦，不必等到事事俱备。过去、今天和未来，最重要的是今天。把握好现在，就能赢得明天！

三毛曾在她的一首诗里写道：记得当时年纪小，你爱谈天，我爱笑。我们一起坐在榕树下，风儿在吹，鸟儿在叫。

是呀，孩提的纯真还没走远，我愿意用我的纯真换取孩子们的张张笑脸！

花瓣上的阳光

春天里，花露欲滴，花瓣上，阳光静静流淌。

我摘了一朵花，送给病房中的一个小女孩。小女孩将花拿在手里，送到鼻尖，闻了闻，露出了灿烂的笑容，对我说：“护士姐姐，这花瓣上有阳光的味道！”

我是来自中医院外科的一名普通护士。

小时候，我与大多数同龄的女孩子一样，有着无数的斑斓梦想，幻想着自己将来有一天，融入这陆离的社会中，成为参天栋梁。后来，机遇让我选择了护士，成为一名“白衣天使”。从此，每天的三查七对，每天的来来往往，占满了我的时间和空间。

每次接到120电话，我们会以最快速度准备好担架和医疗器械，赶到现场施救；每次病人手术，不管时间有多久，不管出现什么情况，我们自始至终站在手术台前，少则几小时，多则十几个小时。没有礼拜天，没有节假日。平日里，铺床吸氧，输液抽血，心电监测……每天，我们都在和疾病作战，和自己的体能作战。我们的生活很简单，简单到平凡而琐碎，我和我的同行们的故事里难得有感人肺腑，也鲜有荡气回肠。

累吗？很累。累得有时恶心、胃疼、喉咙冒烟，汗水模糊了双眼。累得回家不想抬腿，不想说话，不想吃饭。

曾经，我失落过，苦闷过，也彷徨过。直到有一天，我们病区收治了一例气管切开的病人。她呼吸不畅，我每天都要为她吸痰。那天，我像往常一样，先帮她吸尽气管中的分泌物，再为她更换床单。由于她的挪动，她气管套管内的分泌物喷了我一头一脸，浓烈的腥臭味让我差点呕吐。后来，拔掉套管，她望着我说："谢谢你！"她旁边的小女孩说："护士姐姐，妈妈要是像你一样，健健康康的，该多好啊！"

我当时一愣，想起首届南丁格尔获奖者贺琇瑛说过的一句话："病人无医，将陷入无望；病人无护，将陷入无助。"而我们，就是能供给他们希望和帮助的人。能劳动，没病痛，能用双手呵护着病人，能拨亮那盏盏明明灭灭的生命烛光，还有什么比这更快乐的呢？在这"三分治疗，七分护理"的工作岗位上，也许我们能做到的，便是尽量让病人舒心，放心，尽快好起来。

小女孩嗅着花瓣，说："护士姐姐，你在哪摘的？我也去摘一朵，给妈妈，妈妈好久没见到阳光了。"

我鼻子一酸，忽然觉得自己很幸福。

"提灯天使"南丁格尔说："护士必须有同情心和一双愿意工作的手。"我真愿做那花瓣上的一线阳光，给小女孩，给像她妈妈一样的病人带去温暖。纵使广漠微尘，哪怕能发出一点点微弱的光，也是给天地的赠予。

我希望，我的劳动开出的每一片花瓣，结出的每一串果实，总会有一束温情的阳光暖照，给你，给我，给他！

注：此为"中国梦·劳动美·我与改革创新"一等奖演讲词。

追梦路上

有一种幸福叫珍惜，有一种精神叫执着，有一种温暖叫感恩。

春花之所以灿烂，是因为春光的明媚；白云之所以赏心，是因为背后的蓝天。

在我们身上，永远有一双关注的眼睛，从未离开，那是我们的爸爸妈妈。在我们演出的舞台上，在我们活动的场地里，在我们受艺的课堂中，我们的一言一行、一颦一笑，都深深牵动着他们的心。他们的笑容是春风，他们的鼓掌，就是我们的奖章！

在学校里，总有目光跟随着我们，那是我们的老师。如果说，父母的爱是海洋，那么，老师的爱便是阳光。我们偷懒的时候，有老师严厉的眼神；我们努力的时候，有老师欣慰的笑脸。老师，十指轻弹，乐曲潺流，谆谆诲语，累了也笑，苦了还歌。老师，像盏夜行的灯，指引着我们沿着梦想飞翔。

谁在用动人的舞姿，优美的琴声，夯实我们的童年回想？那是我们的学校。是它，捻人间最明媚的一抹朝阳，筑起我们梦的天堂。

感恩父母，感恩老师，感恩星海，感恩所有给过我们帮助的人！

曾经，我们怀揣着梦想，甩开垦荒人一样的臂膀，埋头苦干。

一路上，从无到有，从少到多，汗水湿透衣背，泪水蓄进心窝。一路上，充满挑战，充满抉择，充满历练，也充满辛酸与回味。一路上，从昨天的艰难起步，到今天的昂首前行，我们用执着，用勤奋，用专注撑起了一方天地。

这里，有勤奋的师生，这里，有完美的团队。一颗颗舞蹈新星在这里冉冉升起，一批批少年学者，在这里开始了他们的艺术梦想。

蝴蝶是美丽的，蜕变却是艰难的。就如同我们的成长，汗流浃背的破蛹，是为了将来的华丽成蝶。

一批一批的学生走进来，用汗水叠起奖杯，用执着铸就梦想。几多艰难，几多美好，几多回忆，都定格成昨日的长长画卷。

梦想，是五线谱上跳跃的音符，梦想，是寒冬里绽放的花朵。因为梦想，我们甘于夙兴夜寐，因为梦想，我们敢向困难做任何挑战。

我们专业，因为我们热爱和尊重艺术。

“四顾山光接水光，凭栏十里芰荷香。”如今的校园，攒花簇锦，已是硕果累累。

穿花寻路，白云深处，梦想展虹霓。看，神秘的星星在眨眼，蔚蓝的大海在扬波。让我们将歌唱起来：

星空有我更精彩，大海任我遨游，梦想之舟鼓起风帆，青春从这里起航……

给女儿的一封信

我的女儿：

很早就想给你写这封信，可是一直迟迟没有动笔，我一直在犹豫，不知道用怎样的语言给你写这封信才比较合适。

你是我唯一的女儿，爱无可争议。可我很忐忑，我要怎样才能让你明白一个做母亲的心呢？

大学毕业后，你留在了株洲。现在，你在株洲已有了一份稳定的工作，收入也能基本维持你的生活。我们倾其所有在株洲为你买了一套房子，装修好了，买好了家具，你只要拎包入住。我们所做的这一切，只有一句话，希望你幸福。

一个人读完书参加了工作，生活才刚刚开始。未来向左向右，得凭你的手去掌控，我们无法给你安排未来。

参加工作前，你的生活我们给你安排好了。你想在云阳读书，就去了云阳；你想去一中读书，就去了一中。你顺利考上了大学，你聪明敏捷，一学就会。但愚钝的母亲还是要告诉你，生活是需要淬砺的，没有生活的积累，没有生活的经验，人最容易懈怠而且自以为是。你知道砖是怎么制成的吧？它需要经过选土挖土、制坯成形、煅烧硬化等多道工序才能砌成墙，然后变成房屋变成高楼变成大厦。其实，世界上每一件事要真正做好都不容易，生活不是简单的加减乘除，也不是一天的吃喝拉撒，不是每天看看电视，逛逛街头，玩玩微信，打打游戏。这些只是生活中休闲的那一部分，而这一部分的取得需要大部分人经过自己长期甚至一辈子的打拼才能获得。如果你最先获得，那也不是你的功劳，你得感谢你的朋友、你的亲人、你的父母，给你创造好了优厚的条件，使你能比别人较早的享受别人暂时享受不到的幸福与快乐。懂得感恩，是必须做的功课。

有了较好的条件，不意味着可以不劳而获，可以高枕无忧，可以不思进取。前人栽树，后人乘凉，后人如果只顾乘凉，那后人的后人还有谁能给他们乘凉呢？常常有人说：富不过三代，穷却可能穷几辈，不是没有道理的，关键就看如何把握如何做。古人说得好："功崇惟志，业广惟勤。"对年轻人来说，勤奋才是不变的主题。

人生给每个人都留了机会，千万不要将机会拒之门外！耽于享乐，只图眼前，抱怨，懒惰，拖沓，那么，机会就是摆在面前，也会擦肩而过。机会一旦失去，是很难再追回来的。每个人的人生只有一次，过去了就永远不能再重来，不能复制，更不能粘贴。与其老了后悔，不如趁年轻拼搏一把。

努力上进，不断进取，保持一种良好的心态同样非常重要。你现在是学校团支部书记，还担任着学校教务处的部分工作，工作忙了很多。人生顺畅，没有经历大悲大喜大痛，没有过太多的挫折。很多年轻人因为如此，便生出懈怠心来，生出安逸心来，认为只要过好当下就可以了。只顾眼前，不看以后，鼠目寸光，贪图享乐，怎能成大器？淘宝网支付宝创始人马云，腾讯公司首席执行官马化腾，微软公司创始人比尔·盖茨，创业的时候有多艰难？可是只有十多年，他们不畏惧不放弃，登上了中外福布斯首富榜单。"看似容易最奇崛，成如容易却艰辛"，吃得苦，脑子活，敢于创新，有韧劲，能坚持，是他们的特点。

人生只有一次，青春也只有一次，失去不再来。好好把握自己的青春和未来，未来在你手中，你想让未来更好，就得有吃苦的准备。

生活不可能没有挫折，保持平和的心态很重要，这世上没有什么事是不能解决的，没有什么事是不能过去的，事情过去后你会发现，这事情也没有什么大不了的。如果真是处理不了，那就把它交给时间，时间可以解决一切问题。

太苍白的人生不叫人生，你有没有发现，每一次成功后你都会收获到不一样的喜悦？人生如果没有波澜，没有惊喜过，没有大痛过，酸甜苦辣的滋味不曾遍尝过，又怎能体会人生的真正意义呢？因此，不要害怕经历，不要害怕挫折，不要害怕任务的艰巨，哪怕是莫大的困难，哪怕是天大的障碍，哪怕是翻江倒海般的难受，你都要学会面对，学会化解，学会承受。当然，如果没有这些经历，只能说明你非常幸运，你应该感谢生活。不管怎么样，我都希望你能坦然面对生活中的一切，不管来到你面前的是春风还是秋雨。

困难与挫折是上天赐给你种出繁花的种子，种子在土壤里煎熬，但总有一天灿烂。

作为年轻人来说，遇到不懂的地方多虚心请教，不要自以为是，目空一切。兼听则明，偏信则暗，多听听别人的评价，多虚心接受他人的意见，有则改之，无则加勉。

处在众多的长辈中，做事多主动，勤快是主要的。对人谦和，尊敬长辈，孝顺父母，有礼貌，落落大方，不骄不躁，不懒不怨；遇到人家说你的不足时，少为自己找借口，多想想自己哪些地方做得还不够。一个人说好并不一定是真的好，多人说好则有可能是真的好；如果有多人说你哪些地方做得不够好，你就有可能是真的做得不够好。《劝学》里说：君子博学而日参省乎己。孔子的弟子曾参也说“吾日三省吾身”，说的就是要多反思自己，反思使人成长。你也知道，走马观花远不如停下来细细品赏那样来得流连忘返来得心旷神怡。

谦恭有礼不是唯唯诺诺，老实听话不是毫无原则，在拿不定主意的时候，多听听父母或他人的意见，一个人可以缺幻想，但不能缺思想、理想，幸福是靠自己去争取的。

这世上没有人是应该对你好的，你对别人好，别人才有可能对你好，善待他人，也善待你自己。

生活不要过于奢侈，不要过于铺张浪费，不要认为自己现在生活还过得去就大手大脚，勤俭节约是我们老祖宗留下来的美德，尽量不要去买一些基本不用或少用的东西。回头想想，你抛弃了多少东西？这些东西曾经都是你花钱买来的，你使用过几次？是不是必需品？如果不是很需要，就坚决放弃。

父母不可能一辈子陪在你身边，不可能安排你的全部人生，他们终将老去，你得尽早地学会独立，学会生活，学会坚强，为自己的人生负责。

别太在乎自己，太在意自己就容易患得患失，这世上，大多数人都自顾不暇。犹太人有句谚语：一个人的口袋里应放两张纸条，一张写着：“我只是一颗尘埃。”另一张写着：“这世界为我而造。”如果明白了这一点，你会生活得自在许多。

对于护肤品，我懂得不多，但有一点是明白的，护肤如吃药，也须对症。打个比方，南瓜和冬瓜在外皮没有破的时候，它们能保存很久，可是，只要外皮哪个地方破了，用不了几天，整个瓜便都烂了。南瓜和冬瓜的外皮就好像人脸上的皮肤，在没有破坏它之前，皮肤本身有着强大的天然防御功能，能抵抗外界的细菌，保护肌体不受细菌的侵害，可是，皮肤一旦人为地受到了破坏，它天然的自身防御功能也就遭到了破坏，细菌便很容易就能够侵入肌体中。如果是劣质护肤品，日积月累地侵蚀，就好像每天往南瓜、冬瓜皮上揉搓喷涂各种化学药剂一样，久而久之，哪种外皮能经得起如此伤害？外皮焉得不坏？善待自己的皮肤，选择适合自己的化妆品至关重要，如果不懂，宁缺毋滥，切忌胡乱涂抹。

趁着年轻，好好规划自己的未来蓝图，并且坚定地脚踏实地地去实现它！切忌得过且过，把眼光放远些，把事情做扎实些，不要抱怨时间不够，时间是挤出来的；不要感叹工作太累，比你累的人多得是；不要抱怨工资太少，比你收入少的人也多得是。如果你想换更好的工作，那就从现在起，指定目标，制定计划，好好工作。闲逸懒散干不好工作，好的工作是拼出来的，好的生活也是自己用心经营出来的。

絮絮叨叨、啰啰唆唆了这么多，千言万语汇成一句话，妈妈希望你健康、快乐、永远幸福！

永远爱你的妈妈

第七辑

小城明月

幸福就是住在曾经熟悉的地方，闻着熟悉的味道，耳畔传来的是家人的欢声笑语。不管这个地方有多么局促，有多么偏僻。

——《打开一扇窗》

小城明月

生活在蕉红梅黄、水绿雨疏的江南，渔舟唱晚、白鹭掠烟的小城，一颗心常常会在无意间打湿，诗意盈怀。

在我的心里，江南是与油纸伞分不开的，是与丁香分不开的。像一位幽静的女子，穿着青布衣，打着桐油伞，悠悠走在青石板铺就的小路上，淡定、清雅、温和而不失庄重。在时间淬炼着的温热的手掌里，在四季冰火轮回的扬尘中，走进了我的心里和梦里。从此，思绪不再平静。无论是守着一碗温茶的午后，还是去了离她千里的北疆，眼前也总有她的一片叶在翻飞。湘水长流，我听见一首古老的歌谣，和着节奏在身边轻轻唱。

这里，绿野如茵，洣水曲曲弯弯，缓缓流淌；河边房屋错落，烟火和外面的一样，可以浸润岁月。这里，南宋城墙斑斑驳驳，透出旧时月色；铁犀七百多年昂首前方，不锈不腐，像一部没有文字的长篇故事，诉说着此地的古往今来。

古城的山，有点冷清，有点内敛，有点淡泊，有点逍遥。它不张扬，也不紧凑，自由舒展，随意放达。小城山多，云朵一会儿遮在她头上，一会儿雨雾洒在她身上，像个小女子。放眼过去，青山如黛，连绵天际。由不得人不生出无限联想：山的那边是远方，是否有一样的春花秋月，白雪如歌；有一样的小城气象，芳草连坡？

新石器时代的神农氏披叶衣荷，踩着缤纷的落叶来到云阳山下的茶乡，种五谷，采草药，带领本地人刀耕火种，将一部传奇嵌进山气氤氲的土地。许多不知姓名的人将心安放在了这里，将心也安在大山里，晨兴理荒秽，戴月荷锄归，自给自足。你不管他，他照样夙兴夜寐，挑着日月，枕着山水，祖祖辈辈。

神农文化经过人们漫长的口口相传，这里相融相生。且不说李东阳的“茶陵诗派”，明清四大学士，让一批文人前赴后继。单说在这片红色土地上，直到近代，文人的墨香仍处处可闻。侯延年写灵岩夜月，说“天籁沉沉山月小”，汪定昌写紫微叠翠，赞“赤松触手即芳菲”，黄庭坚“行穿云岭扣禅扉”，解缙“清江一曲弄晴晖”，无论是山高月小，触手芳菲，还是云岭禅门，清江晴晖，其卓美气象，如同一江春水，浩瀚东流，说不完，也道不尽。

智者乐水，仁者乐山。诗以言志，文以载道。文脉悠悠，就像云阳山上甘甜的泉水，味虽不如酒那样醇厚，却能沁到心里，回味不绝。李东阳、彭维新、刘三吾、谭云山……他们的满腔热忱点点滴滴渗透在字里行间，那文字里游走的是他们埋藏在心底的百转千回的乡魂。读一读，乡思成堆。

文学，历来所承载的东西太过厚重，从孔子的“克己复礼”到老子的无为而治，到韩非子的以法治国；从刘勰的《文心雕龙》到钟嵘的《诗品》，到王国维的《人间词话》。那是夜间闪烁的繁星，如此众多又如此神秘，又有多少是我们需要采撷的呢？大浪淘沙，淘去的不单是粗砂砾石，也有珍珠宝矿。也许去粗取精只是我们一厢情愿的美好愿望罢了。但不管怎样，我都希望这一方热土上的文化人能从中披沙拣金，得文化之真传；百姓们有了文化的熏陶，会更加仁爱、友善、大度、明礼、上进。

穿越山水，穿越一种不老的精神，穿越一种超凡的心境，穿过一道道厚重的文化之门，我们走来了，从李东阳的诗歌中走来，从徐霞客的游记中走来，从南宋城墙斑驳的历史中走来，从洣江书院的文化氛围中走来……

掬一捧清风，揽一怀明月，岁月平静而安宁。

“我家住在湘江东，十年只住京尘中。”大学士李东阳，跟着父亲在这里祭祀祖先时这样说。一个人一个地方，走过，就难以忘记。我跟着一个人流浪到此，一住三十年，每天一睁眼，便是她的山迢迢水长长。

走在茶陵的边上

生命，有时无须转弯，便可直接从这头走到那头。我跟随老彭来到茶陵，不敢数这去与来的日子，我还真怕日子会回过头来笑我痴长了这么多岁。

在这里工作生活，有人问我，你探访过徐霞客笔下的麻叶洞吗？我笑笑说：没有。你去过灵岩看夜月吗？我摇摇头。你到过红军村见到过那里的红军墙吗？我又摇摇头。那你吃过茶陵有名的祖庵家菜吗？我还是摇摇头。

我悚然，日子一天天落下去，溅不起一些水花儿，轻轻悄悄不着痕迹。

我当然知道茶陵有李东阳，有谭延闿，有几十位开国将军；也知道茶陵有八景，三宝（生姜、白芷、大蒜），有徐霞客留下的足迹，有湘菜鼻祖祖庵家菜。可我只是一个喜欢听雨飞赏云卷的女子，有些地方不是自己想去就能去的，有些吃的不是自己想吃就能吃到的，还得有机会，有时间，更重要的是，得有人陪着。我不是背包客，不是男人，做不到一人独闯天下。钱钟书写过一本书叫《写在人生边上》，杨绛九十六岁年纪写《走到人生边上》，我觉得自己在茶陵二十多年，也还像是走在茶陵的边上。

我只能就我所知道的写上一点点，如果读者还不满足，不妨动动你们的腿，自己亲自来看一看，也许会有不一样的感受。

“茶陵牛嘛”

我一直疑惑，不知“茶陵牛”这名字是因为洣水边的铁犀牛称谓而来，还是因毛泽东说过的一句话。

我刚来到茶陵的时候，就听人说过茶陵牛。当时不懂，作为茶陵本地人的老彭（那时候得叫小彭）便带我去看“铁犀”。去是走路去的，老彭带着我七绕八拐，素来路痴的我早已走得晕头转向，只觉得好远。后来对它的位置有了些认知，暗笑自己隔水望月，咫尺也天涯。

第一次见铁犀。路是小路，路旁杂草丛生。旁边的南宋城墙斑斑驳驳，不知名的草儿在它的墙根下肆意地疯长。洣水水面微澜，汤汤而流，河堤杂木乱草堆砌。一亭，一牛，就静静地坐落在此，伏卧、抬头、双眸远望。我抚摸着它黑黑的略有些残缺的厚实的背，颇觉苍凉。

后来，我又去过多次。最近的一次是跟攸县作协的朋友一道去的。我们先去看了焕然一新的工农兵政府，道路已全部铺成了柏油，平整宽敞。从工农兵政府出来，左拐，很快便到了河边。右边，抬眼一望，原先斑驳的南宋城墙已然修葺，古色古香中透露出现代文明的气息。我想起第一次来到这里的情景，笑了。时间是可以抚平一切的，包括伤痕与旧迹。沿着河边小路走到铁犀亭，那铁犀一如既往昂首前方。

攸县的朋友问：“这铁犀有很多年了吧？”

“嗯，有七百多年了。”有人回答。

时间在流逝，铁犀却一直在此，沧桑风雨，无语千年。当年，刘子迈为镇河妖铸铁犀，大约他也没想到，一个坚守的铁犀，落在尘埃里，会吸引着如此多的来自四面八方的目光。

一次，一个外地的朋友和我聊天，聊到我们茶陵，他呵呵一笑，道：“茶陵，我知道，那河边不是有条牛，我去过！呵呵，茶陵牛。”

茶陵牛似乎成了茶陵人的标签。

“茶陵的水酒，醉人！”

今年春节，我回了娘家宁乡。到二舅家吃饭，表弟拿出当地的谷烧酒待客。说起酒，不知怎么地就又说起茶陵的水酒来。

我向来不喝酒，老彭总是笑我，说我就是个外地妹子，连茶陵的水酒都不会喝。刚来的时候，见过老彭家父母酿酒，我还以为是我们那里的谷烧酒，其实不是，做法也不相同。我不喜欢喝已发酵完成的水酒，却喜欢吃酒糟。这时候的酒糟有酒香，更多的是甜味，跟我家乡的甜酒味差不多。掺点水，打个鸡蛋，煮沸，加些糖，便是再好不过的甜酒冲蛋了。

表弟现在也很少喝酒，他说在我家喝酒的那次，把他喝怕了。我笑他："你还记得在我那里喝醉时的那滋味？"表弟说："怎么不记得？一辈子也忘不了！"

我结婚时，十七岁的表弟来喝喜酒。酒桌上，表弟一高兴，将老彭家自产的水酒当水喝了三大碗，还直说："好喝，好喝！"我看着他通红的脸，有些担心地问："没喝醉吧？"表弟头摇得像拨浪鼓："没醉，这样的酒，醉不倒我！"谁知，出了门，在路上经风一吹，酒劲就上来了，他当即呕吐，呕得一塌糊涂。事后，他自嘲地说："没想到，这看起来像水的酒，喝起来还真能醉人。"

这酒就是茶陵几乎家家都有的家酿水酒。有些人家酿上好几大坛，能喝一整年，甚至好几年。过了冬的酒又称老冬酒，喝起来也别有一番味道。平时来客了，水酒是必然拿出来的待客酒。婚丧嫁娶，也是酒桌上的必备品。有些人喝上瘾了，每餐都要拿出来喝那么一小碗抿上一大口，然后夹上一筷菜放进嘴里，咂摸咂摸嘴，心满意足得很嘞。有时高兴了，还会哼上两句。口干了时，有人还将这酒当水喝。

茶陵水酒，看起来平常，闻起来淡香，喝起来不醉，后劲足。

"这里的中学像大学"

十多年前，我住着云阳中学校内学生宿舍三楼最东端一间较大的房子，整个楼层没有厕所，如厕必须到楼下西端的一层平房内去完成，水要到楼下的一个自来水龙头下去接。当时我带着才几岁的女儿，天天从楼上走到楼下，又从楼下走到楼上，机械般重复着不知重复了多少遍的动作。

时间摇一摇，便又是另一种春花秋月。

如今，迈进气派的学校大门，跨上一级级上升的台阶，两旁的炎帝、孔子一群巨匠大师迎面朝你走来。如果从两边的水泥路往上走，两旁的花盛开的季节，一路摇曳的红红紫紫会摇醉你的五脏六腑。走过假山层叠的喷水鱼池，上到教学区，高大的树木，干净的路面，休闲的座椅，欲飞的雕塑，整齐划一的教学楼，远处宽敞的塑胶跑道和人工种植的绿色草坪，青绿盎然，满目春意。感慨之余，也许你就爱上了这里。前一任校长曾在大会上自豪地说："这里的中学像大学！"

一中同样如此。坐落在一中校内落成不久的洣江书院，追溯起来已有五百多年的历史了，无论远望还是近观，它都是此地的一道亮色。白墙丹柱，亭台翠木，楼阁飞檐，古色古香。一中的阅览室就设在书院内，高一时上阅读课我每周都会来此。没事的时候顺便走走、看看，茶陵书院之多，在湖南在清代居首席；一百多位进士以及浩如烟海的文章，常常让我目不暇接。

一花一景，一城一心。茶陵，山不如四川峨眉，城不如丽江古城，景比不了苏州园林、杭州西湖。她是小家碧玉型的，温润，灵秀，照样可赏花朝望月夕。

我想，假以时日，或许我能从茶陵的边上走进来，走在另一种况味的山阴道上。

几度花开

——2012年茶陵《家书》序

是夜，月色宁谧，深度睡眠已换取了鸟儿婉转的鸣叫；夜醒，霞光初露，伸伸懒腰，却听到了花儿的倾情绽放。

这样美丽的时刻，一阵清风，一缕阳光，一把藤椅，一杯清茗，一卷诗书，在清凉的早晨，耳旁微风轻拂，身上阳光旖旎。啜清茗，阅诗书，何等惬意和自我。

故乡，小城，读一读这几个字，便已温馨袭人。也许，这几个字，早已在勤劳的脊背上抒写了动听的曲谱，在沧桑的皱纹里默诵成了一首朴素的民谣。根，在这里，心，就永远在这里。“春入河边草，花开水上槎”，每一种景致，都是心底收藏的最美的底片。每个人的心中，都有一个充满阳光和花香的伊甸园，当心底泛起春天的葱绿与鹅黄时，笔墨飘香，或许只是一种让灵魂得以安息的精神沐浴，或许只是为了开启心中的那扇永远朝着家乡的大门。

一行行水墨的文字，一页页行走的符号，一种对家的眷恋，传来生命中阵阵的喘息。不管是入世的智慧还是不懈的追求，每个人的心中都有一颗不眠的种子，这粒种子一旦被激活，底色虽然不同，绘出来的画却都能让人眩目。

读书需要耐性和悟性。那些嶙峋的句子如同峥嵘的巉岩，不但要有聆听佛禅一般的安详和打坐，还要能容忍一些错综的根须在它们身边做扯不断理还乱的蛮横纠缠。好比读一座泰山，读一座张家界，读一座云阳山，明明山中藏景，远远地，也只能读其苍茫，近近地，方能赏其幽隽；粗粗地，可读其豪放，细细地，乃可品其深沉。无论是裸其奥义，还是隐其精髓，当坚硬的茧如同风化的石头碎了一地，我们才能腾出手来，剥茧抽丝，理顺明了文章中的微言大义。

写作需要底气和勇气。不管是黄沙漫漫、大风起兮云飞扬的大漠，还是细雨蒙蒙、小桥流水绕人家的江南，没有了底气和勇气，就如同拿酒杯盛月白，用画板捕风清一样，一点粗陋的文字是无法将它们破译的。千锤百炼方能化成绕指柔。

散文也好，随笔也罢，何尝不是心灵的坚守在笔端的游走。尽管，有些书中展现的文字不尽优美，文字中流露出的思想不尽深透。好与不好，自有他人评价。但字里行间流露出的人情风貌，却是渗透进岩罅间的一袭阴凉，是挥发不掉的，是用自己的真心真意绞尽脑汁打造出来的一个宁馨儿！不管怎样，我们都不能将一颗热忱的心怠慢。

有人在河边垂钓，太阳灿烂地、从茂密的树上坠落下来，变成了影子。他是在垂钓池塘中的影子吗？东海之滨的姜太公，用直钩钓鱼，他的诱饵便是那深藏若虚的智慧。人，只不过是一根芦苇，却是一根有思想的芦苇。

不要让身上的软肋变成石纸，翻都翻不开；不要让自己的思想打成绳索的结，给自己留下难解的遗憾。

用思想呼吸！爱默生谆谆告诫提示着我们，如果我们不这样做，我们就真的在这滚滚红尘中落伍了。

一方水土，一盈风情，几度花开。思想在自然的风中翱翔，心灵活得比身体更长久。

多年以后，我们依然能听见文字里那如诉如歌的声音。

打开一扇窗

——2013年茶陵《家书》序

在英国伦敦威斯敏斯特市，有一座被誉为“荣誉的塔尖”的著名教堂。在教堂的地下室有一个墓碑林，里面埋葬着从亨利三世到乔治二世等二十几位英国前国王。然而，名扬世界的墓碑不是这些，而是一块极普通的造型一般的无主墓碑。每一个到过这个教堂的人都一定要去拜访这块没有姓名没有生卒年月没有主人任何文字记载的墓碑，大家都为这块墓碑上的碑文深深地震撼了。碑文上这样写着：

当我年轻的时候，我的想象力从没有受到过限制，我梦想改变这个世界。

当我成熟以后，我发现我不能改变这个世界，我将目光缩短了些，决定只改变我的国家。

当我进入暮年后，我发现我不能改变我的国家，我的最后愿望仅仅是改变一下我的家庭。但是，这也不可能。

当我躺在床上，行将就木时，我突然意识到：如果一开始我仅仅去改变我自己，然后作为一个榜样，我可能改变我的家庭；在家人的帮助和鼓励下，我可能为国家做一些事情。

然后谁知道呢？我甚至可能改变这个世界。

无意中看到这段文字，我就被震撼了。如果给我一个支点，我不一定会去幻想撬起地球，去改变国家与民族，而是先想着改变我自己。这个支点，是自己的心。

每一个存在都有它的道理，麻雀虽小，五脏俱全，同样充满了温暖和灵秀。每一片土地上耕耘的人，脸上都写满了爱与坚守。五千年文字长途跋涉，掺着作者强烈的参与意识，火一般的激情。叙述描写抒情，细腻粗放哲思，长长短短，发自内心，欲休还说。

一支笔，一颗心，捂热一座城。

别人怎么看不重要，首先是自己怎么看，自己看得起自己。生于斯，长于斯，食其五谷，得其厚惠，话题围绕着，说不完道不尽。

曾看到一则有关洞庭湖的真实的新闻奇事：一位农民捉到了一只乌龟，突发奇想，在乌龟背上刻名装环，将它带到岳阳放入洞庭湖中。结果，此后的连续八年，这只乌龟每年都会定时爬回家。乌龟将头高高地竖起来，长时间地看着曾经的主人，久久不愿离去，似乎在诉说着离别后的相思和风雨。大约，这只乌龟把农民的家当作了故乡，每年回来一慰相思。对离开故乡的游子来说，有故乡的地方总是与乡愁离不开的，他们会随时拾起青葱的往事，将它们梳理成思念，挂在嘴边。

长在故乡的人没有乡愁，却有了与乡愁同样的珍重与感恩。电视剧《北京人在纽约》讲述海外的中国人对家的看法：一个安静的四合院，一家人平平安安，欢乐地团聚在一起。不用多言，家的温暖透过这安静的院落传到每个人的心里。《似水年华》中黄磊的家说成是江南水乡特有的底蕴与齐大爷那里书的味道。

幸福是什么？幸福就是住在曾经熟悉的地方，闻着熟悉的味道，耳畔传来的是家人的欢声笑语。不管这个地方有多么局促，有多么偏僻。不用问为什么，喜欢就喜欢了，不需要太多的理由，爱就爱了，心甘情愿，无怨无悔。

真实的情感，如同聚光镜，汇聚了这些灯火，便照亮了这爿天地。没有“甄士隐”，没有“贾雨村”，不会越淮为枳。季节轮回，春明冬白，繁华的剪影，思想的积淀，文字里的凝眸与写意，驱使我们不忍离开。

土地不会迁就谁，也不会偏向谁，我们热爱它，它就会对我们好，就会赐予我们快乐与希望。

生活在朝我们微笑，珍惜它，把生命的完美，写入岁月的篇章，让最美的曲子，纳入抑扬的宫商角徵羽。

在长沙橘子洲湘江边，我看过这样的场景，江边的几棵树在飘送着一些白色的纤维，大团大团的，像一堆堆的棉花。我忽然想起张晓风在《敬畏生命》中在印第安纳州的一个湖边也写过同样的场景。这些树毫不知疲倦地几小时几小时飘送着那些白色的云朵。原来，这些树是在借风力吹动纤维播送种子！树为了延续生命，也会不计成本。也许，这么多的投资中只有一颗种子能成长为树，但只要有一线希望，树就不会放弃，从不放弃！

每个人的心中都有一粒活的种子，都会想方设法让它成活。人的一生都被自己播下的热情追赶着，找块土地可以种植梦想，画幅蓝图可以代替天空。改变不了世界，可以试着去改变一个家，让家变得更温馨，更让人向往。

打开一扇窗，可以看到黎明的曙光。

于此可横琴

细观轩下小窗、石桌、石凳，灯罩和鹅颈椅，一把把打开的折扇，不由想起周瘦鹃先生的吟咏："轩宇玲珑如展扇，与谁同坐有知音，于此可横琴。"

"与谁同坐轩"这名字与这个地方，如同林黛玉与她的潇湘馆，竹影摇窗，龙吟细细，人从花窗走过，若隐若现。如果我坐在这里，是不是也跟林黛玉一样，因竹而清，因轩而雅？我倒是有点想了。这真是一个值得停留、吟咏、赋诗和幽古的好地方。

就拿扇来说吧，早时乘舆用以障翳风尘的雉尾扇，民间的蒲扇、竹扇、纨扇，在没有电气的时代，扇就是人手中吐风纳凉的爱物。绢做的纨扇，请居深宫的班婕妤在她的《怨歌行》中写："新裂齐纨素，皎洁如霜雪。裁成合欢扇，团团似明月。"其时，她年华渐老，看透赵氏姐妹的跋扈，惹之不如躲之，长昼无俚，弄筝走笔，以诗明志，实为无奈。团圆对她来说是一个无法触及的梦，深情在深宫里老去，只有留在扇上的文字将内心的茧丝丝剥开，由着他人去长吁短叹。

名字里有轩，诗句里有扇，园林里有鹅颈椅，如居室花窗，深山玉雪，冬日梅花，总是叫人浮想联翩，难以取舍。板桥先生说："茅屋一间，天井一方，修竹数竿，小石一块，便尔成局，亦复可以烹茶，可以留客也。"这样的日子，总是最为惬意，也最为有我。沏一杯茶，捧一本书，安坐于窗前，时光在窗前陪着，不催，要慢则慢，要快则快。窗外，偶尔几声鸟鸣，茶里或者字里的温度传过指尖，馨暖宜人。茶香和鸟鸣，在慢慢氤成抬手可掇的洋洋暖日。

最难忘记的还是苏轼《点绛唇·闲倚胡床》中的词："闲倚胡床，庾公楼外峰千朵，与谁同坐？明月清风我。"清代姚孟起用"与谁同坐"隶书此轩，将小小的一个轩，将小小的一个苏州拙政园抒高了自然，纵远了襟怀。舒袒而坐，禁不得心神摇曳，文翰怡香。

花开花谢，总要引人赞美一番，叹息一番。这世上，除了"对潇潇暮雨洒江天"，有酒慨而慷，还有"明月松间照，清泉石上流"的古老幽静和平和。岁月流转，看得见"雨水夹明镜，双桥落彩虹"，看得见"天边树若荠，江畔洲如月"，一双眼睛就那样明亮亮地看着、美着。唐诗宋词，明清小品，还有无数的地方：北京故宫、厦门鼓浪屿、长沙岳麓书院……一篇篇，一处处，都被调遣得如南方温润的春天，灿灿的花朵猛然里绽开，堪比烟花，胜过烟花。生命的静气与饱满如小时候吃过的野蜜糖，一口一口嚼着的都是笑声。

时光温娴，拙政园的扇轩，潇湘馆的竹窗，苏轼的诗语，任我一遍又一遍观看，绝不推拒，让我初见欢喜，再见还是欢喜。遥望天边，云海缱绻，近看身边，清风徐来。仓央嘉措说："世间安得双全法，不负如来不负卿。"对我来说，没有就没有吧，就算没有野泉滴砚，还有窗竹摇影，没有青帘沽酒，还有红日赏花。

江上清风，山间明月，在了，见了，喜欢了，就好了啊。

剪一段时光

——2017年茶陵《家书》序

一年，是一段不长不短的时光，就像从城里到乡下的老家，就像从云阳山脚下到山顶，用点欣赏的眼光花点攀枝儿的功夫，就从这头走到了那头。

其实，我是不太喜欢这种感觉的，时光仿佛是一个躲猫猫的小孩，有些淘气。有时我便也信马由缰，便也挥袂而行，而内心里总是怀着一种忐忑和期待，想要做点儿什么，想要留下点儿什么，想要些回忆。驻足停留的时候，有一片云彩从眼前经过，无疑，那是一件很美的事情。

家，是一个让人温暖的名字，把人放进去，把心放进去，把爱放进去，便似珠玉流光，彩袖挥舞。每天，阳光从睡梦中醒来，鸟儿从晨曦中飞出，一天的歌唱就这么开始，一城的故事就这么开始飞扬。

我喜欢这种感觉，喜欢放飞的心情，喜欢美丽飘着花香的小城，喜欢那首歌：一玉口中国，一瓦顶成家。家是最小国，国是千万家。

傅聪很幸运，因为他有《傅雷家书》；曾国藩的家人很幸运，因为他们有《曾国藩家书》；还有《颜氏家训》《朱子家训》《诫子书》《了凡四训》等，归结起来，可概括为勤俭、诚孝、和善。有了这些，便是春天有了繁花，秋天有了硕果，四季才如此生机蓬勃。说到底，穿越季节里的繁衍，需要精神，也只有精神才能在时代的春风里灼灼其华。

有书可读是幸运的，我们也很幸运，因为我们也有一本书。这本书是乡土地上开出来的花，结出来的实，带着泥土的芬芳，掺了游子的情结。

日日的川流不息，人来车往，貌似无关你我，却是心息相通。丁香情结雨中愁的，故乡今夜思千里的，暖风熏得游人醉的，一腔热血勤珍重的，扶贫攻坚始初心的，怎禁得一腔柔情似水，孜孜矻矻，盈盈不尽。

“剪一段时光缓缓流淌，流进了月色中微微荡漾，弹一首小荷淡淡的香，美丽的琴音就落在我身旁，萤火虫点亮夜的星光……我像只鱼儿在你的荷塘，只为和你守候那皎白月光，游过了四季，荷花依然香……”很喜欢这首《荷塘月色》，剪一段时光，裁出白云蓝天，月色盈野。回过头来看，岁月依然静静地，在远处望着你微笑。

阳春烟景，大块文章，变与不变，我们仍在这片土地，轻轻地呼唤，勤劳地起息。

唯愿游过你我的四季，荷花依然香。

附录1：

心如清澈溪流

——读李巧文散文《梅乡》感想

林晚同

有幸拜读了李巧文的散文《梅乡》。静下心，细心地读，不知不觉回到童年的家乡，一切随心的事就是这样水到渠成，如一股清澈溪流，轻轻地流淌在心尖上。

起先，我与巧文老师不认识，只是偶尔文学界开会时才知道她叫巧文，不见面时还认为是在乡镇政府工作的那个巧文，原来这个巧文是在茶陵一中教书。都说写散文是一种品德高尚的修行，文化素养极佳，文笔底子厚，思维敏捷。巧文应该具备这方面的潜在能力，不信，可以读她的散文，一定把你带到另外一个世界，其景优雅、朴实、真切。

秋暮初冬，夜寒月色静。我躺在床上，打开手机，再一次点开白洋素女（李巧文）的《梅乡》。散文中大部分表现出的是：亲人思念、人间大爱、热爱情怀、了悟之思，这种精神的表达，来自一颗无尘的心，来自作者至高精神层面的种种感悟。人生原本就是一种远行奋斗的过程。人人都有自己的地，人人都有未来的天。平时人们看花开花落、人生起伏、离合悲欢、生死无常等现象，因此追悔过去，祈求未来。在一个生死轮回的空间里，让自己不至于会灵魂偏离，在有生之年写一些人间烟火、人的情暖、繁华盛世。从原始社会开始到现在，人类从一个个野蛮的、原始的、封建的到现在文明时代的进步，来进化着人类的精神，这是一种社会文化，一些神话、宗教、文学就成了承载这种精神一次次蜕变和进化的有效载体，而散文，只是一个小标题。读巧文的散文，总感觉像在听一股高山溪流之音：时而清风漫步，时而花开有声，时而碧波细水，时而涟漪初绽；情意融融，净心洗骨，像一种灵性之光在牵引着，像一种清风过心岗的声音几乎可以听到一枚枫叶落地的声音。她的文章里的文字纯朴，无华丽装饰，就如戏剧里的台词：不抹胭脂不擦粉，红里透着粉。我最喜欢这句台词。巧文的散文意境里给一种家乡宁静包容着，一切的繁华盛世，一切的远离家情，一切的是非得失，都给封闭在遥远的家乡之外。读巧文的作品，感觉在自己家园行走。读巧文的散文，心无杂念，淡若春水。在一个很静的环境里，才能聆听到作者心灵菩提花开的声音。要有虔诚的心态，对待文章里面的文字和情感，才能读到作者内心深处真实的灵魂脉动。这篇散文篇幅不长，只有不到两千字，却涵盖了丰富的心灵情感。如“傻乎乎地不信，又不得不信”“酸得我张嘴闭眼皱眉耸鼻，直呼哎呀，脸上还分明在笑”，这些只有童年时期才有这种境界。时代在变，家乡也在变。巧文笔下的小屋、亲人（爷爷、父亲、哥哥三代人）、池塘、山楂树、田野、炊烟、鸡啼狗吠、小屋换成楼房、宽敞的公路等，只有家乡才有，这是天涯游子回忆家乡童年的梦，每个人都有这个感觉，多么想回去看看自己的家乡。

有这个感觉，才能读了不会忘记，就会心远。

这篇散文，写到极致的地方，是“高台月景，家岭梅乡”，是作者在构思时找到画龙点睛、妙手回春的墨香，为散文结尾做了铺垫。作者站在了一个精神的高度，在播撒这生命的流光！整篇文章彰显了社会在进步、在发展，语言极富有善意，老少皆宜，情感的思路清澈见底，感恩的思想浓郁黏稠，内心的呼声感召人心，字句可品有味。当然，我探讨巧文老师散文时，觉得，她的文笔清澈溪流，真实如溪，文字干净秀美如清，没有弄作，故事情感随季节有序发出溪流声，不乱，不急，溪流似线，拴住读者心，满眼思绪，被溪水净化，凉爽的风，吹醒了沉睡的梦。我私下与她在微信上聊天：不是你家乡，就不会有溪流声，不是我童年的家乡，就不会打动我天涯沧桑的心。是你家乡，才有清澈溪水在你笔下，流露情感——乡愁，如果没有唤醒我童年家乡的梦，那就没有打动游子乡愁的心，说明是败笔。

是你实实在在的家乡，也是读者回忆沉淀数年乡愁的家乡。像流水，打磨家乡的岁月；乡间小路，有孩儿上学的笑语；池塘，有夏天戏水的童年；乡间田野，父辈耕作年复一年的季节。这不是巧文老师的家乡，是我童年的家乡。哦，也是读者的家乡。父辈在，家乡就在。浓浓乡愁在你我心间！

梅乡，其实就是乡愁。作者妙在整篇文字里没有愁字，只有细读慢思，才有灵犀境界。

2016年11月8日晚上于铁牛风骨小阁楼

附录2：

书香木子

浅笑嫣然

我与木子的相识，是在网上。木子的全名叫“木子滢萦”，笔名叫白洋，但我更喜欢叫她木子。认识她，基于她的文章。《隔着山水的乡愁》《雪境》《梅乡》，我被她精致的文字，细腻的笔法深深打动。木子，会是一个怎样的人呢?

见了她，才觉真是文如其人。她个子不高，戴着红边眼镜，未言先笑，脸相温和，谈吐优雅。称她为书香女士，真是恰如其分。她很少大声说话，刚开始认识她的时候，她不大爱说话，喜欢静静地聆听。后来渐渐熟络，她的话也多起来，其实，她并不拒人于千里之外，反倒是极为随和的一个人。

在网上，有很多她熟悉的喜欢写作的人，她不吝啬夸赞，但不随意点赞。问她，她只是简单地说：我不太喜欢说话。我说：你不说话就代表你不认可？她连忙摇头：也不！必须让我看到，很多时候，因为忙，我都没有看到，当然也不能说话。说到忙，得补充一点，木子是高中老师，教着两个班的语文，而且还是重点班，真是很忙。但由此可见，她是一个真实而率性的人。有时，我夸她的文章，她会觉得很不好意思。她说：我是真的不好意思。比我写得好的文章多的是，我看到有些好文章，常常自愧不如。写好后重读自己的文章，总觉得这儿不好，那儿不满意，于是便去改，可改来改去，就是达不到自己的要求，你说多沮丧！我说，你是对自己要求太高，你不知道，有不少的人称你为大师。她便说：快别这么说，我算什么大师，人家季羡林才是真大师，可他还要谦虚，我什么也不是，就是一个爱写几个字的写者罢了。木子就是这样，永不满足，对自己的作品，总希望好上加好，精益求精。

正是基于她的这种不断进取的精神，她的文章才真的越来越好。她的《梅乡》是其中非常值得品读的一篇。晚同兄就是因为看了这篇文章，许是触动了自己内心的思乡情结，盛赞她心如清澈溪流，并以此为题，做点评。我也是越来越喜欢她的文章，像《再见小石潭》《桃花五章》《纸船》等，读来如行云流水，欲罢不能。她的写作技巧日臻成熟老到，文章越来越耐看。

从她的文章里，我找到了一颗活泼泼跳动的心。它善良、宽容、温厚，还多情。她的心在现实中常无着落，只能把它安放在文章中，在文章里将自己的情感一一绽开，释放。其实，我能理解她的孤独和落寞。她是来自外乡的一个女子，为爱来到这样的一个小城，不为别的，就为守着一个人，一守即是一辈子。她太希望爱会给她一个厚实温暖而安全的家，当情感遇上秋风，当心似浮萍飘荡，孤独便如潮水袭来。毋庸置疑，她的孤独是高山流水似的孤独。她总是揣着她的思想独自出行，她不喜欢滔滔不绝，常常把自己本来要说的话无数次硬塞回去，在心里千万次的翻滚。

一个人很渺小，可在每个人心中，自己就是一个巨大的世界，里面可以藏风花雪月无数，藏上下古今千年。有自己的思想观点世界观价值观，有自己的父母孩子亲人朋友，每一次出行都有牵挂，每一次归来都如游子。别离与重逢，悲伤与欢喜，都被演绎得淋漓尽致，入木三分。我们不必放大一个人，但也决不小看一个人。所以木子的眼里总是微笑而不是高傲，与人说话甚至近乎谦卑，“看人人都是菩萨，只有我是凡夫”。林清玄说，谦卑比慈悲更难，谦卑如野草，不要人人都看见我，但我要有自己的尊严。木子就是如此，决不苛求于人，决不乞求于人，哪怕一辈子就是一根卑微的小草，也要顽强地生存，不管风吹雨打。

因为她不喜欢说，心里却有着太多的语言，所以她的文字，不仅仅是为了写作，更是为心灵找一个倾诉的出口。所幸，在文字里，她游刃有余，无人向她指手画脚，她的心终于可以放下了。

我为她高兴，仿佛暗夜里的一扇窗，彩虹般的阳光照进来，总会感到温暖。

附录3：

美好时光

江南烟雨，默默流光，与我相遇，我将它折成纸鹤。回首烟华，日子很执着，时光很美，路一直在前。

小时候，父母张开温暖的羽翼，小鸟护雏尽力为我遮风挡雨。我完全不用担心没有饭吃、没有衣穿，也不用担心谁会欺负我。我也用努力读书来回报他们。在父母与村里人赞许的目光中，我度过了我的童年与少年。

时光如剪，每一段的花色不同。屋檐上滴答的雨声，安宁充满远意。读书，工作，成家，一条平坦的路像一束阳光，一直铺向未来，不用多想，阳光浅淡还是燥热，都化作彩虹，在眼前妖娆。坎坷的路绕着我走，坎坷的故事我听在远方。别人的欢乐愁思，寄不到我心里；磨砺用来教育他人，无须我的眼泪来浇灌，风浪吹打在别处，我这里依然风平浪静。所到之处，燕子呢喃，秋虫寂静，流水轻烟，岁月一览平川。

我把自己的未来想得很美好，明月摇窗，春阳暖枝，煮茗听雨，打发流年。只要自己坚持，面包会有的，幸福会有的，如同小时候，该来的都会来到你面前，可以一往无前，无知无畏，可以这样心怀清简，无波无澜地走下去。时光一握一把，高悬头顶，不增不减；月色一照满身，诗意盈怀。千年一瞬，无所谓珍惜与不珍惜，我把它当作一本书，每天翻，毫不着意地翻，不知不觉，就翻掉了厚厚一摞啊。

多少春天与秋天，生活仿佛单行线，内心沉静无波，太阳东升西落，工作周而复始，岁月燃烧的激情，变成四月芳菲，九月秋阳，变成淡月梅花，潺潺流水。

没人告诉我，要怎么做，也没有人告诉我，时光之书每个人只能翻一次，只能往后翻。时光设好了一个陷阱，我们看不到结尾，便错误地认为永远没有结尾。从不去想，这本书的厚度。

我倚着柴门，在人群里收拾好心情，在日子里不忧不惧，不悲不喜。然而，汉晋风华，唐宋气度，在清冽的时光里，照影惊心。一词一月一清风，也能掀起内心幽澜，春色亭园，文字有心，少不得牵起一缕幽幽的愁来。

童年时，与小朋友一起过家家，无忧无虑，自由自在。长大后，目光长了，手却短了，欲望牵扯，风雨潇潇。人生的挫败感汹涌而来，有些猝不及防。慢慢才明白，不是每一件事都能心想事成，不是每一次付出都能得到回报。有一段时间，面对冰冷的墙壁和窗外无边的黑暗，无人倾诉的孤独像狼一样虎视眈眈。自己只好用痛苦做题，眼泪添墨，反复演算，内心千锤百炼，慢慢地，心就坚韧起来。

你温柔，是因为你可以温柔；我坚强，是因为我不得不坚强。

在央视春节晚会上冯巩和朱军表演的小品《笑谈人生》中就这样说道：“未曾清贫难成人，不经打击老天真，自古英雄出炼狱，从来富贵入凡尘，醉生梦死谁成器，破马长枪定乾坤。”现在想来，上天是用了一种别样的方式，来告诉我如何成长的。当时的痛苦和千方百计拒绝，痛定思痛后，却是无比庆幸。

柴静刚做《时空连线》的时候，决定自己做策划和编辑，联系选题。晚上在演播室录制，凌晨剪辑送审。大冬天的一天，她编到凌晨三四点，准备回家的时候，发现大衣锁在机房，她穿着毛衣一路走到电视台东门。回家的时候，电梯停了。她家在十八楼，刚爬上十八楼，倒在床上，电话又来了。导播说带子有问题，要换。她不得不从床上爬起来，拖着受伤的左脚，一级一挪，再爬下十八楼。

白岩松这样安慰她：“人们声称的最美好的岁月其实都是最痛苦的，只是事后回忆起来才那么幸福。”一段艰难的时光，度过了，便会庆幸。有些路需要回头才能认清。有些弯路，必须自己一个人走；有些眼泪，必须自己将它拭干。生命存在有多种可能性，所谓的艰难，不过是经过路上的一处风景，往前看，阳光始终在身边。

遇见你

岁月风霜，松柏依然，寒梅怒放。如果想要不倒下，就把自己站成伟岸，如果想要看得更远，就自己登上高峰。

一颗柔情素心，如同空谷幽兰，看得见春的蓬勃、夏的热烈、秋的温厚、冬的雪白，岁月一直美好着。

我不能不爱你，爱这一段给了我思考和成长的美好时光。

李巧文

2017年10月28日